I0733860

LA VICTOIRE

LES ROMANCES DES BRITISH BOYS

J.H. CROIX

Ce livre est fictionnel. Tous noms, personnages, entreprises, lieux, évènements et incidents sont un produit de l'imagination de l'auteur ou utilisés dans un cadre fictif. Toute ressemblance à des personnes réelles, vivantes ou mortes, ou à des évènements réels est fortuite.

Copyright © 2023 J.H. Croix

Tous droits réservés.

Traduction française : Cecile Durel

Couverture par Cormar Covers

Il est interdit de reproduire ce livre ou tout extrait de ce livre que ce soit de manière électronique ou physique. Ceci inclus le stockage ou la récupération d'informations sans permission écrite de l'auteur, sauf dans le cas d'un court extrait pour une critique littéraire.

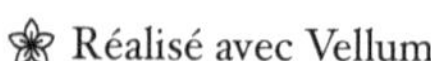 Réalisé avec Vellum

Chapitre Un

ALEX

Je respirais régulièrement en courant sur le chemin. Le soleil venait tout juste de se lever, mon moment préféré de la journée, et je faisais mon jogging matinal. Le parc était calme alors que je suivais la route le long de l'eau. Les mouettes chantaient au loin, seules voix présentes à cette heure-ci. Je courais depuis une bonne demi-heure et je ralentis pour commencer à marcher lorsque j'arrivai à la partie du parc plus densément boisée, qui menait jusque chez moi. L'air était frais et humide, un matin de printemps typique pour Seattle. Les gloussements soudains de deux écureuils dans les arbres attirèrent mon attention, et je levai la tête pour trouver une femme qui marchait vers moi, à côté d'un chien géant. Son chien marchait au pas, haut et élégant. Je ne réalisai pas que je m'étais figé sur place jusqu'à ce que la femme soit à mon niveau et que je me rende compte que je la connaissais. Un frisson électrique traversa ma colonne vertébrale.

Harper Jacobs était une bonne amie de la fiancée de mon meilleur pote. Et Harper me faisait un effet fou. Vraiment fou. Je n'arrivais pas vraiment à savoir pourquoi. Elle était belle, mais une beauté discrète. Je l'avais rencontrée quelque temps plus tôt, quand Liam, le meilleur ami en question, m'avait invité à boire un café avec lui. Harper était avec la fiancée de Liam, Olivia. J'avais revu Harper plusieurs fois depuis, alors que nos amis respectifs tombaient follement amoureux. Elle était polie, amicale et semblait toujours entourée d'une bulle protectrice invisible. J'avais envie de savoir pourquoi elle se protégeait de cette façon. J'attendis qu'elle arrive à mon niveau, ce qui finit par arriver. Elle s'arrêta à son tour, posa ses mains sur ses hanches et me regarda.

— Alex, c'est ça? demanda-t-elle.

— C'est bien moi. Je vois que tu te balades, dis-je, me demandant immédiatement pourquoi je n'étais pas capable d'offrir une conversation un peu plus intéressante.

Lister des évidences n'était pas la meilleure façon de lancer une discussion. D'habitude, je me fichais bien de ce que pouvait donner une conversation, mais j'avais envie qu'Harper sache que je n'étais pas superficiel.

Harper hocha la tête, ses yeux bleus profonds se froissant dans les coins lorsqu'elle sourit doucement.

— Oui. Et je vais supposer que tu viens de finir un jogging, répondit-elle en désignant mes pieds et mes chaussures de course.

— Tout à fait. Je viens là presque tous les jours. Je crois que je t'aurais déjà vue si tu venais ici souvent, avec...?

Je laissai ma phrase en suspens en désignant son chien géant.

— Stanley, termina-t-elle, un sourire plus large étirant son visage.

Bordel. J'avais envie de la voir sourire plus souvent.

Son visage entier s'illuminait et ce regard toujours prudent s'adoucissait un peu.

Comme s'il répondait à son nom, Stanley tendit le cou vers ma main et me renifla doucement. Après un moment, il avança un peu plus la tête, la glissant sous ma main comme s'il attendait que je le caresse. Donc je le fis. Il m'arrivait au-dessus de la taille, il avait de grands yeux bleus et un poil argenté.

— Il t'aime bien, dit Harper. Stanley est un peu difficile, donc tu devrais prendre ça comme un compliment.

Je caressai sa tête doucement en regardant Harper. Ses cheveux brun brillant étaient remontés en une queue-de-cheval haute et quelques mèches s'en échappaient. Elle souffla pour écarter une mèche de devant ses yeux. Elle portait un legging moulant et un haut proche du corps, tous deux bleu ciel, ce qui faisait ressortir ses yeux. Elle était clairement athlétique, mais gardait ses courbes quand même, elle avait des hanches généreuses et des seins rebondis. Je réalisai que je la fixais du regard et me forçai à retrouver ce qu'elle venait de dire.

— Je prends le compliment dans ce cas. Il est de quelle race ?

— C'est un dogue allemand. Il est plutôt grand pour sa race, mais c'est un gentil géant.

Elle baissa les yeux et rit doucement. Stanley avait fait un pas de plus vers moi et frottait son énorme tête contre ma hanche.

— C'est un nounours, il ne ferait pas de mal à une mouche, dit-elle en me regardant à nouveau. Donc tu cours ici en plus de tes entrainements ? demanda-t-elle en parlant de ma carrière de gardien pour les Seattle Stars.

J'avais déménagé à Seattle avec trois de mes

coéquipiers, après qu'on eut tous quitté la même équipe à Londres. Les Seattle Stars étaient actuellement le meilleur espoir des États-Unis de trouver le succès sur la scène internationale de football. Même si je ne me sentais pas encore vraiment à ma place à Seattle ou aux États-Unis, et le fait qu'ils appellent le football du « soccer » ici n'aidait pas, j'appréciais la ville et l'équipe de plus en plus. Le fait d'être un joueur de football professionnel, ou un sportif de haut niveau, quelle que soit la discipline, veut dire qu'on suit la meilleure offre de contrat. Oh, il y a des négociations, bien sûr, mais ça fait partie de ce style de vie. Ça, et le fait de dédier son corps et son esprit au sport. J'adorais le foot et c'était le cas depuis que j'étais tout petit. Je me sentais chanceux de pouvoir en faire mon boulot.

Je trouvai les yeux bleus d'Harper et hochai la tête.

— La plupart du temps, je cours tout seul avant l'entrainement.

Elle hocha la tête, mais resta silencieuse. Le silence commença à durer, mais c'était un silence confortable. Les rares fois où j'avais vu Harper, ça avait toujours été en groupe, avec nos amis communs. Je réalisai que je ne savais pas grand-chose sur elle, à part avec qui elle était amie. Stanley se frotta à ma main et je réalisai que j'avais oublié de le caresser.

— Désolé, Stanley, dis-je en le regardant avant de reprendre mes caresses.

— Tu dois surement y aller, dit Harper.

Quand je levai à nouveau les yeux vers elle, elle semblait anxieuse. C'était la seule façon de décrire son regard. Comme je n'avais aucune idée de ce qui pourrait la stresser, je me trouvai gêné. Mais je ne voulais pas qu'elle parte. J'avais envie de la prendre par la main et de marcher avec elle dans ce parc.

— Et si on marchait un peu? proposai-je, me surprenant moi-même.

Elle écarquilla les yeux une microseconde, et ses joues rosirent. Elle s'immobilisa, au point où ça m'inquiéta, puis ce regard contrôlé qu'elle maitrisait si bien s'empara de ses yeux. Stanley s'écarta de moi et se frotta doucement à la hanche d'Harper avant de se réinstaller à côté d'elle. Il dégageait un air protecteur calme. Ses épaules bougèrent au rythme de sa respiration puis elle hocha la tête.

— D'accord, c'est une chouette idée.

Je retins mon sourire et me tournai pour marcher à ses côtés. Stanley trottina à côté de nous. Elle ne le tenait pas en laisse, et ça ne semblait pas être un problème. Il restait juste à côté d'Harper et marchait tranquillement, l'œil éveillé. À part les écureuils et les oiseaux qui chantaient au-dessus de nous, c'était comme si nous étions seuls. Oh, il y avait bien quelques lève-tôt qui se baladaient, mais tous ceux qui sortaient à cette heure aimaient le calme autant que moi. Harper frappa un caillou du bout du pied. J'avais envie de la regarder droit dans les yeux et de faire disparaitre son anxiété. Mais j'étais un peu soulagé qu'on ne soit pas face à face, car Harper semblait plus détendue quand je ne la regardais pas directement.

Donc je continuai à avancer. Je n'avais pas envie de parler. Ce n'était pas vraiment mon truc. Alors qu'on marchait le long du chemin, je sentis la tension qui vibrait en Harper s'effacer. Le parc Lincoln était un sanctuaire urbain et un espace protégé près de Puget Sound. Il y avait les choses habituelles que l'on peut trouver dans un parc, comme une piscine ou des terrains de tennis, mais il y avait aussi un très joli chemin le long de la mer et une vieille forêt bien préservée, qui offraient beaucoup de tranquillité dans les moments calmes de la journée. On suivit le sentier à travers les arbres jusqu'à arriver sur le chemin que j'avais pris pour ma course ce matin.

Un air salé arrivait de Puget Sound alors que le soleil s'élevait dans les nuages. Je jetai un œil vers Stanley en le voyant s'arrêter brusquement. Stanley fixait un homme qui courait sur le sentier. Il ne leva pas les oreilles et ne fit pas un bruit, mais il était clair que ça le dérangeait. Je levai les yeux vers Harper. Un rouge s'empara de son cou et de son visage, et elle avait l'air complètement mortifiée. Elle semblait avoir oublié que j'étais là. Je tendis la main vers la sienne, formée en un poing serré. À la seconde où je la touchai, elle écarta ma main et prit une bouffée d'air soudaine.

— Oh, je suis désolée ! Je, euh, je...

Ses yeux passèrent de l'homme qui courait vers nous à moi, et je ne savais toujours pas qui ça pouvait être. Il était encore assez loin. Je ne savais pas ce qu'il se passait, mais j'avais deux envies : aller mettre un pain à ce gars, car sa simple existence semblait mettre Harper dans tous ses états, ou emmener Harper loin d'ici. Liam aimait se moquer de moi parce que j'essayais de « protéger le monde entier », d'après lui. Je n'aimais pas voir les gens souffrir. À aucun moment. J'avais mes raisons, mais ça n'avait pas particulièrement d'importance à l'instant. Ce qui comptait, c'était Harper.

— Harper ?

J'avais envie d'essayer d'attraper sa main à nouveau, mais je ne voulais pas lui faire plus peur. Elle tourna les yeux vers moi à nouveau. Son regard bleu était plus sombre, mais elle ne détourna pas les yeux.

— Je ne sais pas ce qu'il se passe, mais je pense qu'on devrait partir, dis-je enfin.

Elle hocha la tête, tremblante, mais elle ne bougea pas. Alors j'attrapai sa main, et cette fois elle me laissa faire. Je ne savais pas depuis combien de temps elle avait froid, mais, à l'instant, sa main était glaciale. Stanley regardait encore l'homme qui s'approchait lentement de nous. Je l'avais déjà vu courir ici, et je n'en avais rien pensé de particulier. Mais quoi qu'il représente pour Harper, ce n'était rien de bon.

— Stanley, viens, dis-je doucement en me tournant pour guider Harper loin d'ici.

Les quelques minutes qui suivirent passèrent en silence. Je ne remarquais plus le chant des oiseaux ou les écureuils dans les arbres alors qu'on traversait la forêt vers l'entrée du parc. J'avais marché jusqu'ici, mais je ne savais pas comment Harper était venue, et je ne savais pas où elle habitait, mais je n'allais pas la laisser seule jusqu'à ce qu'elle soit chez elle. On arriva à l'entrée du parc et je la regardai. Sa peau était pâle et ses yeux éteints. Stanley était aussi proche qu'il pouvait l'être, collant presque son corps contre elle.

Après un instant, Harper leva les yeux.

— Tu es venue à pied ou en voiture ? demandai-je.

— Je suis venue à pied, dit-elle d'une toute petite voix.

— D'accord, par où on va ?

Elle eut l'air confuse.

— Je te ramène chez toi, expliquai-je.

Elle commença à secouer la tête, mais je secouai la mienne en retour.

— Ce n'est pas un débat. Tu n'es pas obligée de me dire ce qui t'a mise dans cet état, mais je n'ai aucune intention de te laisser partir seule avec cet air sur ton visage. Je te raccompagne jusqu'à ta porte et tu peux me la claquer au nez, mais je ne te laisse pas rentrer seule.

Elle déglutit puis hocha la tête.

— Je vis à quelques rues de là, dit-elle en pointant du doigt la même direction que mon appartement.

Cette partie de Seattle était très résidentielle, avec des maisons et des appartements.

— Parfait. Tu dois vivre à quelques rues de chez moi alors. On y va ?

Elle hocha doucement la tête et je me mis à marcher à nouveau, sa main toujours dans la mienne. Sa peau finit par se réchauffer, ce qui me soulagea. J'essayais de repousser mes questions sur ce qui avait pu lui faire aussi peur, je ne voulais pas y penser tout de suite. J'avais juste envie de m'assurer qu'elle rentrait chez elle en toute sécurité.

Je réalisai que je ne faisais pas très attention à la vitesse à laquelle je marchais. J'avais tendance à beaucoup marcher, quelles que soient les circonstances. Je regardai Harper, prêt à ralentir, mais elle marchait aussi vite que moi sans problème, même sous le choc. On traversa une autre rue et Harper ralentit. Mon appartement était à deux rues de là.

— C'est ici, dit-elle en désignant une vieille maison, rénovée en plusieurs appartements.

Il y avait des fleurs partout sur les fenêtres.

— Je t'accompagne jusqu'à la porte.

Ses yeux ne montraient pas grand-chose, mais elle avait l'air un tout petit peu soulagée et hocha la tête. Après qu'elle eut entré un code à la porte d'entrée, qui menait à un grand hall, on monta les deux étages d'un escalier en colimaçon. Je lâchai sa main pendant notre ascension et me tins à côté d'elle alors qu'elle sortait ses clés de son manteau. Elles tombèrent au sol avec un bruit éclatant. Chaque étage ne semblait avoir qu'un seul appartement, et la porte d'Harper était la seule porte au dernier étage.

— Bordel, dit-elle d'un murmure, les faisant retomber à nouveau alors qu'elle essayait d'entrer la clé dans la serrure.

— Je vais le faire, dis-je en attrapant ses clés au sol.

Elle resta silencieuse pendant que je mettais la clé dans la serrure. J'avais l'impression d'être complètement en trop, de m'immiscer quelque part où je ne devrais pas aller, mais ça me paraissait étrange de partir tout de suite. Même si je ne connaissais pas Harper très bien, elle comptait beaucoup pour Olivia, qui était devenue le centre du monde de mon meilleur ami. Par extension, elle comptait pour moi, même en mettant de côté l'attirance que je ressentais pour elle. Il fallait que je m'assure qu'elle aille bien avant de partir, et tout semblait aller mal depuis qu'elle avait posé les yeux sur cet homme dans le parc.

Quand la porte s'ouvrit, je la tins et fis signe à Harper d'entrer, me tenant juste devant la porte après elle. Stanley se tenait à côté d'elle, les yeux sur elle alors qu'il essayait de voir comment elle allait. Elle s'arrêta après quelques pas et enroula ses bras autour de sa taille, un frisson visible traversant son corps. Ça suffisait. J'allais lui faire un thé.

— Et si je te préparais une tasse de thé ? proposai-je.

Elle tourna les yeux vers moi, presque incrédule.

— Du thé ?

— Oui, du thé. Tu trembles, et je ne sais pas ce qu'il s'est passé dans ce parc ni qui était cet homme, mais ça t'a mise mal. En Angleterre, on part du principe qu'une tasse de thé améliore n'importe quelle situation. Au moins, ça devrait te réchauffer.

Elle me regarda un instant puis sourit, un tout petit sourire.

— D'accord. C'est gentil.

Pour la première fois depuis que nous avions vu cet homme, elle semblait se détendre un peu.

Son appartement était plutôt petit. On était entrés dans ce qui semblait être un salon, avec de grandes fenêtres donnant sur la rue et une vue du Puget Sound au loin. Les rayons du soleil tombaient en éventail sur l'eau, à travers les nuages. Le parquet brillait au soleil. Un tapis rond couleur crème était installé au centre de la pièce avec un canapé d'angle juste au bord. Il y avait une télé montée au mur, juste au-dessus d'une petite cheminée. La cuisine était sur le côté, avec un îlot qui la séparait du salon. Il y avait une porte vers la salle de bain et une autre porte que je supposais être sa chambre au fond.

Elle me montra la cuisine.

—Je t'en prie, fais-nous un thé.

Ce n'était pas difficile de trouver ce qu'il fallait, la bouilloire était déjà posée sur la gazinière. Avec ça et de l'eau, il suffisait d'attendre. Je me rendis compte qu'il y avait une question essentielle que je n'avais pas posée.

— Je suppose que tu as du thé ? dis-je en la regardant, elle m'avait suivi dans la cuisine et était appuyée contre le comptoir.

Les lignes de tension sur son visage se détendirent et elle se ressemblait à nouveau. Elle sourit.

— Oui. Juste là, dit-elle en désignant le placard derrière moi.

Je commençai à l'ouvrir puis m'arrêtai.

—Je peux...?

— Bien sûr que tu peux. Si ça me posait problème, je t'aurais chassé il y a bien longtemps, dit-elle avec un autre sourire.

J'aimais bien voir Harper sourire, ça me plaisait beaucoup.

Chapitre Deux

HARPER

Alex Gordon se trouvait dans la cuisine de mon nouvel appartement, en train de préparer du thé. C'était tellement absurde que ça me faisait presque rire, mais je me retins parce qu'il était vraiment adorable. Il se retourna vers le placard et commença à regarder mes boites de thé, avant d'en sortir une, évidemment : English Breakfast. C'était le matin, et il était anglais. C'était tout à fait logique, et je me mis enfin à rire quand il se retourna avec la boite à la main.

Alex haussa un sourcil, un petit sourire au coin des lèvres.

— Quelque chose de drôle ? demanda-t-il, légèrement confus par mon rire.

S'il était confus, je l'étais aussi, mais je n'étais pas d'humeur à penser à ça. Je n'avais aucune idée de combien de temps s'était écoulé depuis le moment où j'avais vu un homme sorti tout droit de mes cauchemars courir vers nous dans le parc ce matin, mais, grâce à Alex, j'avais réussi à écarter ces sentiments. J'étais tellement soulagée que j'en avais la tête qui tournait. Enfin, c'était en partie ça, et en partie le fait qu'Alex soit là.

Alex était vraiment beau, c'en était presque ridicule. Il avait les cheveux marron, presque bouclés et souvent aussi ébouriffés qu'actuellement. De délicieux yeux couleur chocolat qui allaient parfaitement avec ses cheveux. En plus du fait que son corps ne soit fait que de muscles et rien d'autre, ses traits droits, avec ses pommettes hautes et son nez droit, le rendaient parfaitement délicieux pour les yeux. Et pour empirer la chose, il semblait n'avoir aucune idée de l'effet qu'il faisait aux femmes et était du genre discret et silencieux.

J'avais rencontré Alex plusieurs fois par le biais d'Olivia et de son fiancé Liam. Olivia était l'une de mes meilleures amies et elle était tombée follement amoureuse de Liam Reed, qui avait signé chez les Seattle Stars en même temps qu'Alex et deux autres joueurs anglais. Alex était connu pour ses nerfs d'acier, il était capable de résister à toutes les pressions en tant que gardien de but et, pour l'instant, cette saison, il n'avait pas pris un seul but. Avant ça, je m'intéressais très peu au foot, mais depuis qu'Olivia avait commencé à m'emmener à des matchs, j'avais appris à remarquer le charme d'Alex.

Je ne m'étais pas laissée penser au fait qu'il était beau à en tomber, mais, là tout de suite, alors qu'il se tenait dans ma cuisine, c'était difficile à ignorer. Une star du foot et un sex-symbol dans un corps si délicieux, il me donnait envie de le lécher des pieds à la tête. Se tenir si près de lui était intense, mais réconfortant. Il dégageait une puissance silencieuse. Je me mis à rire à nouveau parce que je réalisai qu'il attendait patiemment que je lui réponde. Je désignai les tasses posées sur le comptoir, et il secoua la tête doucement en passant devant moi pour y déposer deux sachets de thé. Il se tourna et s'appuya contre le coin du comptoir, à un demi-mètre de moi.

Je me calmai quand je compris que j'avais sans doute l'air folle. Il s'était retrouvé avec moi au pire moment possible dans ce parc. Je ne voulais pas qu'il pense que j'avais besoin d'être protégée, mais j'étais vraiment soulagée qu'il ait été là et qu'il m'ait accompagnée hors de ce parc. Avec Stanley d'un côté et Alex de l'autre, j'avais pu marcher jusque chez moi sans y penser. Le gentil geste d'Alex, en proposant de me préparer un thé, m'avait sortie de ma propre tête. C'était tellement drôle de voir cet homme immense et musclé me faire du thé.

Je croisai son regard, et des papillons s'envolèrent dans mon estomac. Je réussis à respirer. Je me sentais bizarre, agitée et sur les nerfs. La terrible vérité sur ce qui m'avait fait si peur ce matin me donnait envie de prouver que ça ne me faisait plus aucun effet. On se regarda dans les yeux avant que le regard d'Alex me parcoure. Il n'était pas particulièrement facile à lire, mais je sentais un désir qui répondait au mien en lui. Mes mains étaient enroulées sur le bord du comptoir, et je réalisai que je m'y agrippais. Je relâchai ma prise et m'avançai, mon corps vibrant et mon esprit décidé à effacer tout ce qui menaçait de prendre le dessus.

Je me plantai juste devant Alex, la chaleur de son corps arrivant jusqu'au mien. M'approcher de lui était comme m'approcher d'un grillage électrique, il dégageait une énergie et une puissance folle. Son souffle s'affola quand je fis un pas de plus. Il y avait une partie de moi qui me disait que j'avais complètement perdu la tête, et c'était peut-être vrai. Mais bon sang, j'avais décidé que ma vie ne serait pas définie par un incident horrible. Alex se tenait devant moi et l'air qui nous entourait était tendu sous la force qui vibrait entre nous. Je pouvais me laisser tomber en arrière, ou laisser ce moment m'englober.

Alors que mon pouls hurlait dans mes oreilles et que le feu s'emparait de mes veines, je passai une main le long du bras d'Alex. Oh, waouh. Le simple fait de lui toucher le bras était génial. Il ne bougea pas tandis que je caressais ses muscles, savourant la sensation de sa force et de sa puissance subtile. Sa peau était chaude et douce. Je ne m'arrêtai pas, passai sur son t-shirt et vers son cou. Je ne pensais plus à rien, je n'avançais qu'à l'instinct. Sa bouche était splendide, avec des lèvres généreuses et une toute petite fossette sous sa lèvre inférieure. Je posai ma main dans son cou et le tirai vers moi.

Il s'arrêta à un centimètre de moi.

— Harper ?

— Hm ?

— Qu'est-ce que tu fais ?

— Je t'embrasse, répondis-je.

Son regard chocolat trouva le mien, plein de questions. Je ne savais pas ce qu'il voyait dans mes yeux, mais je voyais le battement de son cœur dans son cou, et son souffle était court. Impatiente, je le tirai fort vers moi. Au moment où nos bouches se trouvèrent, c'était comme si j'avais reçu un choc. Un éclair chaud me traversa. Il se figea, puis passa son bras sur moi, me tirant vers lui. Oh, c'était parfait. Être dans ses bras, contre son corps chaud et dur, était un vrai paradis. Il glissa sa paume le long de mon dos et l'enroula autour de mon cou. Notre baiser passa d'un magnifique point de contact à une plongée profonde vers un monde de délices. J'aurais pu deviner qu'Alex était un homme patient, et ça faisait de lui un parfait partenaire de baisers. Il n'allait pas trop vite, et il ne se transformait pas en homme des cavernes enfonçant sa langue dans ma gorge. Oh, non. Il était lent, et ses baisers doux me dévastaient, agrémentés de caresses de sa langue contre la mienne et de petites morsures sur ma lèvre inférieure. Tout cela nous plongea dans un baiser si fondant que je me serais effondrée s'il ne m'avait pas tenue.

Il recula et posa sa tête dans le creux de mon cou. J'étais soulagée, car je n'étais pas sûre d'être capable de le regarder tout de suite. J'avais décidé de l'embrasser dans un moment d'audace, autant pour moi que pour n'importe qui, pour montrer que le passé n'allait pas me faire peur. Je ne savais pas qu'embrasser Alex me ferait tout ça. Que ce serait une folie englobante qui me donnerait la sensation d'être plus en vie que jamais auparavant. Au bout d'un moment, il leva la tête et relâcha sa prise. Je n'avais pas réalisé que je n'avais pas les pieds au sol jusqu'à ce qu'il me laisse doucement glisser contre son corps. Je sentais la bosse de son envie, et mon corps répondit en se tendant.

Quand je posai à nouveau les pieds au sol, je pris une profonde inspiration et reculai. Ses yeux m'attendaient.

— C'était pour quoi, ça ? demanda-t-il.

Très bonne question, et il y avait une multitude de réponses. À l'instant, je n'arrivais pas à penser à quoi que ce soit d'autre que ce moment exact.

— J'avais envie de t'embrasser, dis-je enfin.

Une réponse parfaitement vraie, mais ça ne capturait pas tout ce que je ressentais, et certainement pas ce que je ressentais à l'instant.

Chapitre Trois

ALEX

— Bon sang, marmonnai-je tout seul en regardant au bout du couloir du stade et en voyant Liam qui parlait à notre coach et à deux journalistes à la sortie de la salle de presse.

C'était la première défaite de la saison aujourd'hui. Un but, juste un seul, le premier à m'échapper cette saison, mais il avait suffi de ça pour que l'autre équipe gagne. La vérité était qu'ils avaient fait un très beau match. J'avais arrêté de nombreuses tentatives avant que cette balle ne m'échappe d'un cheveu. Je redressai les épaules et traversai le couloir. Le coach Bernie m'avait donné dix minutes de répit après le match parce qu'il savait que je détestais les interviews. Je lançai un merci silencieux à Liam. Non seulement était-il mon meilleur ami depuis que nous étions enfants, mais il attirait souvent le feu des projecteurs et les éloignait de moi. Comme j'étais le gardien et qu'il était le capitaine de l'équipe, on nous demandait souvent de jouer le jeu avec les journalistes sportifs. Liam n'était pas plus friand de ces moments que moi, mais il était bien plus jovial. Pour faire bref, il savait baratiner bien mieux que moi.

J'arrivai au niveau du groupe et me positionnai à côté de Liam. Le coach me fit un petit signe de tête, avec des yeux bleus chaleureux. L'année dernière, j'avais été très soulagé de recevoir l'offre des Seattle Stars. Qu'on ne s'y trompe pas, j'adorais ce sport, où que je joue, mais je m'étais retrouvé dans un conflit désagréable avec notre ancienne équipe à Londres. Un combat de coqs entre le gardien qui m'avait précédé et le coach qui l'avait relégué au banc, en gardien remplaçant, après une gueule de bois de trop. J'avais été bien heureux de prendre la position principale, parce que je savais que j'étais meilleur que lui, mais la tension était insoutenable. Quand les choses avaient pris un sale tournant à la fin de la saison et que mon agent m'avait montré l'offre de Seattle, j'avais sauté sur l'occasion. Avoir Liam et deux autres amis de Londres dans cette aventure rendait l'offre encore plus intéressante.

Je ne savais pas à quoi m'attendre avec notre nouveau coach, mais Bernie Hoffman n'était vraiment pas du genre à encourager les conflits. Les bêtises de mon ancienne équipe ? Hors de question dans celle-ci. Le coach avait pris ce poste après des années d'expérience sur le terrain, en tant que star du foot lui-même, une quinzaine d'années plus tôt. Il était très respecté par les joueurs après avoir été un joueur dominant à son époque. Il avait parfaitement confiance en lui, avait une éthique de boulot en or, et il en attendait de même de notre part. Je répondis à son hochement de tête de la même façon et ravalai ma frustration. J'avais l'impression d'avoir déçu toute l'équipe.

Alors qu'on suivait les journalistes dans la salle de presse, Liam se pencha vers moi.

— Détends-toi, mec. Je vois bien que tu te prends

trop la tête. Le coach a démonté Ethan et deux autres défenseurs d'avoir laissé autant d'ouverture vers le but, donc ne va pas te dire que tu es le seul responsable.

Je jetai un œil à Liam et trouvai ses grands yeux bleus qui brillaient. Ils scintillaient presque. Avec ses cheveux noirs et ces yeux, il avait fait la une des magazines à potins plus d'une fois en Angleterre. Je n'avais en aucun cas envie de ce genre d'attention, donc j'ignorais toutes ces publications. Je trouvai le regard de Liam et secouai la tête.

— J'aurais quand même dû attraper cette balle.

Je ne dis rien de plus, mais je me déchirais mentalement. J'avais été un peu trop lent et il n'en avait pas fallu plus pour qu'on perde ce match.

Liam me fit une tape sur l'épaule.

— On en sortira grandis. Il faut toujours au moins une défaite avant les matchs éliminatoires. Sinon on devient arrogants.

J'étais peut-être d'accord avec ce point-là, mais ça ne changeait rien à ce que je ressentais. On arriva à la table de presse et on s'installa sur les chaises à côté du coach. Les vingt minutes qui suivirent furent un vrai flou. J'essayai de ne pas avoir l'air trop déprimé, et Liam fit remarquer que je faisais la même tête après une victoire. Je fus soulagé quand on sortit de cette pièce et qu'on traversa le couloir. La seule chose dont j'avais envie était de me doucher et de rentrer chez moi pour regarder le match à nouveau, pour voir ce que j'aurais pu faire différemment et m'assurer qu'une erreur comme ça ne m'arrive pas à nouveau.

J'ignorai tout le monde en entrant dans les vestiaires. Un peu plus tard, je passai une serviette sur mes cheveux et la jetai dans le panier non loin. Quelques coéquipiers étaient encore là, y compris Liam et Ethan Walsh. Comme Liam et moi, Ethan était anglais. Il était allé à la fac avec nous. Au départ, il avait signé avec une autre équipe en Angleterre, mais il avait fini par nous rejoindre et intégrer les Stars quand ils lui avaient fait une offre dure à refuser. Je fermai mon casier et allai m'asseoir en face d'eux, sur l'un des bancs qui longeaient le mur.

— J'imagine qu'il vaut mieux perdre maintenant que plus tard, non ? demandai-je.

Ethan me regarda et haussa les épaules.

— Que des conneries, dit-il avec un clin d'œil.

Ethan était aussi jovial que Liam. C'était difficile à croire, mais il était même encore plus charmeur. Liam avait toujours été un tombeur jusqu'à ce qu'il tombe follement amoureux d'Olivia. Mais Ethan, avec ses cheveux blonds et ses yeux verts, avait hérité du surnom : « Golden Brit Boy ». Ce qui ne cessait jamais de l'amuser. Malgré son côté blagueur, je savais que cette défaite l'énervait tout autant que moi. Il jouait une position de défense latérale, et c'était l'un de nos meilleurs défenseurs.

Je répondis à son clin d'œil en haussant les épaules et en me penchant en avant, appuyant mes coudes sur mes genoux et regardant Liam.

— Je suis surpris de te trouver là si tard. Tu n'es pas censé être quelque part à faire des papouilles d'amour à ta nana ?

Liam me lança un sourire amusé.

— Oh si, mec. Je devrais. Mais je suis là. Olivia m'a écrit et m'a dit que j'étais censé vous emmener tous les deux à diner, avec elle et ses copines.

Ethan haussa un sourcil.

— Je lui ai dit que tu allais essayer de dire non, donc il m'a fait attendre pour que je puisse te forcer à venir, dit-il avec un petit sourire.

Je les regardai tous les deux et retins un soupir.

J'étais fatigué et je n'avais pas particulièrement envie de voir du monde après cette défaite.

— Ce soir ?

Liam se leva.

— Ce soir. Pour célébrer le fait que Daisy a gagné un prix de recherche, ou un truc du genre. Harper sera là aussi.

Au moment où il dit ça, ma réponse se transforma en un oui. Mais je ne voulais pas que ce soit évident. Personne ne savait que j'avais le béguin pour Harper. Enfin, le béguin n'était pas le mot exact. C'était plutôt un désir brûlant et déchirant. Ça faisait une semaine entière que je ne l'avais pas vue après notre rencontre dans le parc, et je n'avais cessé de penser à ce baiser. Soudainement, cette obligation sociale se transforma en opportunité. J'avais eu envie de dire non, mais Liam n'était pas mon meilleur ami pour rien. S'il voulait que je vienne quelque part, je venais. Je me levai.

— D'accord, mec. Tout ce que tu veux, pour Olivia, dis-je en levant les yeux au ciel.

Ethan eut l'air un peu surpris, mais il se leva et sortit avec nous. On prit un taxi vers un petit restaurant thaï pas loin de mon appartement. Mon corps vibrait d'excitation à l'idée de revoir Harper. Je devais admettre moi-même que l'intérêt que je lui portais n'était pas sous contrôle. Avant la semaine dernière, je la trouvais intéressante et je me retrouvais souvent à me demander ce qui se tenait derrière les murs invisibles qu'elle érigeait tout autour d'elle. Mais entre le fait de l'avoir vue plonger dans une terreur pure après avoir vu un homme dans le parc et le rebond qui l'avait poussée à m'embrasser, eh bien on pouvait dire sans l'ombre d'un doute que j'étais maintenant déterminé à faire tomber son masque. Et j'avais aussi envie de faire bien plus que l'embrasser.

Son baiser avait été si osé, je durcissais rien qu'en y pensant.

L'un des aspects négatifs d'être un footballeur professionnel était la vague de femmes qui se jetaient aux pieds de mes camarades et moi et, pour moi, me laissaient des attentes impossibles. J'étais parfaitement immunisé au charme mondain des femmes qui ne cherchaient qu'à ajouter un trophée à leur collection. Harper était différente, précisément car jusqu'à ce qu'elle m'embrasse, je semblais la laisser complètement indifférente.

Quand on entra dans le restaurant, je trouvai Harper du regard immédiatement. Elle s'avançait vers la table où Olivia était installée, avec leur amie Daisy. Les hanches d'Harper se balançaient à chaque pas. Ses cheveux étaient tirés en arrière, en une queue-de-cheval, comme presque toujours. Elle s'installa sur la banquette, en face d'Olivia et Daisy, et j'accélérai le pas, décidé à prendre place juste à côté d'elle. Liam était si concentré sur Olivia – elle était le centre de son univers avec le foot – qu'il ne remarqua pas l'attention que je portais à Harper. Ethan, en revanche, le vit très bien.

— Eh bah, eh bah, murmura-t-il d'un ton amusé. Qui c'est qui a le béguin pour Harper ?

Je lui donnai un coup de coude avant d'arriver à la table.

— Ferme-la !

J'ignorai le rire étouffé d'Ethan et m'installai tranquillement à côté d'Harper. Ethan, bon ami qu'il était, s'installa rapidement de l'autre côté de moi, me poussant contre Harper. Il aimait bien déconner, peut-être un peu trop, mais c'était un ami sur qui je pouvais compter. S'il pensait qu'Harper me plaisait, il allait faire de son mieux pour me faciliter la tâche. À ce moment-là, je le regardai et gloussai.

Ethan me fit un clin d'œil et se tourna rapidement pour draguer la serveuse.

— Salut ma belle, des bières pour les garçons s'il te plait. On a perdu, et il faut qu'on oublie.

La serveuse en question, une femme d'âge mûr avec des cheveux noirs, des yeux sombres et une figure fine, lui rendit son sourire.

— Tout de suite.

Liam leva la tête vers nous, puis se retourna vers Olivia.

— Décale-toi ma belle. Si les gars rentrent en face, je peux rentrer là.

Olivia, tout aussi amoureuse de Liam qu'il était amoureux d'elle, poussa Daisy d'un petit coup d'épaule. Liam s'assit à côté d'elle et déposa un baiser dans son cou. Olivia, que j'avais aimée dès le moment où je l'avais rencontrée, rougit. Elle nous regarda.

— Salut les gars, désolée pour le match.

— Oh. C'est la vie, répondit Ethan.

Les cheveux noirs d'Olivia étaient remontés en un chignon qui se balança quand elle hocha la tête.

— Bien alors. Pas besoin de s'attarder là-dessus.

Son regard vert passa à moi.

— Merci d'être venu, Alex. Je me disais...

Daisy lui coupa la parole.

— Elle s'est dit qu'il vous fallait quelque chose pour vous changer les idées, et oublier la défaite, dit-elle très directement.

Ethan lança un sourire à Daisy. Je les regardai l'un après l'autre et réalisai qu'ils iraient bien ensemble. Les cheveux blonds tous les deux, et ils étaient tous les deux habillés en vert ce soir. Les yeux de Daisy ne se posèrent sur Ethan qu'un bref instant, et je ratai presque l'éclair de curiosité qui traversa son regard. Ethan la fixa du regard un peu plus longtemps que d'habitude, me forçant à me demander à quoi il pensait. Mais plutôt que de m'attarder là-dessus, je regardai Harper, qui était assise à côté de moi, en silence.

Je sentais la tension vibrer dans son corps, et j'avais envie de passer mon bras sur son épaule, pour la calmer. Si seulement je savais d'où venait cette tension. Mais je me rappelai où nous étions et j'ordonnai à mon corps d'obéir. Ma queue sursauta, simplement car le fait d'être si proche d'Harper faisait bouillir mon sang, mais je réussis à me tenir.

— Bonsoir Harper, dis-je alors que j'attendais qu'elle lève les yeux.

Elle le fit, et ses grands yeux bleus brillants s'élargirent un petit peu quand elle les posa sur moi.

— Salut Alex, dit-elle doucement, d'une expression contrôlée que je n'avais vue faillir que deux fois, une fois de peur et une fois de désir.

Je ne voulais jamais revoir la peur sur son visage, mais le désir... Oh oui, je voulais en voir bien plus. Je ne savais pas comment je savais ça, mais Harper avait une intensité en elle qui me disait sans l'ombre d'un doute qu'elle serait sauvage si elle se laissait aller.

Daisy dit quelque chose, et le regard d'Harper lâcha le mien quand elle répondit. J'avais eu envie de la voir, mais bon sang, ce n'était pas pratique. J'avais sous-estimé l'effet qu'elle me faisait. Je l'avais vue assez souvent par le passé, mais c'était la première fois que je la revoyais depuis qu'elle m'avait embrassé follement. Oh, j'avais pris le contrôle de ce baiser rapidement, mais elle l'avait démarré. Son audace, cachée derrière cette façade de contrôle, m'enflammait.

La serveuse revint avec nos bières. Liam

commanda des nouilles de l'ivrogne pour la table entière, en nous disant qu'on trouverait ça délicieux. Pendant ce temps, la conversation continua autour de moi. Ce n'était pas inhabituel pour moi. J'aimais bien mes amis, mais je ne ressentais jamais vraiment le besoin de parler. Ce que je voulais à cet instant, c'était être seul avec Harper. Comme ce n'était pas une option, je prenais ce qu'on me donnait. Alors que Daisy plaisantait avec, eh bien, tout le monde sauf Harper et moi, je regardai Harper et trouvai ses yeux bleus qui m'attendaient.

Ma queue sursauta à nouveau et je l'ignorai.

— Je ne t'ai pas revue au parc, dis-je, regrettant immédiatement mon commentaire.

Je ne savais pas pourquoi, mais j'imaginais qu'Harper n'avait aucune envie de retourner dans le parc où elle avait vu l'homme qui l'avait fait trembler de peur, même de loin. Je l'avais revu de loin moi-même. Si on avait été seuls, j'aurais peut-être envisagé d'aller le voir. Mais le parc était plein de joggeurs, de gens qui se baladaient et ce genre de choses, donc je l'avais ignoré.

Harper secoua la tête, les cheveux sombres brillants de sa queue-de-cheval se balançant.

— Non, je n'y suis pas retournée. Je, euh...

Elle s'arrêta et mordilla sa lèvre inférieure. Bordel. Il fallait qu'elle arrête ça ou ma queue se réveillerait. J'étais déjà à moitié dur à chaque fois que j'étais dans la même pièce qu'elle.

Quand le silence continua, je ressentis le besoin de la rassurer.

— Pas besoin de te justifier. Je comprends pourquoi tu ne veux pas retourner dans ce parc. Si jamais tu veux y retourner, n'hésite pas à me le dire, je peux t'accompagner.

Je le pensais, mais mes mots me surprirent. Je n'étais pas du genre à aller trop vite ou à insister. J'étais plutôt du genre à rester en retrait. J'aimais avoir des copines. Mais je n'aimais pas la visibilité associée à la vie romantique des célébrités sportives. Je n'aimais pas me retrouver observé à la loupe. À Londres, j'avais quelques ententes qui m'allaient bien. Je pouvais satisfaire mes besoins, et satisfaire des femmes sans que ça se retrouve dans les journaux. Ce n'était pas ce que vous imaginez peut-être. Je ne parlais pas de prostitution. Je disais simplement que j'avais eu la chance de rencontrer une jeune veuve qui ne cherchait pas l'amour, mais qui avait les mêmes besoins que moi. Ma relation avec elle m'avait mené à une autre femme, qui elle n'était pas veuve, mais dans un mariage chaste, un mariage très public. Encore une fois, c'était une femme qui avait des besoins et demandait la même discrétion que moi.

Avant que vous vous disiez que je ne voyais pas de problème dans le fait de détruire un mariage, ce n'était pas comme ça. Ils étaient mariés, car ils étaient meilleurs amis et pour des raisons professionnelles. D'une certaine façon, de l'extérieur, leur mariage avait l'air plus sain que beaucoup d'autres. Ils se respectaient et tenaient beaucoup l'un à l'autre. Mais le sexe ne faisait pas partie de leur mariage. Ce n'était pas un choix que je ferais pour ma propre vie, mais ce n'était pas à moi de les juger. Depuis que j'avais déménagé à Seattle, j'étais un peu en manque. Les deux ou trois visites que j'avais faites à Londres ne répondaient pas vraiment à mes besoins. Donc ma queue avait des opinions fortes sur le sujet.

Mais avec Harper, ça n'avait rien à voir avec un besoin physique simple. Même si, dans le domaine de besoin physique simple, Harper était une poussée d'adrénaline pour ma libido, c'était sa personne qui était l'ingrédient magique. Avais-je déjà dit bon sang ? Car, bon sang, il fallait que je me reprenne.

Avant que je ne puisse penser à revenir sur mon invitation, les yeux d'Harper parcoururent mon visage. Après un moment, un coin de sa bouche s'étira.

— Tu voudrais courir avec moi ? demanda-t-elle.

Rien que ça, ce demi-sourire de sa part, me donnait l'impression d'un soleil qui perçait les nuages. Mis à part le simple fait que j'aimais son sourire, elle avait une bouche splendide. Son visage était habituellement toujours tendu, mais quand elle se détendait, même un tout petit peu, sa bouche faisait de même. Ses lèvres étaient rebondies et pulpeuses. Je savais exactement ce que ça faisait de les embrasser, elles étaient douces, généreuses, rapides. Elle pencha la tête sur le côté pour accentuer sa question et je réalisai que je n'avais pas répondu.

— Oui, dis-je.

— Oh, dit-elle, lâchant ce simple mot d'un souffle.

Je voyais son pouls battre dans sa gorge et j'avais envie de lui lécher le cou. Mais pas maintenant. Pas alors que la conversation continuait autour de nous, et que des yeux curieux nous trouveraient sans doute si je suivais mes pulsions.

— Tu cours tous les jours ? demanda-t-elle.

— La plupart du temps.

— À quelle heure ?

— Euh, vers six heures d'habitude.

Ses yeux s'emplirent de pensées et se refermèrent à nouveau. Je la voyais réfléchir.

— J'aime bien courir, et Stanley aussi, dit-elle soudainement. Si tu me donnes une heure, je te rejoindrai.

J'avais l'impression qu'elle me tendait un cadeau. Je

plongeai la main dans la poche de mon jean et sortis mon téléphone.

— Tiens, donne-moi ton numéro. Le mot de passe c'est Queen34, dis-je en lui tendant l'appareil.

— Tu veux que j'enregistre mon numéro dans ton téléphone ? Et tu me donnes ton mot de passe ? Tu es complètement fou ? demanda-t-elle, la surprise effaçant complètement l'expression de contrôle sur son visage.

Je haussai les épaules.

— Je ne pense pas. Je n'ai rien à cacher. Enregistre ton numéro et je t'enverrai un texto le matin avant d'aller courir. Je cours juste devant ton bâtiment, donc on peut commencer là.

— Crois-moi, Harper, Alex n'a rien à cacher. Aucune photo cochonne sur son téléphone. Et sans doute même pas un seul numéro de téléphone scandaleux, dit Liam avec un sourire amusé.

Harper nous regarda tous les deux et se mit à rire. Daisy haussa un sourcil.

— Waouh, tu sais t'y prendre Alex.

Je lançai un regard confus à Daisy.

— Il faut un sacré talent pour faire rire Harper.

Daisy tourna le regard vers Harper qui entrait mon mot de passe.

— C'est ce mot de passe idiot qui te fait rire ? Pourquoi Queen34 ? demanda Daisy, me regardant à nouveau.

— Parce que j'aime bien Queen, expliquai-je.

— Le groupe ? demanda Daisy.

Je hochai la tête et Daisy sourit.

— C'est l'un des groupes préférés d'Harper, hein, Harper ?

Harper regarda le téléphone, puis Daisy, puis moi, un sourire lent s'étirant sur son visage. Bordel. Je voulais la voir sourire à jamais. J'adorais ce sourire. Le seul problème était que ma queue ne cessait de vibrer. Le sourire d'Harper, son vrai sourire, pas le sourire poli que j'avais déjà vu, transformait son visage. Ses yeux retenaient un éclat espiègle, sa bouche généreuse se détendait et une fossette perçait sa joue.

— C'est vrai. C'est difficile de trouver un groupe qui fait mieux que Queen, surtout de nos jours, répondit-elle avant de regarder mon téléphone à nouveau alors qu'elle tapait son numéro sur l'écran.

Harper me rendit mon téléphone alors que Daisy disait quelque chose d'autre, mais je ne l'entendis pas. Si Daisy s'adressait à moi, elle passa à autre chose, se tournant vers Ethan et lui demandant quelque chose. Harper trouva mon regard.

— Je me lève toujours tôt dans tous les cas, mais je ne veux pas que tu aies la pression de te dire que je vais te rejoindre tous les jours, dit-elle alors qu'un rose subtil apparaissait sur ses joues.

Oh, j'avais bien l'intention de la voir tous les jours maintenant. En vérité, je courais presque tous les jours, donc ça ne changeait rien à mon emploi du temps. Je n'étais pas prêt à lui dire que j'étais décidé et déterminé à la voir dès que j'en aurais l'occasion maintenant que je l'avais goûtée. Et je n'allais pas lui dire que j'étais déterminé à voir ce qui se tenait derrière cette façade contrôlée. Mais j'allais lui dire une vérité simple.

— Comme je t'ai dit, j'y suis presque tous les jours. Tu me verras. Tu peux t'attendre à un texto demain matin.

Elle hocha rapidement la tête et détourna le regard, répondant à Olivia sur quelque chose. Un peu plus tard, après nous être rassasiés de nouilles épicées et de bières, ce rassemblement impromptu se sépara.

Liam partit avec Olivia, sa main plongée dans la poche arrière de son jean. Cet homme était complètement fou d'elle, et il n'avait aucune envie de le cacher. Daisy et Ethan partirent quelques minutes plus tôt, Harper suivit rapidement. Je retins l'envie folle de la suivre. Je retournai vers la table et jetai un pourboire au centre avant d'aller aux toilettes et de sortir du restaurant. Il se mit à pleuvoir. Il y avait beaucoup de choses que j'aimais à Seattle, et même si je ne pouvais pas dire que j'aimais la pluie en soi, la plupart du temps, ça ne me dérangeait pas.

Ce soir, j'avais oublié mon manteau, donc c'était un peu embêtant. J'étais à quelques rues de mon appartement, et je n'allais pas m'embêter avec un taxi. Je baissai la tête et marchai sous la pluie. Quand j'arrivai à mon immeuble, mon t-shirt était trempé, mais je me sentais apaisé. Je m'arrêtai en bas des marches de mon bâtiment et jetai un œil juste sous l'escalier. Une paire d'yeux brillait sous la lumière des lampadaires.

— Salut Callie, dis-je en saluant le petit chat qui faisait toujours sa vie sous les marches.

Je l'avais appelée Callie parce que c'était une chatte calico, et parce que je ne pensais pas qu'elle resterait là bien longtemps. Mais elle était encore là. Elle sortait régulièrement de sous les marches depuis deux mois maintenant. Mon but était de la faire rentrer, et mon propriétaire m'avait déjà donné la permission de le faire. Mais Callie était plutôt timide. Ça m'avait pris plus d'un mois pour en arriver à un stade où elle ne s'enfuyait pas quand je la saluais. Je tendis la main sous les marches et restai immobile. Elle me renifla doucement, mais refusa de bouger. C'était humide là-dessous, mais elle évitait le plus gros de l'averse.

— Qu'est-ce qu'il y a là-dessous ?

Cette voix me fit frissonner des pieds à la tête. Je

me redressai et trouvai Harper qui arrivait derrière moi. Son appartement était à deux rues du mien, donc c'était tout à fait logique qu'elle rentre chez elle en passant par là. Mais depuis que je vivais ici, je ne l'avais jamais vue. Elle avait sa capuche sur sa tête et l'eau coulait de chaque côté, éclaboussant ses joues.

Je pris une inspiration et la regardai.

— Un chat. Elle est arrivée il y a quelque temps. J'espère qu'elle acceptera de rentrer dans l'immeuble bientôt, mais elle est peureuse.

Harper me regarda pendant un long instant avant qu'un sourire lent ne s'empare de son visage. Ce sourire allait devenir un problème. J'avais envie de la tirer contre moi et de déposer un baiser sur ces délicieuses lèvres.

Chapitre Quatre

HARPER

Je levai les yeux vers Alex et retins l'envie de rire. Cet homme, grand et musclé, chaque partie de son corps sans doute sculptée dans le marbre, essayait de charmer un chat. Je n'avais pas cessé de penser à lui depuis notre baiser, le souvenir était fermement planté dans mon esprit. Mais j'avais réussi à me convaincre dans la semaine qui s'était écoulée que j'avais inventé l'alchimie que je ressentais entre nous. Et j'avais vraiment tort. À la seconde où je le revis, je me souvins qu'il était comme un silex sur de la pierre. Il créait des étincelles en moi qui menaçaient de m'enflammer.

Il se tenait devant moi, une présence puissante et silencieuse. Son t-shirt était trempé et épousait chacun de ses muscles sur ses bras et son torse. Il était tout de force et puissance. Encore une fois, j'avais envie de lécher son corps, il était si délicieusement sexy. J'avais l'habitude de passer du temps avec des athlètes, et d'habitude ils ne me faisaient pas grand-chose. En tant que kinésithérapeute, mes journées étaient remplies de patients qui se remettaient de diverses blessures. Et la plupart des sportifs professionnels étaient si arrogants que c'était difficile à supporter. Alex était un cas à part. Malgré son statut de joueur professionnel dans le monde du foot, connu dans le monde entier avant même d'avoir mis les pieds à Seattle, qui avait aidé son équipe en Angleterre à aller en demi-finale d'une coupe du monde, Alex était discret. Il dégageait une confiance en lui intense, mais pas un poil d'arrogance.

Je réalisai que je me tenais simplement là à le regarder sous la pluie. En me secouant mentalement, j'arrachai mes pensées à leur tournant lascif.

— Un chat, hein ? Comment tu sais que c'est une femelle ? réussis-je à demander.

Il pencha la tête, me lançant un sourire en coin. *Seigneur.* Mon pouls partit à fond les ballons et mon bas-ventre fut secoué d'un spasme. Je pensais que j'avais complètement dépassé toute idée de luxure. Mais il suffit qu'Alex sourie pour que des feux d'artifice se déclenchent en moi.

— Je ne sais pas en vrai. Elle a juste l'air d'une femelle. Elle ne me laisse jamais m'approcher assez pour que je vérifie.

Je me penchai en avant et regardai sous les marches pour voir un petit chat sale installé sur une couverture. « Elle » était trempée, mais avait l'air assez à l'aise. Je me redressai et regardai Alex.

— C'est toi qui lui as installé cette couverture ?

Il haussa les épaules.

— Possiblement.

Un petit rire m'échappa avant que je ne puisse le retenir.

— On ferait mieux de s'assurer que ça ne se sache pas, le gardien des Stars est un nounours qui installe une couverture pour un chaton qui a froid.

Alex haussa à nouveau les épaules, absolument pas dérangé.

— Moque-toi autant que tu veux.

— Tu as essayé de l'attirer avec de la nourriture ?

Il hocha la tête, les yeux brillants.

— Oh oui. Elle mange la nourriture, mais ne sort pas. Avant, elle partait en courant dès que je m'approchais, plus maintenant. Donc je me dis qu'au bout d'un moment elle finira par sortir.

J'acquiesçai lorsqu'une petite bourrasque fit tomber ma capuche et laissa la pluie s'abattre doucement sur mon visage. Une voiture s'arrêta à un feu, et je tournai la tête par réflexe, mon estomac se remplissant de terreur au moment où je vis le profil du conducteur. Sous l'éclairage partiel des lampadaires, le visage de cet homme était visible. J'aurais reconnu Joe Schmidt n'importe où. C'était maintenant la deuxième fois que je le voyais dans ce quartier. J'aurais aimé savoir qu'il vivait dans le coin avant de signer le contrat de location de mon nouvel appartement. Pour la première fois depuis qu'il m'avait violée quatre ans plus tôt, je n'avais pas essayé de savoir où il était. Je n'aimais pas penser à Joe, et j'avais enfin l'impression d'avoir progressé quand j'avais déménagé. Je me forçai à détourner le regard et à ravaler l'anxiété glaciale qui s'emparait de mes poumons.

Je remis ma capuche et me concentrai sur ma respiration pour essayer de rester calme. La voix d'Alex me ramena à la réalité. Je le regardai et le vis tourner la tête vers la voiture arrêtée au feu, où Joe était installé, puis se tourner vers moi. S'il avait remarqué quelque chose, il ne me le montra pas.

— Tu veux un thé ? demanda-t-il soudainement.

— Du thé ? Maintenant ?

— Ouais. Il fait froid, il pleut. Je te raccompagne chez toi après.

J'étais incapable de lui dire que je ne voulais pas

rentrer toute seule soudainement. Même si son invitation semblait sortir de nulle part, je m'y accrochai.

— J'adorerais un thé, dis-je, en me forçant à sembler un peu enthousiaste.

Alex posa son bras sur mes épaules, comme si c'était la chose la plus naturelle du monde, et me guida vers les marches. Quelques instants plus tard, je le suivis dans son appartement. Je savais qu'à une époque il vivait ici avec Liam, mais je n'étais jamais venue. Jusqu'à ce que je le croise au parc la semaine dernière, je ne savais pas qu'il vivait dans le quartier où je venais d'emménager. On entra dans une vraie entrée, avec des placards de chaque côté et un sol carrelé, ce qui était pratique étant donné que mon manteau était trempé. Sans un mot, Alex accrocha mon manteau au porte-manteau près de la porte une fois que je l'eus enlevé. Je fis comme lui et retirai mes chaussures avant d'entrer dans le salon. Dans le salon, il y avait un grand canapé d'angle face à une télévision montée au mur et un repose-pieds épais entre les deux. Plus loin, il y avait une cuisine ouverte, avec un demi-mur qui servait de séparation.

Le salon avait un sol en moquette gris clair, alors que le canapé était d'un gris plus sombre. La seule pointe de couleur dans la pièce était la couverture bleu pétant, pliée sur le canapé. Alex me regarda alors qu'il se dirigeait vers ce qui semblait être la salle de bain. Il y avait trois portes qui quittaient le salon. Je supposai que les deux autres étaient des chambres. Avant que je ne comprenne ce qu'il faisait, il avait retiré son t-shirt trempé et l'avait jeté dans le panier à l'entrée de la salle de bain. Étant donné que son t-shirt était mouillé, c'était la chose logique à faire. Il n'y avait rien d'anormal dans le fait qu'un gars change de t-shirt. Sachant qu'Alex était un sportif de haut niveau, je savais qu'il avait sans doute l'habitude de se changer devant n'importe qui, puisqu'il le faisait tous les jours dans les vestiaires.

Quand il se dirigea vers la porte qui menait sans doute à sa chambre, ma bouche s'assécha complètement. D'accord. Ce n'était pas comme si je ne savais pas qu'il était beau et musclé. Je m'étais fait une idée de son corps de fou quand je l'avais embrassé. Mais je me retrouvais maintenant face aux limites de mon imagination. Oh. Mon. Dieu. Il était plus que parfait. Je pouvais compter ses abdos, sans rire. Il y en avait six, parfaitement visibles. Son physique de joueur de foot n'était pas une question de volume, c'était une définition parfaite, la séparation de chaque muscle que je pouvais admirer sans chercher. Même son dos était une œuvre d'art, ses épaules se tendant lorsqu'il se retourna pour me faire face, un t-shirt sec dans les mains. Le regarder l'enfiler aurait pu être un porno. J'avais chaud, et j'étais complètement excitée.

Mais lui n'en avait aucune idée. En me regardant, il s'avança vers la cuisine.

— Et maintenant, un thé, dit-il, en me faisant signe de le suivre.

Un instant plus tard, j'étais assise autour d'une petite table ronde dans la cuisine pendant qu'il allumait la bouilloire. Je n'arrivais pas vraiment à croire que quelques minutes plus tôt, j'avais posé les yeux sur l'homme qui hantait ma vie depuis bien trop longtemps. Par miracle, j'avais complètement oublié Joe, alors que d'habitude je me serais retrouvée dans une prison mentale pendant quelques heures. Je ne savais pas si l'effet fou que me faisait Alex venait de mon état second, ou si c'était juste lui. Dans tous les cas, j'appréciais la distraction qu'il offrait.

Alex resta silencieux plusieurs minutes jusqu'à ce

que la bouilloire siffle. Il nous servit deux tasses de thé
et s'installa en face de moi, me faisant glisser un mug.
J'enroulai mes mains sur la céramique, savourant cette
chaleur. Ses yeux se posèrent sur moi, un regard
chocolat qui me jugeait. Je me sentis soudainement
mal à l'aise, essayant de cacher mon visage en prenant
une grande gorgée de thé, oubliant complètement que
l'eau venait de bouillir et que j'aurais dû attendre
quelques minutes. En sursautant, je crachai de l'eau sur
la table.

Je levai les yeux vers Alex et vis ses épaules trembler un peu, le regard pétillant de malice.

— Un peu trop chaud ? demanda-t-il avec un rire
grave alors qu'il se levait et se dirigeait vers le comptoir, avant de revenir pour essuyer la table avec un
sopalin.

Il m'en tendit un autre et jeta le premier dans la
poubelle.

Après que je me fus essuyé le menton, je me levai
pour jeter mon sopalin dans la poubelle. Alex se tenait
au niveau du comptoir, les mains accrochées au bord.

— Besoin d'un t-shirt sec ? demanda-t-il en désignant mon haut.

Je baissai les yeux et soupirai. La majorité de mon
haut était maintenant trempée. J'étais habillée de
façon très normale ce soir, avec un jean et un t-shirt en
coton, celui-ci était ajusté et bleu foncé. Je levai les
yeux vers Alex en essayant de ne pas rougir et je
haussai les épaules.

— C'est gentil, mais ça va aller.

Il hocha à peine la tête, les yeux plantés dans les
miens. L'air se mit à vibrer autour de nous, et mon
corps s'enflamma. Il suffisait qu'Alex me regarde pour
que j'aie envie de lui. Mes tétons se tendirent et je me
rendis compte que c'était sans doute évident, car mon

t-shirt était mouillé et me collait à la peau. Je semblais incapable de bouger et je restai là, à quelques centimètres d'Alex.

J'avais envie de m'approcher de lui et de sentir son corps musclé contre le mien. J'avais envie de me perdre dans le battement fou du désir entre nous. *Tu as vraiment perdu la tête. Prends du recul et réfléchis. Tu ne peux pas...*

Mon corps, qui semblait soudainement avoir une voix bien à lui, prit le dessus sur ma voix de la raison, qui était toujours prudente et sage (d'après moi). *Pourquoi ? Pourquoi devrais-je prendre du recul ? L'homme le plus délicieux que tu aies jamais embrassé se tient juste devant toi. Tu sais que tu peux lui faire confiance.* La prudence tenta de reprendre le dessus. *Comment tu sais que tu peux lui faire confiance ?* L'autre partie de moi, alimentée par le désir d'explorer le désir qu'Alex éveillait, répondit rapidement. *Parce que tu le sais. C'est le meilleur ami de Liam, et il est tellement fiable que Liam se moque de lui à ce sujet. En plus, tu le sens. C'est un gars solide, un gars bien. Fort, discret et stable. Oh, et canon comme tout. Tu as enfin l'occasion que tu attendais. Fais-en quelque chose.*

Je regardai Alex, mon esprit débattant dans tous les sens. À ce moment-là, cette voix audacieuse, celle qui semblait naitre uniquement de mon besoin charnel d'Alex, gagnait le débat sans aucun doute. J'avais envie d'Alex. Je mourais d'envie d'être avec lui.

J'avais aussi envie de chasser les cauchemars qui me hantaient depuis quatre ans. Ils étaient de moins en moins fréquents et intenses, mais ils réapparaissaient toujours de temps en temps. Je m'étais convaincue que si je trouvais la bonne personne, je pourrais avoir l'aventure d'une vie et reprendre le contrôle de ma vie. Je n'avais pas couché avec qui que ce soit depuis quatre ans, pour de très bonnes raisons après tout. Un viol détruit une libido. J'avais commencé à me dire que je ne ressentirais peut-être plus jamais de désir pour qui que ce soit. C'était une perte étrange, un vide créé par la colère. La colère de ce qu'on m'avait volé, peut-être pour toujours. Je voulais retrouver cette partie de moi, reprendre le contrôle de mon propre corps.

Et Alex avait débarqué. Je l'avais observé de loin quand on se rencontrait, avec Olivia et Liam. Il était tentant, mais je n'avais pas passé de temps avec lui du tout, et je ne m'étais pas approchée assez pour l'envisager de cette façon avant la semaine dernière. Il avait suffi de quelques minutes seule à seul pour effacer toutes les inquiétudes que j'avais de ne plus jamais ressentir une attraction charnelle. J'avais envie d'arracher ses vêtements et d'explorer chaque centimètre de son corps de rêve. J'avais envie de voir ses yeux s'assombrir, son regard si chaud qu'il me faisait mouiller.

Comme maintenant. Son regard sombre soutint le mien avant qu'il ne baisse les yeux. Il aurait pu être en train de toucher mes tétons, ça m'aurait fait le même effet. Ils se tendirent encore plus au point de m'en faire mal. J'avais envie de lécher tout son corps et qu'il me fasse la même chose.

Je le fixai du regard. Je ne cessais d'attendre l'arrivée de ce sentiment, celui que je connaissais si bien, l'anxiété qui s'emparait de moi. Une anxiété si puissante qu'elle me coupait le souffle et que ma poitrine s'effondrait sous le poids de ma peur. Avec Alex, ce sentiment n'arriva pas. Rien qu'à l'instinct et la notion que le fiancé de ma très bonne amie faisait entièrement confiance à cet homme, je faisais complètement confiance à Alex.

L'air s'alourdit entre nous, répétant le battement de notre désir. Je soutins le regard d'Alex et réduisis la distance entre nous, m'arrêtant à quelques centimètres de lui. Il pencha la tête en avant alors que je levais les yeux.

— Harper, qu'est-ce que tu...?

— Je te veux, dis-je d'une voix rauque.

J'énonçais une vérité simple, car quand il s'agissait d'Alex, je ne semblais pas capable de faire quoi que ce soit d'autre.

Il écarquilla les yeux lentement. Il me regarda, avec un air confus et excité. Je levai la main, car je ne pouvais pas m'en empêcher, et caressai sa mâchoire carrée. Il se tendit sous mon toucher. Son regard passa de chaud à brûlant, tandis qu'il restait parfaitement silencieux. Mon pouls galopait et j'arrivais à peine à respirer. Je passai un doigt le long de son cou et sur son torse, déglutissant en sentant les muscles plats sous ma paume. J'avais envie de toucher sa peau. Donc je le fis. Je passai ma main sous son t-shirt et soupirai en découvrant sa peau, chaude et douce. Son t-shirt se froissa contre mon poignet alors que je le remontais.

Alex bougea soudainement, attrapant rapidement mes deux mains dans ses paumes énormes et fortes. Il emprisonna facilement mes mains avec une des siennes. Mon regard qui s'était attardé sur son corps remonta immédiatement vers ses yeux. Bon sang. S'il avait été possible de brûler quelqu'un avec ses yeux, Alex m'aurait réduite en cendres. Ma peau rougit et un liquide chaud glissa entre mes cuisses. Un sentiment de folie m'encouragea. J'avais peur qu'il me force à m'arrêter, et je ne le supporterais pas. C'était tellement bon de me laisser guider par autre chose que mon intellect froid. J'avais l'impression d'être au bord d'un gouffre où je pouvais soit prendre le contrôle et m'élancer dans ce qui se tenait devant moi, ou reculer, rester au bord du gouffre à me demander ce que je ratais.

Dans sa prise, je fermai mon poing sur son t-shirt et le tirai vers moi, collant mon corps contre le sien.

— Harper.

Sa voix avait une pointe d'avertissement.

Inconsciemment, je me mis sur la pointe des pieds, le tirant plus près de moi. Il ne résista pas alors qu'il aurait pu. Il était bien plus fort que moi. Ses lèvres n'étaient qu'à un millimètre de moi.

— Quoi ? demandai-je.

Agitée, je bougeai les jambes, sentant l'humidité entre mes cuisses. Son regard chaud soutint le mien, confus et affamé.

— Qu'est-ce que tu fais ? lâcha-t-il.

— Je. Te. Veux.

Ma voix était rauque, mais le message était clair. En plus de me sentir tremblante de besoin, je me sentais toujours audacieuse avec Alex.

Libérant l'une de mes mains, je la passai autour de son cou. Je sentais son cœur battre contre la main qu'il tenait encore dans la sienne. Son cœur battait fort et vite, un rythme constant et puissant qui ne faisait que m'encourager. Si j'avais pris le temps de réfléchir, j'aurais été sidérée par ce que je faisais. Mais je ne réfléchissais pas et je n'en avais pas envie. Enfin, ce n'était pas que je ne réfléchissais pas du tout, juste que je ne pensais qu'à une seule chose. Alex et notre baiser de la semaine passée. C'était un tel soulagement de ne pas avoir l'impression d'être prudente et contrôlée, ce lâcher-prise seul était enivrant. Ajouté à cela l'homme le plus excitant que j'avais jamais rencontré et j'étais en feu, en dedans comme en dehors.

Après un moment passionné, Alex se recula doucement.

— D'accord, mais on y va doucement, dit-il.

— Pourquoi ? contrai-je, presque énervée par son ton autoritaire.

Ses yeux s'assombrirent et il lâcha un sourire en coin.

— Parce que je n'aime pas aller trop vite.

Un éclair de doute monta en moi. Avant qu'il n'ait la chance de prendre le dessus sur mes pensées, il réduisit la distance entre nous et posa sa bouche sur la mienne, noyant mes sens. Il libéra la main qu'il tenait entre nous et passa ses bras autour de moi, me levant contre lui et nous faisant tourner pour poser mes fesses sur le comptoir. Il attrapa mon derrière et me colla à lui, tout en m'embrassant follement. Des baisers chauds, humides et profonds. Après un début intense, il recula, ses lèvres trouvant un chemin le long de mon cou avant de mordre mon oreille, m'assaillant de frissons. Je lâchai un gémissement et je m'en fichais, la seule chose qui m'importait c'était d'en avoir plus.

Mes mains passèrent sous son t-shirt et dans son dos. Je n'avais jamais prêté attention au dos d'un homme, mais sentir celui d'Alex était paradisiaque. Chaque centimètre de son dos était un muscle tendu sous mon toucher. Alors que je parcourais son torse, ses lèvres se baladèrent vers ma clavicule et ses mains caressèrent les côtés de mon t-shirt, d'un toucher léger qui me rendait folle. Il me cambrait contre lui, je soupirais en sentant sa queue, chaude et dure à travers son jean. J'avais envie de tout, tout de suite. Je me penchai en arrière et dis quelque chose. Il leva la tête et ses yeux trouvèrent les miens, un regard si chaud que je frissonnai. Il accrocha sa main au bord de mon t-shirt et le retira d'un mouvement rapide. Je l'entendis tomber sur le carrelage. L'air caressa ma peau, froid en contraste avec la chaleur qui bouillait en moi, et j'en eus la chair de poule.

Mon souffle s'affola et mon pouls s'excita. Il ne faisait que me regarder. C'était tellement sexy en soi, mon centre palpitait et mes hanches se cambraient contre lui, par réflexe, le plaisir montant en moi. Ses yeux se plantèrent dans les miens et il passa ses doigts sous mes seins, mes tétons se tendant si fort que n'importe quelle caresse en devenait douloureuse.

Je n'en pouvais plus de cette folie lente. J'avais besoin de foncer tête baissée avant que je ne puisse reprendre mes esprits. Je tendis la main entre nous et commençai à déboutonner son pantalon.

En un éclair, ses mains attrapaient les miennes.

— Pas maintenant, dit-il d'un murmure bourru.

— Pourquoi ? demandai-je, frustrée et impatiente.

Je me cambrai contre lui à nouveau et fus traversée par un éclair de satisfaction quand son souffle se mua en un sifflement.

— Je ne suis pas le centre de cette soirée. Juste toi, lâcha-t-il.

Mes yeux trouvèrent les siens. Je n'avais peut-être pas couché avec qui que ce soit depuis quatre ans, mais je n'étais pas vierge. J'avais eu quelques copains à la fac et j'étais bien consciente que la plupart des hommes avaient des attentes, et elles étaient toujours de trouver leur plaisir et leur orgasme à un moment. Je ne comprenais pas vraiment ce qu'il entendait par là.

— Qu'est-ce que tu veux dire ?

Mon moment de silence semblait lui avoir laissé juste assez de temps pour reprendre le contrôle de sa personne, et ses mots étaient plus calmes et mesurés.

— Juste ça. Tu es le centre du monde ce soir.

Je ne comprenais toujours pas ce qu'il voulait dire. Pour ma défense, j'étais prise dans une vague de luxure si puissante que j'en oubliais presque mon nom. Alors que le corps presque parfait d'Alex était collé contre le mien, son regard chaud se planta sur moi, et je n'arrivais plus à réfléchir. Du tout.

— Je ne comprends pas, dis-je enfin.

— Laisse-moi te montrer, dit-il après quelques secondes de plus, alors que je me demandais s'il était possible de jouir sans être touchée.

Ma culotte était trempée et mon intimité palpitait. Chaque mouvement minime de sa queue contre moi, à travers mon jean et le sien, était tellement excitant que je dansais au bord d'un orgasme.

Il passa son pouce sur l'attache de mon soutien-gorge et plongea la tête pour passer sa langue sur un de mes tétons. C'était si bon que je hurlai en m'agrippant à ses cheveux. Je tombai dans un flou de désir et de sensations alors qu'il continuait de me rendre folle, léchant, suçant et mordant mes tétons. Perdues dans mes sensations, mes hanches se balançaient contre lui quand il baissa ma braguette et plongea la main dans mon jean pour caresser mon mont. Au bord du gouffre, je me cambrai contre lui, gémissant fort alors qu'il passait un doigt d'avant en arrière sur la soie de mes sous-vêtements.

Il déposa des baisers entre mes seins et dans mon cou avant de lever la tête.

— Harper.

À sa commande bourrue, je me forçai à ouvrir les yeux et trouvai son regard enflammé.

Je ne pouvais pas parler, donc je le regardai simplement, pleurant presque alors qu'il accrochait un doigt au bord de ma culotte et me caressait. J'étais trempée de désir et au bord de l'orgasme. Mes yeux commencèrent à se fermer.

— Regarde-moi, dit-il.

Encore une fois, ses mots étaient à la fois doux et bourrus, mais ses attentes étaient claires.

C'était difficile de le regarder. Ce moment était bouleversant, de tant de façons difficiles à comprendre. Je n'avais pas été intime avec qui que ce soit depuis quatre ans. Avant ça... l'espace d'une demi-heure avait suffi à détruire ma vie, et je ne savais pas si j'aurais un jour envie de considérer une vie sexuelle. Alex m'avait déjà offert un nouveau désir sexuel, mais dans cette courte semaine depuis notre baiser, je n'avais pas su si j'aurais le courage d'aller plus loin. Et pourtant nous y étions. Je n'avais pas peur. D'ailleurs, j'étais tellement à l'aise avec lui, tellement perdue dans le désir entre nous que c'était ce confort qui me faisait le plus peur. Je ne m'étais pas attendue à cette intimité avec lui, cette proximité où j'avais envie de me laisser aller à chaque instant.

— J'ai envie de te voir jouir, dit-il.

Ses mots me frappèrent en plein cœur. Alors qu'il parlait, il plongea un doigt en moi, profondément. Je jouis lentement, mon orgasme me traversant comme une spirale de plaisir, me démolissant en vagues. Un second doigt rejoignit le premier, faisant des va-et-vient en moi. Ça ne prit pas longtemps avant que je me lâche aux mains du désir le plus fou que j'aie jamais ressenti et que j'explose de plaisir. Je soutins son regard dans un flou sombre, l'orgasme monta jusqu'à ce que je hurle, un éclat de plaisir puissant s'emparant de moi. Mon intimité palpita sur ses doigts. Ma tête tomba contre son torse alors que j'essayais de reprendre mon souffle.

Je n'entendais rien d'autre que le battement de mon cœur, ce qui dura plusieurs secondes. Alors que mon pouls se mettait enfin à ralentir, ma respiration revint à la normale et les pensées réapparurent dans mon cerveau. Que venais-je de faire ?

Hm. Plutôt évident. Tu viens de vivre le meilleur

orgasme de ta vie dans les mains d'Alex Gordon, une star du foot ultra-sexy.

Mon côté sarcastique décrivit les circonstances évidentes de ma situation. D'accord, quand je m'étais sentie audacieuse et un peu folle, j'avais eu envie de ce moment. J'avais même eu envie de bien plus. Mais maintenant, je me sentais exposée et vulnérable. Je déglutis pour me débarrasser de cette anxiété et de ce doute qui montaient en moi, et me forçai à me concentrer sur ce que je ressentais, pour ne pas laisser mon cerveau ruminer. Je me sentais... bien. Vraiment bien. Alex avait sorti sa main de mon jean et remonté ma braguette dans les dernières minutes. Sa tête était blottie dans le creux de mon cou et il était silencieux. Je sentais sa queue, chaude et dure, contre moi et me demandai s'il pensait vraiment ce qu'il avait dit, que ce moment n'était que pour moi. Je levai la tête et passai une main entre nous pour caresser sa bosse. Il leva la tête d'un coup, ses yeux trouvant les miens immédiatement.

— Harper.

Son ton était un avertissement, encore une fois.

Je ne pouvais pas m'en empêcher. Il me donnait envie de l'embêter, donc j'attrapai sa queue à travers son jean et le branlai doucement. Son souffle se mua en un sifflement et il se recula rapidement. Avant que je n'aie le temps de parler, il effaça la distance qu'il venait de créer entre nous, levant les mains pour rattacher mon soutien-gorge. Quelques secondes plus tard, il avait attrapé mon t-shirt au sol et me le tendait. J'étais assez secouée, pas de façon négative, pour l'enfiler simplement, me demandant pourquoi il ne cherchait pas à s'offrir lui-même un orgasme alors qu'il était évident qu'il était excité.

Il se tenait devant moi, ses traits finement ciselés tendus.

— Tu veux encore un thé ? demanda-t-il enfin.

— Je veux savoir pourquoi tu te retiens.

J'étais réellement curieuse.

Il resta silencieux plusieurs secondes avant de dire :

— Comme je te l'ai dit, je n'aime pas aller trop vite.

Je le fixai du regard, une multitude de questions envahissant mes pensées sans que je ne puisse en choisir une seule à poser.

— Ne va pas t'imaginer que c'est l'histoire d'une fois. Fais-moi confiance.

C'était le cas. Je lui faisais confiance. Entièrement. Il ne savait pas ce que ça représentait pour moi. La confiance absolue que j'avais en lui me secouait pour des raisons que je ne voulais pas envisager tout de suite.

— D'accord, répondis-je enfin, bataillant contre mon conflit intérieur.

Je descendis du comptoir et ajustai mes vêtements.

— Une autre fois pour le thé ? Je devrais sans doute rentrer chez moi.

— Je te raccompagne.

Je lui répondis presque automatiquement que je n'avais pas besoin d'être raccompagnée. Puis je réalisai que je voulais qu'il me raccompagne. Vraiment. Pour des raisons qui n'avaient rien à voir avec mes vieux cauchemars et l'homme qui en était responsable. L'homme que j'avais vu avant de monter chez Alex et que j'avais entièrement oublié depuis.

Alex me raccompagna, jusque devant ma porte. Il attendit que je sois chez moi puis m'embrassa à nouveau. Juste un baiser. Une caresse de sa langue contre la mienne. C'était tout, et je m'étais presque effondrée contre ma porte quand il était parti.

Chapitre Cinq

ALEX

— Mec, il faut que tu te détendes, dit Ethan avec un clin d'œil avant d'attraper une bouteille d'eau sur le banc à côté de lui.

Je résistai à l'envie de lui lancer un regard noir et levai simplement les yeux au ciel.

— Et pourquoi donc ? contrai-je.

Ethan termina presque sa bouteille d'eau avant de me regarder, passant sa manche sur son visage. Nous étions en entrainement, pendant une pause pour la partie défensive de l'équipe alors que le coach se concentrait sur l'attaque. Ethan soutint mon regard un moment avant de baisser les yeux et de jouer avec sa bouteille entre ses genoux.

— Depuis la défaite de la semaine dernière, tu es ultrasérieux. Tu fais peur aux gars qui ne te connaissent pas encore super bien.

J'avais signé chez les Seattle Stars avec trois joueurs anglais, Liam, Ethan et Tristan. Tristan jouait en position d'attaquant avec Liam, et Ethan et moi étions en défense. Nous étions ici depuis plus d'un an maintenant, mais c'était vrai que mes camarades de Londres me connaissaient mieux.

— Je leur fais peur ? demandai-je en retour.

— Ouais. Dans tes meilleurs jours, tu dis rien. J'ai dit aux gars que je ne pensais pas que tu étais trop vénère à cause de la défaite. Que j'avais joué avec toi avant, donc que je sais que tu sais que ça fait partie du jeu. Je ne leur ai pas dit ce que je pense vraiment, dit-il avec un sourire malin.

Là, je lui lançai un regard noir.

— Et qu'est-ce que tu penses, exactement ?

— Mec, tu ne quittais pas Harper des yeux l'autre soir. Je ne t'ai jamais vu regarder une fille comme ça, dit-il alors que son sourire s'élargissait.

Je ne pus retenir le rire qui secoua ma poitrine.

— Et c'est à cause de ça que j'ai l'air vénère ?

Ethan, avec sa discrétion habituelle et son air moqueur, me fit un clin d'œil.

— Elle te met dans tous tes états. Je te connais depuis des années, mec. Tu ne sors jamais avec personne. Oh, je sais que tu as des amies à Londres, mais ça ressemble plus à du business qu'à de la romance. La façon dont tu regardes Harper, c'est autre chose. Si tu veux mon avis, je pense qu'il faut que tu t'amuses un peu. Elle t'aidera peut-être à te détendre.

Je le fixai du regard et je sentis ma mâchoire se serrer. Ça m'énervait qu'Ethan voie si clairement ce qui me mettait dans cet état-là. J'étais complètement retourné après l'autre soir. J'avais réussi à raccompagner Harper chez elle sans lui arracher ses vêtements pour plonger en elle dans le couloir de son appartement, mais cette discipline avait un prix. J'étais de mauvaise humeur depuis ce moment. Je n'avais aucune intention d'admettre ça à Ethan en revanche. Pas ici, et certainement pas maintenant.

Au lieu de cela, je haussai les épaules.

— Peut-être qu'elle me plait. Mais après ça, tu devrais peut-être y aller mollo sur la psychologie de comptoir.

Ethan me fit un autre clin d'œil et termina son eau, jetant la bouteille vide dans la poubelle de recyclage au bord du banc.

— Ça marche, mec.

Il se leva et se dirigea vers le couloir avant de se retourner.

— Et je sais que tu ne me posais pas la question, mais elle te kiffe aussi.

Je passai ma main dans mes cheveux et soupirai en essayant de ne pas répondre aux moqueries d'Ethan. Tout cela n'était pas nouveau pour lui. Ethan n'était pas le genre de gars qui me rendait fou à traiter les femmes comme si elles étaient un autre sport. C'était juste un dragueur de niveau olympique. Il évitait de s'engager et adorait blaguer. Maintenant que Liam était fiancé à Olivia, Ethan s'amusait beaucoup à l'embêter sur la vitesse à laquelle il était tombé amoureux. Liam était tellement mordu qu'il s'en fichait.

Mon esprit revint à Harper, cette femme réservée qui m'avait complètement pris de court avec son audace l'autre soir. J'avais envie de voir ce qui se cachait derrière ce mur invisible, et j'en avais volé une seconde. Quand ses magnifiques yeux bleus soutenaient les miens et qu'elle avait commencé à jouir, son intimité pulsant sur mes doigts... bon sang, j'avais presque explosé dans mon jean. Sa posture silencieuse cachait une femme enflammée.

Mais je savais que je n'avais pas encore fait tomber tous ses masques. Je pensais ce que je lui avais dit, je ne voulais pas aller trop vite. C'était vrai pour toutes les femmes dans ma vie, mais c'était bien plus que ça avec elle. Je voulais plus qu'un simple échange de plaisirs avec elle. Mon esprit revint au moment où on se tenait sous la pluie et que cette voiture s'était arrêtée au feu rouge. C'était assez similaire au moment dans le parc où elle s'était complètement figée sur place. Mais quelque chose avait traversé ses yeux. Puis elle m'avait retourné la tête et m'avait poussé aux limites de mon self-control.

Les douches froides et les décharges mécaniques que je pouvais m'offrir ne calmaient en rien le désir brûlant que je ressentais pour elle. Le coach m'appela, ce qui me sortit de mes pensées. Alors que je retournais vers le terrain, je me demandai quand je la reverrais. Elle m'avait accompagné avec Stanley pour mes joggings matinaux ces deux derniers jours, mais elle n'avait rien dit sur ce qu'il s'était passé entre nous l'autre nuit. Et moi non plus. Je n'allais pas attendre vraiment plus longtemps. En grande partie parce que je n'étais pas certain d'en être capable.

———

— Qu'est-ce que tu en penses, Alex ? Bleu ou vert ? demanda Liam en tenant des invitations.

Hein ? contrai je, confus par sa question.

Olivia s'avança vers la table de la cuisine où j'étais installé avec Liam et où étaient étalées une série de cartes de différentes couleurs et textures. Elle n'avait pas dit un mot et s'avança plus loin dans la cuisine pour se servir un verre de vin avant de nous appeler.

— Plus de bière, les gars ?

Avant que je ne puisse lui répondre, Liam le fit.

— Deux, s'il te plait, lança-t-il par-dessus son épaule, son regard revenant vers moi.

Il parla plus bas.

— Dis-moi juste, bleu ou vert. Ce sont nos invitations de mariage, et elle veut que je choisisse la couleur.

Je gloussai et tendis la main sur la table pour faire glisser les cartes vers moi. Chaque carte avait un texte d'exemple en deux couleurs et en plusieurs polices.

— Bleu. Carrément bleu.

Les magnifiques yeux d'Harper m'apparurent immédiatement. J'avais failli la sauter contre un arbre ce matin. Je perdais peu à peu la tête. Elle me retrouvait tous les matins, mais elle portait un masque, plus puissant que jamais. J'écartai ces pensées pour me concentrer sur les invitations de mariage de Liam et Olivia.

— Je crois qu'il faut que tu choisisses la police aussi, mec.

Les yeux de Liam remontèrent vers les miens alors qu'Olivia arrivait au niveau de la table et y posait deux bières. Elle nous regarda tous les deux, ses yeux verts jugeant la situation. Au premier abord, ça m'avait surpris que Liam tombe amoureux d'elle. Elle était magnifique, ce n'était pas la question, mais Liam était toujours sorti avec des femmes légères, qui adoraient faire la fête, avant de la rencontrer. Olivia attachait ses boucles noires dans un chignon la plupart du temps et portait des lunettes. Elle donnait une première impression de ne parler que business. Avec Liam, elle était tout aussi pincée que lui. La plupart du temps, il fallait que je leur rappelle qu'ils n'étaient pas seuls. J'étais très heureux pour Liam qu'il l'ait trouvée. Il avait eu une année difficile avant de signer avec les Stars. Sa mère était morte d'un AVC, et ça l'avait déconcentré assez pour qu'il fasse un très mauvais match avec notre ancienne équipe à Londres et qu'on perde un match crucial. Rencontrer Olivia l'avait aidé à sortir du brouillard de son deuil.

Olivia nous regarda tous les deux.

— Comme toujours, Alex est plus attentif que toi. Il faut que je sache quelle police d'écriture te plait aussi. Pas juste la couleur, dit-elle avec un faux soupir.

Liam trouva mon regard et leva les yeux au ciel.

— D'accord, d'accord.

Il regarda Olivia, passa sa main sur sa taille et la tira sur ses genoux.

— C'est pour ça qu'Alex est mon meilleur ami. Il voit les détails.

Olivia rougit quand Liam l'embrassa dans le cou sans s'arrêter. Elle se tortilla jusqu'à s'être échappée de sa prise.

— Bon sang ! Vous êtes pas sortables.

— On est à la maison ! protesta Liam.

Olivia secoua la tête et me lança un sourire rougissant.

— Alex a toujours un bon jugement. S'il pense que le bleu est le mieux, on fera ça. Quelle police te plait le plus ? me demanda-t-elle ensuite.

Après quelques instants à débattre de polices d'écriture avec eux, Olivia ramassa les cartes et les rangea sur une pile de cartes sur le comptoir de la cuisine avant de venir s'asseoir à table avec nous. Elle parla de sa journée puis me regarda.

— J'ai entendu dire que tu allais courir avec Harper.

C'était un changement de sujet brutal. Pendant un instant, je fus complètement pris de court. Après une seconde, j'acquiesçai.

— Oui.

J'hésitai à demander à Olivia de me parler d'Harper, mais je ne savais pas vraiment ce que je voulais savoir. Enfin, ce n'était pas tout à fait vrai. Je voulais tout savoir sur Harper, mais j'avais peur de me trahir en révélant à quel point elle m'intriguait.

Olivia me regarda un long moment, en réfléchissant.

— Bien.

Je sentis un sous-entendu dans son commentaire, mais je ne savais pas lequel.

— Si ça ne te dérange pas que je demande, pourquoi est-ce que tu te soucies que je coure avec Harper ?

Olivia fit un cercle à la base de son verre à vin avant de hausser les épaules, presque pour elle-même.

— Bon, je crois que si ce n'est pas moi qui te le dis, quelqu'un d'autre te le dira de toute façon. Harper ne court plus en public depuis quelques années. Tu ne sais sans doute pas ça, mais elle faisait de la course de haut niveau à la fac. Elle faisait du cross et concourait au niveau national.

J'aurais pu le deviner. Harper gardait facilement le rythme avec moi comme si elle avait couru depuis des années. Je ne savais pas pourquoi c'était si important, en revanche.

— D'accord. Et...?

— Eh bien, tout a volé en éclats quand on était en dernière année de fac. Elle s'est fait violer par un gars d'une autre université. Pire encore, ça s'est passé quand elle courait sur le campus. C'était dans tous les journaux. Ce n'est pas comme si elle avait essayé de garder ça secret, mais ce n'est pas quelque chose dont elle aime parler non plus, dit Olivia doucement.

Les mots d'Olivia me transpercèrent comme un éclair, si fort que ma tête se mit à tourner. Quelqu'un avait violé Harper ? Bordel. Après le choc vint la rage, froide et sauvage. J'avais envie de partir en courant et de trouver l'homme qui lui avait fait du mal et lui faire ressentir le même niveau d'horreur. Je ne dis pas que je voulais violer ce gars, mais le tabasser jusqu'à ce qu'il ne puisse plus marcher suffirait peut-être. Quelques secondes s'étaient écoulées depuis qu'Olivia avait lâché cette bombe, et j'avais oublié d'essayer de cacher mes sentiments pour Harper. Ça ne me dérangeait pas vraiment que Liam sache. Mais je voulais pouvoir prendre le temps de voir où ça allait. J'étais très conscient du fait que les journaux pouvaient arriver en un clin d'œil. C'était un peu mieux depuis que nous étions aux États-Unis. Le foot au Royaume-Uni, et comme presque partout dans le monde, était un sport adoré. Les joueurs étaient toujours suivis par les journaux locaux là-bas. Je réussissais à éviter leur attention et j'espérais pouvoir continuer.

Quoi qui puisse se voir sur mon visage, cela força Liam à se redresser et à plisser les yeux. J'essayai de maitriser ma rage et je regardai Olivia.

— De quoi, putain ? C'est qui ce gars ? demandai-je.

Olivia écarquilla les yeux avant que son visage ne s'adoucisse.

— Alex, elle va bien. C'était il y a quatre ans. Ça ne l'aidera pas que tu t'énerves sur ça.

Elle regarda Liam.

— Tu ne lui avais pas dit ? lui demanda-t-elle.

Le regard réfléchi de Liam trouva le mien avant de se tourner vers Olivia.

— Non. Ce n'est pas comme si on parlait souvent de tes amies. Sans parler du fait que c'est vraiment un sujet de merde. C'est horrible ce qui lui est arrivé, répondit-il avant de me regarder à nouveau. Ça me met en colère aussi, mec, mais calme-toi.

Je voyais bien qu'il essayait de comprendre ce qui m'arrivait. Je serais en colère en entendant que n'importe quelle femme avait été attaquée. Mais c'était Harper. En l'espace de quelques semaines, mon besoin d'en savoir plus sur elle s'était multiplié. Le commentaire suivant de Liam me soulagea.

— Je t'ai dit, chérie. Alex protégerait le monde entier s'il le pouvait. C'est dans sa nature. Tu te souviens que je t'ai dit qu'il s'inquiétait pour toi quand on a commencé à sortir ensemble ? Entendre que l'une de tes amies s'est fait violer, c'est ça, mais puissance mille, dit Liam.

À ce stade, en temps normal, il me lancerait un sourire, mais ce n'était pas drôle. Il n'y avait rien de drôle à propos d'un viol. Je passai ma main dans mes cheveux et pris une longue gorgée de ma bière. Je n'aimais vraiment pas être autant en colère sans avoir de cible. Mon esprit revint au jour où j'avais croisé Harper au parc, le même jour où elle m'avait embrassé pour la première fois. Je ne pouvais m'empêcher de me demander si l'homme qu'elle avait vu ce jour-là était l'homme qui l'avait violée.

En regardant Olivia, je demandai :

— Qu'est-ce qui est arrivé à ce gars ?

Son regard s'assombrit et sa bouche se crispa, la colère et la résignation étaient évidentes sur son visage.

— Eh bien, c'était un coureur aussi. Il étudiait dans une autre fac, mais c'était à Seattle. Harper ne cache en aucun cas ce qui lui est arrivé si quelqu'un lui demande, mais elle n'a jamais vraiment parlé des détails depuis la fin de l'enquête de police. J'en sais plus grâce aux journaux que d'elle directement. Je ne pense pas que ça aide de s'énerver sur quelque chose qu'on ne peut pas changer.

— Dis-moi ce qu'il s'est passé, dis-je en essayant de ne pas laisser ma colère s'emparer de mon ton.

Je n'étais pas en colère contre Olivia, mais j'avais besoin de savoir ce qui était arrivé à ce gars.

Ses yeux se tournèrent vers Liam.

— Ma belle, dis-lui simplement ce que tu sais. Sinon, Alex ira trouver les détails lui-même, donc autant lui faciliter la tâche, dit Liam.

Il avait parfaitement raison. En l'état actuel des choses, j'avais l'intention de traquer ce gars aussi vite que possible.

Olivia prit une gorgée de vin et me regarda.

— Tu es un homme bien, Alex Gordon, dit-elle doucement.

Je pris une autre longue gorgée de ma bière et fis un cercle dans l'air avec ma main.

— OK, OK. Continue et dis-moi ce qui est arrivé à ce bâtard.

— Il a été arrêté et accusé, mais il a engagé un bon avocat qui s'est battu comme un lion. Au bout du compte, les accusations ont été réduites. Il faudrait que je regarde les détails pour te dire. Il a passé deux mois en prison puis a été relâché. Il n'apparait même pas sur le registre des délinquants sexuels.

Elle secoua la tête furieusement, les yeux brillants de larmes.

— Harper est l'une de mes meilleures amies. Ce qu'il lui a fait est horrible et, finalement, c'est un détail dans sa vie à lui. Il a été viré de l'équipe de course, mais il a quand même pu terminer son diplôme.

— Où est-il aujourd'hui ? demandai-je, mon attention entièrement tournée vers le présent.

Olivia prit une bouffée d'air et soupira lourdement.

— Il bosse dans un truc de finance à Seattle. J'essaie de surveiller un peu là où il est. Puisqu'il n'a pas à se présenter comme délinquant sexuel, je ne sais pas où il vit, et il fait bien attention à ne pas être trop présent en ligne.

— C'est qui ?

Liam resta silencieux, mais je voyais bien qu'il remarquait ma rage.

— Il s'appelle Joe Schmidt, dit Olivia, son regard inquiet scannant mon visage. Promets-moi que tu ne vas pas essayer de faire quoi que ce soit. Il n'y a rien à faire. Il a été jugé et condamné même si c'étaient des charges débiles en fin de compte. L'affaire a complètement gâché la vie d'Harper pendant longtemps. Elle était au fond du trou, et c'était horrible. Elle est passée à autre chose. Enfin, je me demandais si elle oserait aller courir en public un jour et maintenant elle court avec toi. C'est pour ça que je suis contente, mais je comprends pourquoi tu es en colère. Crois-moi, à chaque fois que j'y pense, j'ai envie de hurler. Mais laisse Harper passer à autre chose. S'il te plait.

Les mots calmes d'Olivia transpercèrent la rage qui montait en moi. Je fermai les yeux et pris une inspiration lente, je n'avais pas réalisé que je serrais les poings. Je détendis mes mains et me reculai sur ma chaise, ouvrant les yeux et trouvant deux regards inquiets posés sur moi.

— D'accord. Je sais que tu as raison, dis-je en m'adressant à Olivia. Ça ne change rien au fait que c'est horrible. C'est vraiment n'importe quoi que ce gars n'ait passé que deux mois en prison. À quel point...

Je me forçai à ne pas poser plus de questions. Je les garderais pour plus tard ou trouverais les réponses moi-même.

Olivia tendit le bras et me serra la main.

— Tu vois Harper comme elle est aujourd'hui. Elle est forte, en bonne santé et elle va bien. Vraiment, elle va vraiment bien. Il n'y a qu'une seule chose que je lui souhaite encore.

— Quoi donc ? demandai-je par réflexe.

— Je veux qu'elle trouve quelqu'un. Elle n'a pas eu un seul rendez-vous galant depuis cette histoire. Elle est géniale, mais je ne sais pas si c'est quelque chose qu'elle envisage.

Olivia nous regarda tous les deux.

— Vous ne trouvez pas ? Elle est jolie, intelligente et drôle, et...

Liam prit la main d'Olivia dans la sienne et la leva pour l'embrasser.

— Bien sûr. Mais je pense que tu vas devoir laisser Harper décider de tout ça.

Pendant ce temps, j'étais assis là, sous le choc, mon esprit perdu dans les révélations de la soirée et me demandant ce que je devrais penser de ce qu'il s'était passé entre Harper et moi.

Chapitre Six

HARPER

Je courus dans les escaliers pour arriver à ma porte d'entrée avec Stanley à mes côtés. Ce n'était pas grand-chose, mais j'adorais la façon dont ces escaliers tournaient tout du long. Ça me donnait toujours l'impression de descendre lentement sur un toboggan jusqu'à la porte d'entrée. J'avais une étincelle de joie en moi en sachant que j'étais sur le point de retrouver Alex pour un autre jogging. Après qu'il m'eut proposé de courir avec lui le matin, j'étais rapidement tombée dans une routine de le voir tous les jours. Il ne le savait pas, mais son invitation était un cadeau pour moi. Avant, je courais dehors tout le temps, plusieurs heures par semaine. En un éclair, j'avais perdu cette joie après un jogging matinal, à cette heure où la lumière n'a pas encore complètement effacé l'obscurité. Croiser le chemin de Joe à ce moment-là avait détruit toute ma joie. Joe qui semblait vivre non loin d'ici. Joe, dont la simple présence aurait dû suffire à m'éloigner du parc à tout jamais.

Je détestais savoir qu'il n'était pas loin, mais je me sentais en sécurité avec Alex et le fait d'aller courir m'avait beaucoup manqué. Alex réveillait des eaux dormantes en moi. Il me faisait penser que je pouvais reprendre ce qui m'avait été volé. Ce n'était pas juste le fait qu'il m'excitait tellement que j'en oubliais le fait que je ne pensais plus jamais vouloir coucher avec qui que ce soit. Il me donnait l'impression que je pourrais peut-être un jour me débarrasser de l'emprise que Joe avait sur moi. Le fait que j'allais courir au parc était un petit miracle. Je n'avais jamais arrêté de courir, mais j'avais décidé de me contenter d'une machine. Même si l'aspect mécanique était similaire, la joie et l'énergie de l'air matinal et d'un lever de soleil naissant m'avaient vraiment manqué.

J'arrivai dans le hall de mon immeuble et je regardai Stanley. Ses yeux bleus trouvèrent les miens et il cogna ma main avec son nez. Stanley adorait courir aussi. Il adorait Alex et il attendait nos courses matinales avec impatience maintenant. Il colla son nez contre l'une des petites fenêtres à côté de la porte. Je jetai un œil dehors et vis qu'Alex n'était pas encore là. Je baissai les yeux vers ma montre quand Stanley lâcha un petit aboiement. Alors que je me demandais à quoi il réagissait, Alex entra dans mon champ de vision.

Mon souffle s'affola et mon ventre se contracta. Bordel. Il était incroyablement beau. Son appartement étant à l'est du mien, le soleil se levait dans son dos et se réfléchissait contre ses cheveux brun sombre. Il marchait avec aisance et dégageait une force et une grâce masculine. Chaque centimètre de son corps était musclé et à en tomber. Ça faisait plus d'une semaine depuis qu'il m'avait fait fondre au sol. C'était trop long. J'étais déterminée à lui faire perdre le contrôle, sauf que j'avais du mal à trouver la bonne occasion. Mais nous étions samedi, et je savais qu'on se retrouverait au même endroit ce soir. Olivia m'avait invitée à diner avec elle et Liam et elle avaient dit qu'il lui fallait un peu de renfort féminin, car les amis de Liam seraient là.

Ce petit éclair de joie me fit descendre les marches avec Stanley qui trottinait à mes côtés. Alex s'arrêta au pied des marches de mon immeuble alors que j'arrivais en bas. Ses yeux marron trouvèrent les miens, l'intensité de son regard me faisant ralentir. Ses yeux passèrent sur moi et me firent vibrer. Quand il trouva mon regard à nouveau, je fus confuse. Il semblait tendu et son visage était sévère. Même au repos, c'était un homme intense, mais, à l'instant, je me trouvai déstabilisée. Mon instinct initial était de le réconforter et, avant que je ne réalise ce que je faisais, j'avais tendu la main pour caresser son bras.

— Ça va ? demandai-je comme il restait silencieux.

Il secoua légèrement la tête, et Stanley s'avança vers lui pour lui donner un coup de museau dans la main. Alex caressa Stanley, sa main passant le long de son dos. Il avait rapidement compris ce que Stanley adorait et se mit à lui gratter les épaules sans trop y réfléchir. Alex leva à nouveau les yeux vers moi.

— Ça va. Et toi ?

La tension qu'il retenait sembla se disperser. Ses yeux s'adoucirent alors qu'il me regardait. Je pris une grande inspiration, et un nœud de tension que je n'avais pas remarqué disparut.

— Prête à courir, répondis-je.

Il soutint mon regard quelques instants de plus, d'un regard inquisiteur. Je ne savais pas ce qu'il cherchait.

— Ça marche. Allons-y.

Il regarda Stanley.

— Prêt, Stanley ?

Stanley donna simplement un coup de tête dans la

jambe d'Alex. Puis on se mit à courir. La distance entre mon appartement et le parc était parfaite pour s'échauffer. Quand on passait la grille du parc, on était prêts à accélérer. On ne parlait pas beaucoup en courant, ce qui m'allait bien. Le rythme d'Alex était soutenu et régulier. Au-delà des nombreuses raisons pour lesquelles j'aimais courir avec lui, c'était un partenaire de course presque parfait pour moi. Il était parfaitement capable de suivre le rythme, et il avait beaucoup d'endurance. Étant donné que c'était un joueur de foot professionnel, ce n'était pas surprenant, mais c'était tout de même agréable.

On courut à travers la partie boisée du parc puis on descendit vers un chemin qui offrait une belle vue du Puget Sound. Les mouettes chantaient et le vent salé caressait l'eau. Cette euphorie qui s'empare de vous après une longue course s'éleva en moi, et c'était quelque chose que je ne ressentais jamais vraiment en courant sur un tapis électrique. Que ce soit un mythe ou non, cette poussée d'adrénaline et l'extase douce que je ressentais quand je courais dans l'air frais du matin étaient un mélange que j'adorais. Il avait plu la nuit dernière, donc l'air était lourd d'une odeur de terre, comme si tout avait été lavé par la pluie. Le soleil brillait sur les feuilles et l'herbe mouillées.

Stanley courait à côté de moi, et Alex de l'autre, avec des foulées régulières et équilibrées. Je me sentais forte ce matin alors qu'on attaquait une petite montée avant de tourner. Je regardais l'eau quand je sentis Alex se tendre. Je jetai un œil à son visage et trouvai la même grimace que ce matin, et ses yeux sombres. Je suivis son regard et trouvai Joe Schmidt, mon enfer personnel, qui courait au loin. Ce sentiment de nausée et de terreur monta dans mon ventre, mais je le repoussai. Quatre ans s'étaient écoulés depuis que Joe m'avait violée. Il avait passé deux malheureux mois en prison et j'avais fait de mon mieux pour passer à autre chose. J'étais déterminée à ne pas laisser sa présence gâcher la vie que j'avais reconstruite. Je déglutis ma colère et continuai à courir. Je me sentais malade, comme si j'allais vomir, mais s'il y avait bien un moment où j'allais dépasser ce sentiment horrible, c'était avec Stanley et Alex à mes côtés.

Alex ralentit sa cadence et me regarda.

— Prenons un autre chemin aujourd'hui.

Je ne savais pas comment, mais en un éclair je réalisai qu'il savait que je m'étais fait violer et que Joe était l'homme responsable. Je m'arrêtai brutalement, un sentiment fou s'emparant de moi – un mélange de peur et de terreur, d'adrénaline et de témérité.

— Pourquoi ?

Joe était encore assez loin, mais ses foulées l'emmenaient toujours vers nous. Alex trouva mon regard, son visage exprimant un mélange de colère et de frustration.

— Parce que, lâcha-t-il.

— Qui te l'a dit ? demandai-je.

Alex écarquilla les yeux. Il posa sa main sur sa hanche, son souffle saccadé.

— Harper... Bordel. Est-ce qu'on peut en parler plus tard ?

Aucun de nous ne le dit à voix haute, mais nous savions parfaitement de quoi nous parlions.

— On peut en parler plus tard, mais on ne va pas prendre un autre chemin.

Mon ton était inflexible et la majorité de mon être pensait que j'étais folle. J'avais complètement perdu la boule. *Tu n'es pas obligée de t'habituer à voir Joe. Il t'a violée. S'en remettre ne veut pas dire accepter d'être au même endroit que lui.* Cette voix insistait et était plutôt rationnelle.

Mais j'étais dans un état d'esprit étrange. Je ne voulais pas adapter ma vie pour éviter Joe. C'était ce que j'avais fait pendant quatre ans. J'avais l'envie perverse de lui montrer que je n'avais pas peur de lui et que je me fichais bien d'où il était. Je n'avais rien à perdre, car il avait déjà détruit ma vie une fois. Il ne pouvait pas le refaire. Et j'avais Alex à mes côtés. Je savais que j'étais en sécurité avec lui.

Alex pencha la tête en arrière pour regarder le ciel avant de me lancer un regard cassant et sombre encore une fois.

— À moins que tu veuilles que je le tabasse, on ferait mieux de prendre un autre chemin, dit-il platement.

Je n'avais aucune idée de comment Alex avait réussi à reconnaitre Joe, mais je savais sans aucun doute que si j'insistais pour croiser Joe, Alex ferait sans doute exactement ce qu'il venait de dire. Ses poings étaient serrés et son visage était sombre de colère. Alex, qui était presque toujours calme et qui m'apparaissait comme une bouée de sauvetage, avait l'air dangereux à l'instant. Pas dangereux pour moi, mais vraiment dangereux pour Joe. Même si une partie de moi aurait bien aimé voir Joe se faire tabasser, ce n'était pas ce que je voulais tout de suite. Je regardai Alex et une vague d'émotions s'empara de moi. Je me forçai à ne pas pleurer, et je ne savais pas si c'était des larmes de joie ou de tristesse. Peut-être les deux. J'acquiesçai enfin et on recommença à courir, en suivant la direction d'Alex qui prit un autre chemin.

Je sentais l'énergie brûlante d'Alex qui venait en vagues alors qu'on courait et je ne savais pas vraiment quoi y faire. Mon viol n'était un secret pour personne à Seattle au moment des faits, et toutes mes connaissances étaient au courant. Ça avait fait la une de tous les journaux, car j'étais une athlète populaire à l'université de Washington et Joe était un athlète d'une université non loin. En y repensant, je me demandais comment j'avais eu le courage de porter plainte. Avec le recul, je savais que c'était parce que j'avais été élevée avec l'idée que la justice faisait son travail. Les gens faisaient de mauvaises choses, on le disait à la police et ils arrangeaient tout. Je ne savais pas que ce n'était pas aussi simple quand il s'agissait d'un viol.

Joe avait couru à côté de moi dans la semi-obscurité du matin. Je l'avais reconnu parce qu'il était l'un des coureurs qui passaient beaucoup de temps sur la piste de la fac. Il m'avait dépassée, et le reste était une boule d'horreur dans ma mémoire. Ce qui était encore très clair, c'était ce que j'avais ressenti après : j'étais brisée, physiquement et mentalement.

Je n'avais aucune idée du temps qui s'était écoulé avant que je me relève et que je marche jusqu'au commissariat, dans un état second. C'était ce qui avait déclenché des mois d'enfer. Aujourd'hui encore, j'étais consciente du fait que c'était une chance qu'il ait été condamné. Il était tristement impossible de ne pas entendre des histoires plus récentes d'agressions sexuelles à la fac et les réponses habituelles et ridicules des universités. Je ne savais pas à l'époque que c'était intelligent d'aller voir la police en premier. C'était ce que j'avais fait uniquement car le commissariat était l'endroit le plus proche. Il y avait des preuves médico-légales de son agression. Et même avec tout ça, le procureur lui avait offert une sentence réduite, car Joe avait un avocat agressif qui avait tout fait pour ralentir le procès et Joe avait argumenté que le rapport était consenti, comme si les bleus et les coupures racontaient l'histoire d'un consentement. Joe avait réussi à valider son diplôme avant que la sentence soit finalisée.

Après ces longs mois d'horreur, la seule chose dont j'avais eu envie était de tout oublier. Ça m'avait pris quatre ans pour arriver là où j'étais maintenant, à un moment de vie où j'étais plutôt en paix. Mon esprit revint à la question d'Alex, et à comment il avait appris toutes ces choses sur mon passé. Ce n'était pas que je voulais le garder secret. C'était impossible. J'aurais simplement voulu qu'Alex ne me voie pas comme une victime. Je ne voulais pas de la pitié de qui que ce soit. Encore moins de celle du premier homme qui me donnait l'impression d'être en vie depuis des années, et qui me permettait d'imaginer que je serais peut-être capable de récupérer quelque chose que j'avais perdu.

On courut à travers la forêt, le soleil traversait les feuilles en un millier de faisceaux lumineux. Quelques minutes plus tard, nous étions de retour sur le trottoir à courir vers les marches de mon immeuble. Alex s'arrêta et posa ses mains sur ses hanches. Il me regarda, ses yeux noirs observant mon visage. Nous avions pris l'habitude depuis que nous courions ensemble de nous dire au revoir à ce stade, et il attendait d'habitude que j'ouvre ma porte pour s'assurer que j'étais bien rentrée. Il attendait toujours que la porte se referme derrière moi. Mais, à l'instant, je ne voulais pas qu'il parte. Ce qui était fou. Je ne voulais pas parler de Joe ou de toutes les choses dont Alex pensait sans doute qu'on devait parler. Non, j'étais plutôt d'envie dangereuse et déterminée. Je voulais que toute cette histoire avec Alex reste pure, qu'elle ne soit pas gâchée par ce qu'il s'était passé quatre ans plus tôt et qui avait détruit ma vie. J'avais l'impression que cette destruction menaçait aussi mon avenir, et ça ne me plaisait pas.

Je ne savais pas pourquoi, mais avec Alex, mon

corps prenait le dessus, de façon plutôt insistante. Intellectuellement, je me disais que j'étais sans doute censée être retournée par le fait d'avoir vu Joe et que le sexe devrait être la dernière chose dont j'aurais envie tout de suite. Mais je ne pensais plus du tout à Joe. Alex se tenait devant moi. Son t-shirt était trempé de sueur et épousait son torse musclé. La chaleur monta dans mon ventre, et je brûlais de besoin pour lui.

— Tu veux un thé ?

La question m'échappa, ce fut la seule excuse que je trouvai. En temps normal, je prenais un café et une douche après ma course, mais je savais qu'Alex préférait le thé.

Il écarquilla les yeux avant de regarder le ciel à nouveau. Il trouva mon regard après un instant puis hocha la tête.

— Tu n'aurais pas de café par hasard ?

Je n'attendis pas plus longtemps, et je commençai à monter les marches alors que mon corps vibrait.

— Bien sûr que j'ai du café. Je pensais simplement que tu étais plutôt thé, dis-je alors qu'il me suivait dans les escaliers, Stanley juste derrière nous.

J'éclaboussai mon visage d'eau froide et m'essuyai avec une serviette. J'accrochai la serviette au crochet près de l'évier et me regardai dans le miroir un instant. Mes cheveux remontaient en pointes, comme à chaque fois après une course. Mon t-shirt était humide. J'essayai de voir si j'avais l'air aussi énervé que ce que je ressentais. Voir Joe Schmidt m'avait mis dans un état que je n'avais pas connu depuis des années. Si Harper n'avait pas été avec moi, j'aurais couru jusqu'à lui pour lui mettre un pain. Mais elle était là, et je ne voulais pas lui faire peur. J'avais vu l'homme que je reconnaissais maintenant comme Joe dans ce parc assez souvent pour savoir que je gagnerais facilement si je l'attaquais. Ce ne serait vraiment pas grand-chose, et ça me ferait tellement de bien. Depuis que j'avais parlé à Olivia et Liam hier, je mourais d'envie de le faire.

Tout le monde savait que je ne perdais jamais mon sang-froid sur le terrain, et c'était vrai. Il en fallait beaucoup pour me mettre en colère. J'avais été élevé dans une ville de classe moyenne en dehors de Londres, une jolie petite ville dans la campagne anglaise. Mon père était avocat. D'apparence, sa vie était rangée. Mais en privé, il menait sa maison avec la menace de violence contre ma mère, mes deux sœurs et moi. Il passait rarement à l'acte, mais quand il le faisait, le message était clair : la violence est la conséquence quand on désobéit. J'étais un enfant violent, je m'énervais de la seule façon qu'on m'avait montrée. Puis j'avais eu de la chance en atterrissant dans la même équipe de football que Liam quand j'avais huit ans. J'adorais ce sport. Mon père me laissait jouer, car il aimait le prestige qui venait avec le fait d'être le père d'un des meilleurs joueurs du village. J'avais eu de la chance en trouvant quelques autres hommes que mon père pour me montrer l'exemple, et j'avais appris que la violence n'était pas la seule façon de régler les problèmes.

Je n'avais même pas besoin de faire tant d'efforts que ça pour contrôler mes émotions. Mais tout était encore là, loin sous la surface. Très peu de choses étaient capables de bousculer mon calme. Mais s'en prendre à qui que ce soit de vulnérable fonctionnait parfaitement. Violer quelqu'un à qui je tenais bien trop et bien trop vite – eh bien, dire que ça me mettait hors de moi était un énorme euphémisme.

Mais ce qui résonnait dans mon esprit était la nécessité absolue de rester calme. Harper n'avait pas besoin de voir ça. Même si Joe le méritait. Je n'arrivais pas à voir comment Harper se sentait. Elle avait l'air stressée et agitée quand on était entrés chez elle. J'avais demandé où était la salle de bain pour reprendre mon souffle et parce que j'espérais qu'un peu d'eau froide calmerait la colère en moi. Ça avait aidé, mais j'avais toujours envie d'aider Harper à obtenir justice.

Olivia m'avait dit de laisser Harper tranquille à ce sujet.

De ne pas faire de tout cela une bataille si ça ne l'est pas pour elle.

J'essayais de trouver quoi faire, mais je ne savais pas vraiment si j'étais capable de rester silencieux. Ce n'était pas juste. Mais il était important que je suive les souhaits d'Harper. Je passai la porte et retournai vers la cuisine. L'odeur du café flottait dans l'air. Harper rinçait quelque chose dans l'évier. Stanley était étalé sur un carré de soleil dans le salon et dormait déjà profondément. Après avoir coupé l'eau, elle se sécha les mains et tourna son visage vers moi, appuyant ses hanches contre le comptoir.

— Le café est presque prêt, dit-elle.

J'acquiesçai et j'essayai d'écarter les questions que j'avais sur ce sujet sans doute infernal pour elle. Elle croisa les bras et tapa du pied sur le sol, doucement. Après un moment de silence, elle me fit signe de m'asseoir à l'îlot de cuisine, où se trouvaient deux tabourets.

— Tu peux t'installer là si tu veux.

Je posai une main sur le dossier de l'un des tabourets et m'installai, posant un coude sur le comptoir et me demandant quel sujet simple je pourrais aborder. Tout cela me paraissait ridicule. Je ne connaissais pas encore très bien Harper, au-delà du superficiel, mais ça me paraissait étrange d'ignorer ce qui venait de se passer, et de faire semblant que je ne connaissais pas son histoire. Je passai une main dans mes cheveux et m'adossai au tabouret.

— Est-ce que tu veux que je réponde à la question que tu m'as posée au parc? demandai-je enfin en faisant référence à sa demande de savoir qui m'avait raconté son histoire.

Je me disais que c'était la meilleure façon de lui

donner le droit de décider de parler ou non de ces quinze dernières minutes.

Elle écarquilla légèrement les yeux et serra un peu plus ses bras croisés. Pendant une seconde, je vis le masque qu'elle portait toujours, puis elle prit une profonde inspiration et souffla avec un soupir.

— Je suppose qu'Olivia te l'a dit, dit-elle enfin, d'une voix douce au bord de la fatigue.

— Ouais. Ce n'était pas un commérage. Je crois qu'elle essayait d'aider, avançai-je, pas prêt à admettre que j'avais insisté pour qu'Olivia me le dise quand elle avait fait un commentaire sur le fait qu'on courait ensemble.

— Je sais. La plupart des gens que je connais et beaucoup d'inconnus savent ce qu'il s'est passé. Ce n'est pas un grand secret dans ma vie. J'imagine que j'étais simplement un peu surprise en voyant que tu savais qui était Joe.

Je la regardai et me retins de me lever pour la prendre dans mes bras. Ça me demanda beaucoup de contrôle, mais j'y arrivai. Je sentais qu'elle n'avait pas envie d'avoir l'air vulnérable.

— D'accord. Après qu'Olivia m'a dit ce qu'il s'était passé, j'ai regardé qui il était. Ce n'était peut-être pas mes affaires, mais...

Mais quoi ? Pourquoi avais-je cherché des informations sur ce gars ? La réponse la plus simple était que je voulais savoir exactement qui était la personne qui avait fait du mal à Harper. Mon instinct me disait que c'était sans doute l'homme que nous avions vu au parc la première fois, et mon instinct avait raison. J'avais vu une photo de Joe en ligne et je l'avais reconnu immédiatement.

Harper attendait toujours que je termine ma phrase, ses yeux bleus patiemment posés sur moi. Je baissai les épaules au moment où la machine à café annonça avoir terminé son travail. Harper ne se retourna pas et je pris une grande inspiration avant de continuer. Je n'étais peut-être pas à l'aise avec tout ça, mais elle avait posé la question, donc je voulais y répondre.

— Je voulais savoir qui c'était. Après l'autre fois où on l'a vu, bah... j'étais inquiet. Je ne suis pas là pour remuer les choses. C'est juste...

Je levai mes mains et les laissai retomber.

— Bon sang, je n'en sais rien. La seule chose que je peux te dire c'est que je préférais savoir qui était ce gars au cas où je le verrais.

Harper hocha la tête, se mordant l'intérieur de la joue. Après un moment, elle se retourna et nous servit deux tasses de café avant de s'asseoir à côté de moi. L'îlot de la cuisine était incurvé et nous étions assis à un angle l'un de l'autre. Elle glissa une tasse de café devant moi.

— Sucre ou lait ? demanda-t-elle.

— Ni l'un ni l'autre, dis-je avant de prendre une gorgée.

L'arôme riche et légèrement amer s'empara de mes sens et je fermai les yeux.

— Je suppose que je devrais te dire merci de t'intéresser assez à moi pour avoir eu envie de savoir qui était le gars, dit Harper, ses mots doux teintés de colère.

En ouvrant les yeux, je la regardai et la trouvai perdue dans son mug, caressant l'anse avec son doigt.

— Toute cette histoire est vraiment horrible. Maintenant que je sais qui c'est, si je le revois...

Je me tus parce que je ne savais pas si c'était particulièrement utile de lui dire que je serais ravi de lui péter la gueule.

— Tu peux le tabasser ? dit-elle avec un petit sourire triste alors qu'elle répétait mes mots de tout à l'heure.

Je haussai les épaules et pris une autre gorgée de mon café.

— Ouais. Si besoin, c'est ce que je ferai.

Je posai ma tasse sur le comptoir et la regardai.

— Mais si tu me disais de ne pas le faire, je le laisserais tranquille. Il faut que tu saches ça.

Elle arrêta de caresser sa tasse, levant rapidement les yeux vers moi. Je sentais qu'elle essayait de me comprendre. L'air était tendu autour de nous, vibrant d'une intensité que je commençais à reconnaitre, et qui n'existait que quand j'étais près d'elle. À ce moment précis, ce n'était pas lourd de désir, mais d'une simple profondeur émotive.

Elle finit par hocher doucement la tête.

— C'est bon à savoir.

Elle resta silencieuse, mâchant l'intérieur de sa joue encore une fois en me regardant.

— Si tu veux savoir la vérité, une partie de moi adorerait que tu lui bottes le cul. Une autre partie de moi sait que ça n'en vaut pas la peine. Il n'en vaut pas la peine, et ça ne changera pas ce qu'il s'est passé.

Un autre long silence. Cette fois-ci, elle tapota des doigts sur le comptoir et prit une gorgée de café.

— J'imagine que c'est bizarre à dire, mais je suis contente que tu sois allé voir qui c'était en ligne. J'essaie de ne pas trop penser à lui parce que ça fait quatre ans. Je viens d'emménager dans cet appartement il y a quelques mois, et je ne savais pas qu'il vivait près d'ici. Je ne veux pas que mes amis ou ma famille s'inquiètent, donc je n'ai dit à personne que je l'avais vu. Mais je crois que ça me fait du bien de savoir que tu sais qu'il est là. En gros, je crois que j'essaie de te dire merci, d'une façon complètement détournée, dit-elle avec un petit sourire, sa fossette me faisant un clin d'œil.

J'absorbai ses mots et son sourire, et ma poitrine se serra. J'avais l'habitude de m'inquiéter pour les gens à qui je tenais. J'avais passé toute mon enfance dans la peur qu'il arrive quelque chose à ma mère et mes deux sœurs. Dès que j'y repensais, je me souvenais du sentiment de liberté que je ressentais en jouant au football. C'était la seule chose qui me permettait de fuir la maison et la lourdeur qui vivait là. Le truc drôle c'est que je ne m'étais jamais inquiété de ma propre sécurité. Mon père était le genre de connard qui évitait toute personne qui pouvait lui rendre la pareille, donc à part des attaques verbales, il me laissait tranquille. Même quand je n'étais pas encore très grand, je n'hésitais jamais à lui rendre ses coups. À l'adolescence, j'étais plus grand, plus large et plus fort que lui. Ce n'est qu'à ce moment-là qu'il a commencé à laisser ma mère et mes sœurs tranquilles. J'avais en tête l'idée de convaincre ma mère de déménager avant que je ne parte à la fac, mais mon père est mort d'une crise cardiaque avant ça et c'était terminé. Le sentiment de soulagement avait été si profond que la tristesse avait été secondaire.

Je regardai Harper et me demandai si je serais capable d'arrêter de m'inquiéter pour elle. Je ne pensais pas. C'était une évidence pour moi. Et elle n'avait pas à faire ça toute seule. Je voulais lui ordonner de le dire à Olivia et Daisy ou à qui que ce soit qui tenait à elle, que ces gens sachent que Joe était là. Mon esprit me remit à ma place, me rappelant que c'était son choix. La dernière chose dont elle avait besoin était que j'essaie de prendre le contrôle et de lui dicter comment gérer cette horrible réalité d'avoir accidentellement déménagé dans le même quartier que l'homme qui vous a un jour violée.

Je pris une gorgée de mon café et acquiesçai tardivement.

— Pas besoin de me remercier, répondis-je enfin.

Un klaxon résonna dans la rue. Le soleil qui traversait la fenêtre de l'appartement faisait briller les cheveux d'Harper. Elle traça le carrelage de l'îlot du bout du doigt, sans trop y réfléchir, et je me demandai quoi dire après ça.

— Est-ce qu'on peut parler d'autre chose ? demanda-t-elle soudainement.

— Bien sûr, parlons de ce que tu veux.

Ses yeux pétillèrent. Elle mordilla sa lèvre inférieure en me regardant, me rappelant le délice qu'étaient ses lèvres.

Mec, qu'est-ce qui te prend ? Tu n'es pas censé penser à ce genre de choses, là.

Je me secouai mentalement. En vrai, je ne savais pas si j'avais le droit de penser à elle de cette façon, quel que soit le moment. Mon esprit revint au jour où elle m'avait embrassé, de façon complètement inattendue, puis mon esprit passa au moment où elle avait vibré sur mes doigts. Je ne savais pas quoi penser de tout ça maintenant.

Je sursautai quand elle passa sa main sur ma jambe. Nous étions assis assez près l'un de l'autre. Je levai les yeux vers elle d'un coup, ses yeux étaient si proches des miens, bleus et brillants d'une étincelle que je ne comprenais pas parfaitement.

Je pris une autre gorgée de mon café, m'autorisant un moment pour reprendre mes esprits. Mon corps s'était tendu et un courant électrique s'était emparé de moi au moment où elle m'avait touché. Parce que c'était l'effet qu'Harper me faisait. Merde. Mon esprit n'était vraiment pas de la même humeur que mon corps, et j'étais prêt à me faire la morale pour m'empêcher de faire quelque chose d'idiot.

Je fixai Harper du regard, pour essayer de comprendre son expression. Ses yeux s'étaient assombris.

— Est-ce que tu vas flipper à cause de ce matin, maintenant ? demanda-t-elle, un éclair de colère traversant son regard.

Bordel. J'avais réussi à oublier à quel point elle était directe et je ne m'attendais vraiment pas à ce qu'elle s'énerve contre moi. Ne rien dire n'allait pas m'aider.

— Je ne pense pas que je flippe. La matinée a été un peu bizarre, c'est vrai. Mais c'est tout.

Harper continua de me regarder, ses joues tournant au rouge.

— Je t'interdis de laisser mon passé tout gâcher.

Ses mots étaient sauvages, et ses joues rougirent dans une teinte plus pourpre quand elle parla.

J'étais déchiré, je ne savais pas quel chemin prendre. Mon corps, eh bien, mon corps voulait la tirer contre moi. Une image d'elle à califourchon sur mes genoux traversa mon esprit, et ma queue sursauta. Et pendant ce temps, mon esprit essayait de ralentir les choses. Autant que possible. Je ne savais pas s'il y avait une bonne façon d'aborder la chose, mais...

Mes pensées s'interrompirent brusquement quand Harper se leva d'un coup. Assis sur le tabouret, mes genoux étaient écartés et mes pieds posés sur la barre. Elle passa entre mes jambes, cette proximité soudaine m'électrifiant. Alors que j'étais assis, nos visages étaient au même niveau et elle était à un murmure de moi. Bordel. Elle ne pouvait pas...

Au milieu de ma pensée, elle leva la main et la

passa dans mes cheveux ébouriffés. Voilà, il lui suffisait de me toucher pour que mon contrôle habituel disparaisse. Mon cœur battait fort contre mes côtes. Ses yeux parcoururent mon visage, d'un bleu tournant au bleu marin. Je me forçai à ne pas bouger alors que la tension secouait mon corps. Sa main passa dans mes cheveux puis caressa ma joue avant qu'elle ne se penche en avant pour poser ses lèvres sur les miennes. Plus tard, je repenserais à son audace, car d'habitude, j'étais celui qui initiait les choses avec les femmes, surtout parce que j'aimais avoir le contrôle. Mais avec Harper, le seul contrôle qu'il me restait servait à m'assurer qu'elle n'allait pas trop loin et trop vite.

Alors que ses lèvres pulpeuses étaient collées aux miennes, je ne pensais plus à lui. Je repris le dessus et la tirai vers moi, passant ma langue dans sa bouche. Elle gémit puis plongea dans notre baiser comme si sa vie en dépendait. Nos langues s'emmêlèrent alors que ses mains caressaient mon torse. J'étais en feu, en dedans comme en dehors, brûlant pour elle d'une façon que j'arrivais à peine à contenir. Elle était si bonne, si bonne contre moi, ses courbes généreuses et son corps musclé offrant un contraste délicieux. Mes lèvres déposèrent un chemin de baisers brûlants dans son cou, trouvant une peau douce et salée. Au milieu de notre baiser passionné, mon téléphone sonna, chantant le refrain de *All You Need Is Love* des Beatles, cadeau de Liam qui avait changé mes réglages plus d'un an plus tôt. Je n'avais jamais pris la peine de changer à nouveau ma sonnerie.

La répétition du refrain me ramena à la réalité. Je n'arrivais pas vraiment à éloigner mes lèvres de sa peau, elle était trop délicieuse, mais j'arrêtai ma balade pour rester en place. Je sentais le battement fou de son cœur, alors que mon propre pouls s'emportait à l'unisson avec le sien. Ma queue était si dure que j'en avais presque mal. Je me forçai à lever la tête, regrettant de ne plus pouvoir goûter sa peau instantanément.

Elle avait l'air aussi choquée que je l'étais. La folie sauvage que je sentais en elle s'était calmée, mais d'un ou deux degrés seulement. Par-dessus le battement effréné de mon cœur, je me forçai à parler, tentant de rassembler mes pensées et de reprendre le contrôle.

— Je ne voulais pas...

— Je t'interdis de dire que tu ne voulais pas m'embrasser, dit-elle d'une voix grave, ses mots empreints de passion.

— Ce n'est pas ce que j'allais dire.

Je pris une inspiration tremblante, avec beaucoup de mal à me contrôler. J'étais sur le point de me perdre, mais je m'accrochais. Je reculai légèrement, j'avais besoin de mettre un peu de distance entre nous, même si ce n'étaient que quelques centimètres.

— Je ne voulais pas perdre la tête comme ça, ajoutai-je enfin.

Les yeux d'Harper s'illuminèrent de colère encore une fois, mais elle resta silencieuse. Mon esprit était emmêlé. Il y avait ce besoin dévorant et éternel d'oublier tout le reste et de me perdre avec Harper. Sous cette couche, il y avait la conscience bouillante qu'Harper n'était pas le genre de femme que je recherchais habituellement. Elle n'était pas le genre de femme qui cherchait un arrangement propre pour satisfaire ses besoins physiques et rien d'autre. La connexion que nous partagions était magnétique, et j'arrivais à peine à résister à son champ d'attraction. Toutes ces choses étaient déjà présentes avant que je n'apprenne ce qui lui était arrivé, un évènement qui prenait bien plus de place que ce que je voudrais. Je voulais déjà y aller doucement avant d'apprendre ce qui lui était arrivé. Je sentais qu'elle serait furieuse si j'avouais à voix haute qu'apprendre tout ça changeait quelque chose. Mais c'était vrai. Je ne savais pas ce qu'elle attendait de moi. Je ne savais pas comment réconcilier son côté sauvage avec son passé. Je voulais démêler tout ça avant d'aller plus loin, mais j'imaginais qu'Harper serait hors d'elle si je disais quoi que ce soit de ce genre.

J'écartai lentement mes mains – j'en avais une dans son dos et l'autre sur ses fesses. Cette main mourait d'envie de rester là, posée sur ses fesses rebondies, à en savourer la douceur. Je la forçai à bouger, dans un acte de discipline intense. Je passai mes deux paumes sur ses bras et la regardai dans les yeux.

— Le truc, c'est que je ne peux pas t'embrasser sans rapidement perdre le contrôle. Ce qui s'est passé aujourd'hui, ou ce qu'Olivia m'a dit, ne changent en rien le fait que je t'avais déjà dit que je ne veux pas aller trop vite.

Elle me fixa du regard, l'intensité s'adoucissant un peu. Je n'avais pas réfléchi à mes mots à l'avance, mais ils semblèrent calmer son côté énervé et téméraire. Après un instant, elle acquiesça.

— C'est vrai, dit-elle, ses mots rebondissant douce-ment dans la pièce.

Elle se mordit la lèvre et sourit lentement. Son sourire embellit ma journée. Son visage entier se trans-forma, sa petite fossette apparut et ses yeux se plis-sèrent, laissant presque apparaitre un éclat de gaieté. Elle n'offrait pas souvent de tels sourires, ce qui les rendait encore plus précieux. Elle recula, et je mourais d'envie de la reprendre dans mes bras. Ma queue palpi-tait et je ne voulais pas me passer de sa chaleur et de sa douceur. Je dus me forcer à écouter mes propres mots et raisons.

Long terme, mec. C'est ce que tu cherches.

— Tu seras au resto ce soir ? demanda Harper.

— Hein ?

Elle sourit encore plus fort et attrapa sa tasse de café, prenant une gorgée avant de répondre.

— Avec Liam et Olivia.

— Ah oui. Bien sûr. Et toi ?

Liam m'avait demandé de venir, donc j'avais dit oui. C'était ce genre d'amitié.

— Je serai là. Tu veux qu'on y aille ensemble ?

Comme j'étais un mec, je n'avais pas réalisé que si Liam m'invitait quelque part, il y avait de grandes chances qu'Olivia ait invité ses copines. J'étais plus qu'heureux d'apprendre qu'Harper serait là.

— Je te retrouve ici ?

Elle hocha la tête et se tourna pour remplir sa tasse de café. J'ajustai discrètement mon short et me levai.

— Je devrais y aller. Une douche ne me ferait pas de mal.

Elle tourna la tête vers moi. Pendant un instant, j'eus l'impression qu'elle allait dire quelque chose pour me contredire, mais elle secoua simplement la tête avant d'acquiescer.

— D'accord. À plus tard alors.

Je me dirigeai vers la porte. Juste avant que je ne l'ouvre, elle parla.

— *All You Need is Love* ?

En un coup d'œil, je vis qu'elle tremblait de rire. Je haussai les épaules.

— C'est la faute de Liam.

Chapitre Huit

HARPER

— Quoi ?! s'exclama Daisy, ses grands yeux marron écarquillés.

J'acquiesçai et me forçai à ne pas rire. Olivia et Daisy étaient mes meilleures amies. Olivia était plus du genre sérieux, et jusqu'à ce qu'elle rencontre Liam, elle ne vivait que pour son boulot de chirurgienne orthopédique. Daisy travaillait également dans le monde médical, mais faisait de la recherche. De nous trois, Daisy était clairement le clown. À ce moment-là, elle me fixait du regard parce que je venais de lui annoncer que j'avais prévu de mettre fin à mon abstinence de quatre ans avec Alex. Il en fallait beaucoup pour prendre Daisy de court, donc je savourais cet instant.

Elle ouvrit la bouche pour dire quelque chose puis resta bloquée, bouche ouverte.

Je souris, amusée.

— Waouh ! C'est encore plus drôle que ce que je pensais de te choquer. Il va falloir que je fasse ça plus souvent.

Daisy referma la bouche et secoua la tête, ses cheveux blonds se balançant d'avant en arrière.

— Oh, ma belle. Il va te falloir des années pour surpasser ça.

Elle leva un doigt et fit une pause pour prendre une gorgée de café.

Nous étions installées au Desert Isle Coffee, l'un de nos points de rendez-vous préférés. Avant mon déménagement récent, je venais rarement, mais maintenant je vivais du bon côté de la ville. Le Desert Isle s'appelait ainsi, car c'était une oasis dans la météo froide et humide de Seattle. Il y faisait toujours chaud et sec et ils faisaient un très bon café. Après qu'Alex fut parti ce matin, j'avais appelé Daisy et Olivia. J'avais besoin d'un peu de temps avec mes copines. Olivia était trop occupée pour venir, mais Daisy était là. Daisy était un rayon de soleil, physiquement et en attitude. Avec ses mèches blondes, ses grands yeux marron et ses courbes, elle était absolument ravissante. Elle était aussi très drôle et directe, au point d'en être ridicule parfois.

Daisy posa son café et pencha la tête sur le côté.

— Dis-moi si j'ai bien compris : tu essaies de pécho Alex Gordon et c'est juste pour du sexe. Je t'ai bien entendue ? dit Daisy, les yeux encore écarquillés de choc.

J'acquiesçai et ignorai le petit sursaut de mon cœur. C'était comme si le monde entier essayait de me pousser à la folie. Sur les quatre dernières années, le sexe n'était plus une chose à laquelle je pensais. Honnêtement, je m'étais demandé si je coucherais un jour avec quelqu'un à nouveau. Je savais exactement ce que je voulais maintenant, ou plutôt qui je voulais. Alex.

J'étais encore un peu agacée de son envie d'y aller

doucement, mais j'avais déjà compris qu'il n'en fallait pas beaucoup pour lui faire perdre le contrôle. J'étais déterminée à le convaincre d'arrêter de s'inquiéter. Je me disais qu'il était sans doute l'homme parfait pour ce que j'avais en tête : une aventure sans aucune attache. Et le fait que sa simple présence me fasse mouiller était assez pratique. Je lui faisais également entièrement confiance, ce qui n'était pas peu dire.

Pendant un temps, je pensais que je ne serais jamais capable de faire à nouveau confiance à un homme sur le plan physique. Je n'étais pas perdue au point de penser que les hommes en général n'étaient pas dignes de confiance. J'avais vu Olivia tomber amoureuse de Liam et je savais sans l'ombre d'un doute qu'il l'adorait et était fou amoureux d'elle. Mes parents avaient une belle relation, et je savais que mon père ne ferait jamais de mal à ma mère. J'avais même des amis à qui je faisais confiance. Mais je pensais que je n'étais pas encore capable de baisser ma garde assez longtemps pour avoir envie de quelqu'un. Je pensais que le fait de me faire violer avait brisé quelque chose en moi. Depuis ce jour quelques semaines plus tôt où j'avais croisé Alex au parc, j'avais réalisé que je n'étais peut-être pas condamnée à vivre éternellement dans cette réalité. Je ne savais pas pourquoi je ne l'avais pas vu sous ce jour avant, car il avait toujours été extrêmement beau et une star du foot, mais j'avais réussi à ne pas vraiment le voir. Nous n'avions quasiment pas passé de temps ensemble à l'époque, donc c'était peut-être simplement pour ça.

Daisy toussa, me faisant remarquer que j'étais perdue dans mes pensées. Je tournai la tête vers elle.

— C'est le plan, dis-je fermement.

Dès que j'y pensais, une petite voix dans ma tête essayait de me ramener à la raison. Je n'étais pas

certaine qu'Alex soit juste une aventure sans lendemain. Cette voix n'était pas non plus certaine que ce
soit une bonne idée pour mon cœur. Je me fichais bien
de tout ça à l'instant. Mon corps m'appartenait à
nouveau, et je n'avais aucune intention de rater ma
chance de profiter d'une chose que je pensais avoir
perdue à jamais.

Daisy me regarda d'un air songeur.

— Écoute, je trouve ça super que tu t'intéresses à
quelqu'un, OK ? Je ne sais juste pas si une aventure «
sans attaches » est la meilleure façon d'aborder la
chose. Je ne suis pas non plus certaine de ce qu'Alex
pensera de ça. Tu lui en as parlé ?

Daisy était toujours très pragmatique sur ce genre
de problèmes. Elle s'était auto-assignée une mission de
trouver l'amour de sa vie l'année dernière et était
parfaitement ouverte à ce sujet, c'était très amusant. Je
lui avais fait remarquer qu'il fallait peut-être qu'elle se
détende un peu et laisse un peu de place à la vie, mais
ce n'était vraiment pas dans sa personnalité. J'étais un
peu surprise par le fait qu'elle pense qu'il me fallait une
discussion compliquée avec Alex.

— Je veux dire, il sait que j'ai envie de lui si c'est ce
que tu veux dire, avançai-je en haussant les épaules.

— Bah, il y a le fait de vouloir quelqu'un puis il y a
ce que tu proposes, qui est de l'utiliser comme objet
sexuel uniquement. Et peut-être que ça lui va parfaitement, mais je ne sais pas. Alex n'est pas vraiment du
genre à se taper plein de filles.

J'avalai le reste de mon café et réfléchis à ce que
me disait Daisy. Alex était très privé et je n'avais pas
beaucoup d'éléments pour savoir ce qu'il voulait dans
la vie. Il détestait les journaux qui s'intéressaient à lui à
cause de sa carrière internationale de footballeur et
n'avait jamais eu de relation publique, du moins que je

sache. C'était un réel contraste avec certains de ses coéquipiers des Seattle Stars et avec son ancienne équipe en Angleterre. Si j'écoutais ce que mon cœur essayait de murmurer, ça me faisait douter de moi, donc je continuais de l'ignorer. Ces murmures disaient qu'Alex ne faisait pas grand-chose de léger. Ces murmures faisaient vibrer mon cœur et faisaient naitre une anxiété dans ma poitrine. Le fait d'en arriver à un point où je pouvais ressentir du désir à nouveau était un pas énorme pour moi, et je n'arrivais pas à penser au-delà de ça. Je ne voulais pas rater ma chance, donc j'écartai ces murmures.

— Peut-être, mais je ne vois pas pourquoi ça devrait m'arrêter, dis-je enfin.

Le regard intelligent de Daisy passa sur mon visage. Après un instant, elle me demanda :

— Il s'est passé quelque chose qui a déclenché tout ça ?

Agacée, je levai les yeux au ciel.

— Pourquoi est-ce que je ne peux pas simplement être prête à passer à autre chose ? Tu ne l'as jamais dit, mais je suis sûre que tu t'es déjà demandé si je m'en remettrais un jour.

Daisy était le genre d'amie que je ne pouvais pas distraire du vrai sujet, et elle ne lâcha pas l'affaire.

— Hé, je suis vraiment contente pour toi. Vraiment. Je ne me suis jamais demandé s'il était logique que tu restes célibataire. Honnêtement, je comprenais. Je pense que tout le monde a le droit de faire exactement ce qui fonctionne pour eux. Ça ne veut pas dire que le sexe ou les relations romantiques sont la clé du bonheur. S'il y a bien une chose que j'ai toujours voulue pour toi, c'est que tu sois celle qui prenne tes décisions. Et tu as l'air de le faire là. Mais j'ai le sentiment qu'il y a quelque chose derrière tout ça et que ce ne sont pas seulement les abdos d'Alex. Oui, ce gars est beau à en tomber, même si pas vraiment mon genre. Je crois juste que...

Je lui coupai la parole.

— D'accord. Oui, il s'est passé quelque chose qui a peut-être influencé ma réaction, mais je pense que c'est une bonne chose. J'ai vu Joe. Trois fois, même.

Je croisai les bras et lui lançai un regard têtu.

Daisy écarquilla les yeux et posa ses coudes sur la table.

— Tu as vu Joe Schmidt ?

— Ouais. Je l'ai vu. Il habite surement pas très loin du parc à côté de chez moi parce que je l'ai vu courir deux fois et une fois dans sa voiture dans la rue. Avant que tu ne flippes, je ne peux rien faire sur le fait qu'il soit là. Je ne peux pas passer ma vie à essayer de l'éviter. Je ne suis pas heureuse de le voir. Du tout. Mais c'est bizarre parce que le fait de le voir et le fait que je ne me sois pas effondrée me disent que je vais bien. Ça a peut-être déclenché quelque chose, mais je ne sais pas si c'est si grave. Alex me plait, et tu l'as dit toi-même, il est ultra-canon, donc autant profiter de lui tant que je peux.

Mon cœur s'accéléra un peu quand je le dis à voix haute.

Daisy resta silencieuse, considérant mon expression du regard. Pendant une seconde, je me souvins de son regard le jour où je m'étais fait violer. Je les avais appelées, elle et Olivia, du commissariat. Olivia n'avait reçu mon message que bien plus tard parce qu'elle passait un partiel. Daisy avait couru jusqu'au commissariat en sautant du lit. Elle était restée collée à moi pendant des semaines après ça. Entre elle et Olivia, je ne m'étais presque jamais retrouvée seule. Elle était loyale, attentive et furieusement protectrice en tant qu'amie. Je croisai et décroisai les jambes, mal à l'aise à cause de son silence.

Daisy se recula sur sa chaise et soupira.

— Ma belle, je suis complètement pour que tu profites avec qui tu veux. Mais fais attention. Ne te fais pas de mal en cours de route. Tu n'es pas vraiment un genre à chercher les aventures sans lendemain.

Je me mordis la joue et fis tourner un sachet de sucre entre mes doigts. Je n'avais jamais eu un coup d'un soir de ma vie. Avant l'horreur de ce viol, j'avais eu deux relations semi-sérieuses, qui avaient toutes deux duré environ deux ans. Elles s'étaient toutes les deux terminées de la même façon, une fin lente avant de décider de rester amis. Le plus récent des deux, Ross Palmer, avait occupé mes deux premières années de fac. Il m'avait contactée après que les journaux se furent emparés de toute cette histoire avec Joe. Il m'avait apporté beaucoup de soutien. Si l'étincelle entre nous avait une chance de renaitre, ça aurait été à ce moment-là, mais je n'avais rien ressenti. Nous étions quand même restés en contact, de temps en temps. Il vivait à Seattle avec sa nouvelle copine. J'essayais de me souvenir de si j'avais déjà envisagé une aventure sans lendemain avant que ma vie ne s'effondre. Et la réponse était non, donc je devrais sans doute me demander ce qui m'arrivait. Mais je n'en avais pas envie. Je voulais me lancer dans cette aventure et me laisser entrainer parce que je ne pensais jamais ressentir du désir à nouveau. Encore moins un désir aussi brûlant que ce que je ressentais pour Alex.

Je regardai Daisy et me demandai ce que j'espérais entendre. J'avais envie d'en parler, sans doute parce que j'étais assez intelligente pour savoir que j'avais besoin d'un point d'ancrage. Daisy ne me disait pas que j'étais folle, mais elle posait les bonnes questions, et ça ne me plaisait pas vraiment.

— Je ne suis plus la même personne. Je ne serai plus jamais la même personne, dis-je enfin.

Daisy sourit doucement, les yeux empreints de douceur.

— Bien sûr que non, mais même si tu es différente, il y a une partie de toi qui est la même. Je ne pense simplement pas qu'Harper soit du genre coup d'un soir. J'aurais plutôt dit que tu es du genre à construire un cocon. Et je dirais pareil à propos d'Alex. C'est l'impression qu'il me donne.

— Un cocon ?

— Ouais, tu construis tes relations, tu t'y installes et tu te mets à l'aise.

Elle haussa les épaules et secoua la main.

— Ce n'est pas ce que tu veux tout de suite. Et je vais te lâcher parce que tu sais quoi ? Si tu veux coucher avec Alex Gordon et en rester là, qui suis-je pour te dire de ne pas le faire ? Plein de nanas seraient jalouses, ça, c'est sûr. Il a cet air de gars difficile à séduire, il en a presque fait un sport. Et pire que ça, on voit bien qu'il ne fait même pas exprès. C'est juste sa façon d'être.

Elle sourit et tendit le bras pour serrer ma main.

— Je suis là pour toi si tu as besoin de moi.

———

Ce soir-là, je sautai presque de joie quand mon téléphone vibra sur la table. Stanley était assis à mes pieds avec sa tête de géant posée sur les doigts de pied. Je me penchai en avant pour attraper mon téléphone sur la table basse et vis le nom d'Alex s'afficher à l'écran.

Je me mets en chemin vers chez toi. À tout de suite.

Je souris puis ris toute seule en voyant l'état dans lequel je me mettais. J'étais folle de joie à l'idée de revoir Alex. J'étais peut-être folle, mais je m'en fichais bien à l'instant. Stanley leva la tête, son regard bleu sage m'observant.

— D'accord, Stanley, on est allés se balader, maintenant tu peux faire la sieste pendant que je vais diner, lui expliquai-je.

Je me fichais bien du fait qu'il comprenne ce que je disais exactement ou non. J'aimais bien lui parler. Mon père m'avait offert Stanley après l'avoir trouvé dans un refuge quelques mois après que Joe m'ait violée. Stanley avait été mon meilleur ami dans la période la plus sombre et solitaire de ma vie. Après un moment, il me donna un petit coup de nez dans la jambe.

— Ah oui !

Je me levai rapidement, réalisant qu'Alex était en chemin et qu'il fallait que je descende le rejoindre. J'attrapai mon sac à main sur la table et mon manteau à côté de la porte. Stanley trottina vers la porte et leva la tête, plein d'espoir.

— Sois sage, dis-je en me penchant rapidement pour l'embrasser sur son crâne gris et poilu. Je savais qu'il passerait sans doute la majorité de la soirée à dormir et ne se réveillerai que demain matin. Après sa balade du soir, c'était ce qu'il faisait.

Quand j'eus fermé la porte à clé derrière moi, je courus jusqu'au rez-de-chaussée, et en arrivant en bas, je réalisai que je n'étais allée nulle part à pied le matin ou le soir, quand l'obscurité était proche, depuis des années. Et je ne l'aurais sans doute pas fait ce soir non plus si Alex n'avait pas été là, mais avec lui, je n'avais peur de rien. Je le vis arriver et je sortis pour le rejoindre. En l'attendant en bas des marches, mon cœur se mis à battre plus fort rien qu'en le regardant avancer vers moi. C'était un spécimen parfait de force masculine. Il était plutôt grand, et avait des muscles fins. Ses épaules se contractaient avec le balancement de ses bras. Il s'arrêta devant moi, ses yeux au niveau des miens alors que je me tenais sur la dernière marche au-dessus du trottoir.

C'était le début de la soirée, et le soleil se couchait. La lumière était grise et triste et le soleil était quadrillé de rose au loin, au-dessus de Puget Sound. Alex me regarda, avec des yeux sombres magnifiques. En un éclair, l'air autour de nous semblait chaud. Sa simple présence me donnait chaud, en dedans comme en dehors. Une envie sauvage monta en moi à nouveau, et j'avais envie de l'attraper et de le trainer jusque chez moi. Mais je me retins. J'avais décidé que ce soir serait le soir, et qu'il ne nous arrêterait pas, mais je savais que si j'allais trop vite il me dirait de ralentir.

— On y va ?

Le ton grave de sa voix me fit frissonner. Mon ventre se serra et la chaleur traversa mes veines. Je semblais incapable de dire un mot, mais je réussis à hocher la tête et à descendre la dernière marche. Sans un mot, on se mit à marcher. Nous retrouvions les autres dans un restaurant à une quinzaine de minutes de marche. Je ne savais pas qui avait pris la main de l'autre en premier, mais à un moment, en chemin, je me retrouvai la main dans celle d'Alex. Sa main engloba la mienne, une prise ferme et chaude alors qu'il tenait doucement ma main. Mon attention se concentra sur ce point de contact que je savourais. Mon esprit se perdit dans la sensation de sa peau contre la mienne.

Quand on arriva au restaurant, et qu'Alex m'ouvrit la porte, j'avais chaud et j'étais rouge, à un point réellement ridicule. Je ne savais pas exactement quelle était l'occasion pour ce diner, mais j'avais commencé à comprendre que Liam aimait la nourriture. Vraiment. Il aimait avoir Olivia à ses côtés à chaque instant de la journée, donc il avait pris l'habitude de rassembler ses amis sans autre raison que celle d'un diner ensemble. Nous nous retrouvions quelque part où je n'étais jamais venue ce soir, un restaurant italien qui semblait être l'un des nouveaux endroits préférés de Seattle. L'entrée était pleine à craquer. Alex ignora tout le monde et me guida avec sa main dans le creux de mon dos. Il se pencha.

— Liam m'a dit qu'ils étaient déjà là, dit-il, sa voix rauque me faisant vibrer de besoin.

Une chair de poule apparut à la sensation de son souffle caressant mon cou alors qu'il parlait. Je dus me rappeler que nous étions dans un lieu public et que fondre aux yeux de tous pourrait être gênant. Je réussis à acquiescer et à continuer d'avancer Alex fit un clin d'œil à la serveuse quand on arriva au petit podium derrière lequel elle se tenait. Il n'en fallut pas plus pour qu'elle abandonne ce qu'elle était en train de faire et lui sourisse.

— Que puis-je faire pour vous ? demanda-t-elle, en lui faisant les yeux doux.

— On retrouve nos amis. Liam Reed ?

Je vis le regard de la serveuse changer au moment où elle fit le lien entre Alex et Liam. Ils étaient tous les deux assez connus à Seattle et aux alentours depuis qu'ils avaient été recrutés par les managers agressifs des Seattle Stars. Seattle cherchait à se faire une place sur la scène internationale avec son équipe de football, et Liam, Alex et leurs autres coéquipiers britanniques faisaient partie de cette stratégie.

— Ah oui, monsieur Gordon. Suivez-moi, dit-elle avec un grand sourire.

Elle ne jeta même pas un œil vers moi. Si elle lui faisait quelconque effet, Alex ne le montrait pas. Il avait l'air plus ennuyé qu'autre chose alors qu'elle lui parlait avec grande joie en nous faisant traverser le restaurant vers une grande table ronde au fond de la salle. Liam et Olivia étaient installés ensemble, le bras de Liam posé sur ses épaules alors qu'elle riait avec Tristan Wells. Tristan était le quatrième joueur de foot recruté du Royaume-Uni. D'eux quatre, il était celui que j'avais vu le moins depuis qu'Olivia et Liam s'étaient mis ensemble et que je m'étais retrouvée dans l'orbite de leur monde. Alors que Liam et Ethan étaient des dragueurs amusants, Alex et Tristan étaient plus sobres. Tristan avait des boucles noires presque toujours froissées et des yeux noisette. Et comme tous les gens dont la vie entière est dédiée au sport de haut niveau, il avait un corps parfait. J'avais appris à le connaitre un peu et j'avais appris qu'il terminait ses études préliminaires pour entrer en école médicale. Je n'arrivais pas à imaginer comment il était capable de cumuler sa carrière de footballeur professionnel et ça.

Olivia leva les yeux.

— Oh, hey ! Vous êtes là tous les deux. Asseyez-vous, dit-elle en tapotant une chaise à côté d'elle.

Je fis le tour de la table et m'installai sur la chaise, me rendant soudainement compte que j'avais complètement oublié qu'Alex et moi étions en public. Alex s'installa à côté de moi sans un mot. Ce n'était pas étrange. D'ailleurs, le fait qu'il soit quasiment toujours silencieux en groupe était sans doute la raison pour laquelle je ne lui avais pas vraiment parlé avant ces dernières semaines. Liam se pencha en avant.

— Content que tu aies pu venir, mec, dit-il avec un clin d'œil et un sourire amusé.

Alex sourit doucement.

— Tu savais que je viendrais, répondit-il en guise de bonjour.

— Évidemment, dit Liam en haussant les épaules.

Ses yeux bleu brillant se posèrent sur moi.

— Et la charmante Harper. Comment vas-tu ?

Pour la millième fois, je ne pus m'empêcher de rire face à cette salutation. Liam ne pouvait s'empêcher de flirter. S'il n'était pas si visiblement amoureux d'Olivia, quelqu'un qui ne le connaissait pas pourrait avoir des doutes sur sa fidélité. Il ne cessait de m'appeler « charmante Harper », sans doute parce qu'il savait que ça me dérangeait un petit peu. En levant les yeux au ciel, je répondis :

— Je vais bien, Liam. Et toi ?

— Tout roule, répondit-il avec un clin d'œil avant de se tourner à nouveau vers Alex. D'accord, mec, on parie sur à quel point on gagne le prochain match.

Alex haussa les épaules et rit doucement.

— Non merci.

Liam leva les yeux au ciel et passa rapidement à Tristan.

— Tu avais raison.

Tristan sourit doucement, mais resta silencieux.

— À propos de quoi ? demandai-je.

Olivia attrapa mon regard avec un sourire et secoua doucement la tête.

— Tristan a dit qu'Alex n'aurait pas envie de parier. Si personne n'accepte de parier avec Liam, il va finir par venir m'embêter moi.

Elle prit une gorgée de vin et rangea une boucle rebelle derrière ses oreilles.

Liam sourit et attrapa la mèche qu'elle venait

d'écarter. Il la tira et la fit rebondir sur sa joue. Elle rougit et leva les yeux au ciel. Avec ses boucles sombres, sa peau d'ivoire et ses yeux verts, Olivia était réellement charmante. Avant Liam, je me demandais parfois si elle vivrait un jour pour autre chose que son boulot. Ça faisait plaisir de la voir avec Liam. Au-delà du fait qu'elle avait maintenant une vie en dehors de la clinique, ils étaient follement heureux ensemble. Avec leur chien Bentley, ils étaient une petite famille maintenant. Mes pensées se tournèrent vers la conversation que j'avais plus tôt avec Daisy. Je savais pourquoi elle me questionnait sur cette histoire d'aventure sans lendemain, mais penser à quoi que ce soit de plus long me mettait mal à l'aise. J'avais peur que si je commençais à espérer quoi que ce soit, ce simple espoir me mettrait des bâtons dans les roues.

Comme si je l'avais invoquée, Daisy arriva à la table, s'arrêtant devant nous et regardant ceux qui étaient déjà là.

— Eh bah salut tout le monde. J'imagine que je suis en retard.

Tristan leva les yeux vers elle.

— Tu es là avant Ethan.

Daisy sourit et s'installa rapidement à côté de lui.

C'est pour ça que je t'aime bien, Tristan. Tu es toujours parfaitement strict.

Tristan arqua un sourcil, mais ne répondit rien. Quelques secondes plus tard, la conversation continua autour de moi. Un serveur arriva pour prendre notre commande et, au milieu de ça, Ethan arriva. Alex et moi étions installés là où la table touchait presque le mur. C'était presque comme si nous étions dans notre propre bulle alors que la conversation faisait des allers-retours devant nous, mais tout le monde semblait satisfait de nous laisser tranquilles. Nous étions tous les deux les plus discrets de nos groupes d'amis. De temps en temps, je remarquais le regard de Daisy se tourner curieusement vers nous, mais elle se retint de faire des blagues, ce qui était un miracle quand j'y réfléchissais.

La nourriture était réellement délicieuse. Les modes de Seattle étaient parfois un problème, ou du moins de mon point de vue. De nouveaux restaurants ouvraient régulièrement et étaient annoncés comme étant incroyables, mais se révélaient souvent décevants. Mais ce restaurant répondait à toutes mes attentes et était réellement super. Je bus un peu plus de vin que ce que j'aurais dû. Alors que la proximité d'Alex mettait mes nerfs à vif et faisait monter mon adrénaline, je recherchais un peu de soulagement en restant pompette. Je ne m'étais pas rendu compte que sa main était arrivée sur ma cuisse sous la table. Au milieu d'une histoire longue et compliquée sur un match qu'ils avaient gagné quelques semaines plus tôt, Ethan avait perdu mon attention, et je m'étais concentrée sur Alex, et personne d'autre. La chaleur de son toucher brûlait ma peau. Son pouce me caressait lentement, juste à l'intérieur de ma cuisse. J'étais trempée de besoin rien qu'à ce point de contact subtil.

J'avais le souffle court et, bon sang, qu'on me jette en enfer, mais j'avais tellement envie de lui que je me sentais complètement consumée. Mon pouls battait follement, et j'avais du mal à reprendre le contrôle de mon corps. Je fis l'erreur de le regarder. Son regard enflammé croisa le mien, des yeux comme du chocolat noir. Il avait l'air sauvage, et je sentis une pulsation chaude au sommet de mes cuisses. Soudainement, je me fichais bien des apparences et je me levai d'un coup.

— Il faut que je rentre, lâchai-je.

Ethan s'arrêta au milieu d'une phrase, son regard amusé se tournant vers moi.

— Je t'ennuie? demanda-t-il avec son accent anglais légèrement hautain.

Je secouai rapidement la tête.

— Pas du tout. Mais il faut que j'y aille. Stanley a sans doute besoin de sortir, mentis-je en essayant de trouver une excuse.

La seule chose que je savais, c'était que je ne pouvais pas rester assise là au risque de plaquer Alex au sol.

Je commençai à m'éloigner de lui, mais il se leva rapidement.

— Je te raccompagne, alors.

Mon corps hurla alléluia.

Alors que je faisais rapidement le tour de la table, je croisai le regard entendu de Daisy et le regard curieux d'Olivia, mais je les ignorai. Mon corps pensait à deux choses : soit j'allais enfin avoir tout Alex ce soir, ou au moins je me tirais de cette soirée de préliminaires interminables. Je n'avais jamais imaginé que m'asseoir à côté de quelqu'un au restaurant pourrait être des préliminaires, mais avec Alex, ça l'était.

Je marchai rapidement à travers le restaurant et passai la porte. Une pluie froide s'écrasa sur mes joues chaudes, me rappelant que j'avais oublié mon manteau. Je commençai à faire demi-tour, mais Alex se tenait juste derrière moi. Sans un mot, il me tendit mon manteau pour que je l'enfile. Une fois la veste posée sur mes épaules, il fit glisser ses mains le long de mes bras. Je frissonnai, plus en raison de son toucher que de quoi que ce soit d'autre.

Chapitre Neuf

ALEX

Je marchais aux côtés d'Harper, en pleine bataille dans ma tête. Ma queue était tendue depuis une bonne heure. Bordel. Le simple fait d'être assis à côté d'elle avait été un tourment et une provocation. Si c'était à mon corps de décider, je n'aurais pas attendu une seconde de plus. Et c'était là que j'étais, présentant cette idée face à ma fichue conscience. Je savais que ça mettrait Harper hors d'elle, mais je ne pouvais pas m'empêcher de me demander ce qui la faisait agir comme ça. Et je n'arrivais pas à oublier son viol. Je n'en étais pas certain, mais, d'après ce qu'Olivia m'avait dit, j'avais l'impression qu'Harper n'était pas sortie avec qui que ce soit depuis ce jour-là, et elle n'avait sans doute couché avec personne non plus. Elle ne me donnait pas l'impression d'être du genre à chercher des coups d'un soir, ce qui m'emmêlait les idées encore plus parce que je ne savais pas ce qu'elle voulait de moi dans ce cas. Oh, je savais que nous partagions une alchimie, assez de feu pour brûler une maison. Mais je ne savais pas ce qui se tenait derrière tout ça. Je savais que, pour moi, Harper n'était pas juste une façon de répondre à mes besoins physiques. Elle était bien plus que ça.

Je trébuchai presque quand elle s'arrêta soudainement devant les marches de mon appartement. Étant donné que mon appartement était un peu plus proche du restaurant que le sien, je m'attendais à ce qu'elle continue. Elle se tourna et leva les yeux vers moi. Elle ne s'était pas embêtée à mettre sa capuche, donc ses cheveux étaient humides. Ses boucles noires brillaient sous la lumière des lampadaires.

— Comment va Callie ? demanda-t-elle.

Pendant une seconde, j'étais perdu, mais mon cerveau se réveilla. J'avais oublié qu'elle m'avait trouvé en train de m'occuper de la petite chatte sauvage couleur calico qui campait sous les marches. C'était la dernière fois qu'elle m'avait complètement pris de court avec un baiser incroyable. Mon esprit sauta quelques étapes en revenant au souvenir de son corps tendu alors qu'elle jouissait sur mes doigts. Je me mis une claque mentale. *Pas maintenant, mec.*

— Callie traine toujours dans le coin. Voyons voir.

Je m'avançai vers la base des marches et regardai sous l'escalier. Les yeux de Callie brillèrent sous la lumière alors qu'elle se tournait vers moi. Elle était installée confortablement sur la couverture que je lui avais laissée. Je commençai à me redresser et m'écrasai presque contre Harper qui s'était penchée pour regarder.

— Oh, elle est bien, dit Harper doucement.

Harper me regarda, son visage à quelques centimètres du mien, et ça me demanda toute ma volonté de ne pas l'embrasser. Mon cœur battait fort alors que je la regardais. Elle tendit la main vers Callie, assez loin pour ne pas être menaçante. Callie tendit le nez en avant et la renifla avant de reculer et de nous regarder prudemment.

— Ce serait tellement bien si elle rentrait. Il fait froid et humide dehors, dit Harper doucement.

— Ouais. Je suis bien d'accord. Mon proprio la nourrit aussi. Avec tout ça, je me dis qu'elle va finir par se dire que ce n'est pas dangereux d'entrer.

Je me redressai et pris une inspiration lente. J'avais besoin d'une minute pour reprendre le contrôle de mon corps. Dans cette bataille entre mon corps et mon esprit, mon corps était clairement en train de gagner. Harper se redressa et me regarda. Des gouttes de pluie coulèrent sur ses joues et avant que je ne me rende compte de ce que je faisais, j'essuyais une goutte sous son œil. Je me figeai, mes yeux plantés dans les siens. Le désir s'empara de moi comme un éclair. Alors que je ne tenais plus qu'à un fil face au besoin fou qu'Harper réveillait en moi, il me fallut chaque gramme de ma discipline pour ne pas la prendre dans mes bras et trouver l'endroit le plus proche où m'enfoncer en elle.

Elle resta immobile, ses yeux fouillant les miens. Soudainement, elle attrapa ma main et me fit tourner, me tirant dans les marches. Elle essaya d'ouvrir la porte de mon immeuble, mais, bien entendu, elle était verrouillée. Elle se retourna vers moi, les yeux brillants.

— Laisse-moi entrer.

Je savais qu'elle ne le voyait pas comme ça, mais ses mots avaient plus d'un sens. Ce qu'elle ignorait, c'était qu'elle était déjà enfouie en moi, et que ça me laissait sans voix. Je n'étais pas habitué à ce genre de choses. Je tenais à mon contrôle et à ma discipline, car j'avais passé des années à les cultiver pour ne pas devenir comme mon père. Être gardien sous la pression du monde du football de haut niveau demandait le plus grand calme, la plus grande concentration et la plus grande régularité. Harper me secouait de plus d'une façon. À l'instant, elle était tout ce que je voulais, mais je savais qu'elle voulait aller au bout et je ne savais pas si j'avais la force de me retenir.

Elle attrapa mon t-shirt, l'enroulant dans sa main pour me tirer vers elle. Sa tête s'écrasa contre la porte derrière elle et j'essayai de l'attraper par réflexe. Entre le fait qu'elle me tirait vers elle et que j'essayais de la rattraper, ses lèvres se trouvèrent soudainement à un murmure des miennes. Mon corps se tendit, chaque fibre de mes muscles se cambrant vers elle, incapables de résister à la vague de désir.

Je pris une inspiration et crus l'espace d'un instant que j'avais réussi à reprendre le contrôle. Elle resserra sa prise sur mon t-shirt et planta ses yeux dans les miens. J'avais l'impression qu'une étincelle avait enflammé l'air entre nous. Alors qu'une petite pluie froide nous entourait, l'air était électrique. Je n'arrivais plus à entendre mes pensées au-dessus du battement de mon cœur alors que tout mon sang se dirigeait vers mon entrejambe. Je tirai les clés de ma poche et passai le bras autour d'elle pour ouvrir la porte. Elle trébucha en arrière quand la porte s'ouvrit. Je fis ce que j'avais eu envie de faire depuis des semaines et la soulevai dans mes bras. Je voulais la porter de profil contre moi, mais elle ne voulait rien de ça. Ses jambes s'enroulèrent sur mes hanches. Dans la confusion, ses lèvres s'écrasèrent contre les miennes, et mon contrôle, érodé depuis longtemps, s'effondra. Je la serrai fort contre moi et refermai la porte du pied.

À chaque pas que je prenais, la langue d'Harper s'enroulait sur la mienne. Elle s'abandonnait dans notre baiser. Comme j'étais déjà en feu, ce baiser n'était qu'un mélange de lèvres, dents et langues. J'écartai la porte de mon appartement d'un coup d'épaule, arrachant mes lèvres aux siennes en grognant alors qu'elle balançait ses hanches contre les miennes. Par miracle, je réussis à ne pas tomber avant d'arriver à la chambre, où je réussis à me retourner et m'asseoir. Elle était encore enroulée autour de moi et retira mon manteau de mes épaules. Ses hanches s'enfoncèrent sur moi et, bon sang, c'était tellement bon de sentir sa chaleur contre moi. Je libérai mes bras de ma veste et la lançai au sol, avant de m'agripper à ses hanches et de la baisser contre moi, me cambrant contre elle. Ma queue était si tendue que j'en avais mal, et je n'arrivais à penser à rien d'autre que la chaleur mouillée qui m'attendait.

Elle hurla en ouvrant les yeux. Son regard bleu était sombre, ses lèvres s'écartèrent en un grognement quand je me cambrai contre le creux de ses hanches. Elle me regarda droit dans les yeux et, pendant un instant, je vis ses pensées s'agiter dans sa tête. Je fis le contraire de ce que j'aurais fait dans un état rationnel. Si j'avais été calme, je me serais dit que nous allions peut-être trop vite. Que nous devrions peut-être faire plus attention au poids de son passé, qui habitait cette chambre avec nous. Mais à l'instant, alors que l'air vibrait presque du désir entre nous, la seule chose que je savais était que si j'avais bien une chose à lui offrir, c'était de nous jeter ensemble dans le pouls sauvage du désir, de la luxure et de l'envie qui vivait entre nous.

Je relâchai ma prise sur ses hanches et écartai son manteau de ses épaules, passant ma main dans son dos et une main dans ses cheveux.

— Ne te mets pas à réfléchir maintenant, Harper. Ce n'est pas pour ça qu'on est là, murmurai-je sauvagement juste avant de coller ma bouche contre la sienne pour déverser tout ce que je ressentais dans ce baiser.

Je perdis toute notion du temps. Une pile de vêtements emmêlés après avoir été hâtivement arrachés s'amassa au sol, les mains d'Harper explorant mon corps tout entier et me poussant à la folie. Je m'accrochais au dernier fil de conscience qu'il me restait, déterminé à la mener jusqu'au sommet de son plaisir avant que ce soit terminé. Et croyez-moi, ce n'était pas simple. J'adorais toutes les versions du sexe : lent et doux, rapide et fort, sauvage et violent. Harper me frappait d'une telle force que j'avais envie de plonger en elle, suppliant le monde de me laisser jouir. Mais je ne voulais pas la pousser trop loin. Et bon Dieu, qu'elle me rendait la tâche difficile. Elle était partout sur moi, ses mains caressant mon corps alors qu'elle m'embrassait, me léchait et me mordait.

Je réussis tout de même à me libérer et à me lever. Nos vêtements s'empilaient n'importe comment sur le lit et le sol. Harper se redressa sur ses coudes et me regarda. Bon sang qu'elle était belle. Elle avait un corps d'athlète, adouci par de belles courbes. Ses seins étaient humides là où je les avais explorés avec ma bouche, ses tétons tendus et rose sombre.

Son souffle était saccadé, et ses yeux étaient plantés dans les miens.

— Qu'est-ce que...?

Je l'ignorai et me penchai en avant pour placer mes mains sous ses genoux, la tirant brutalement jusqu'au bord du lit. Sans attendre de voir sa réaction, j'écartai ses genoux. Elle était tellement mouillée, ses plis trempés de besoin. Je passai un doigt sur sa chair, mais je n'attendis pas plus longtemps pour l'embrasser. Elle se tendit un instant, et je me demandai si j'avais choisi la mauvaise approche. Puis elle gémit et ses genoux se relaxèrent quand ses mains plongèrent dans mes cheveux. Je m'installai pour la goûter et la rendre folle. Mon seul but : lui offrir un plaisir pur.

Je plongeai un doigt dans son intimité et l'explorai avec ma langue. Un second doigt rejoignit le premier, et je savourai la sensation de son corps qui se resserrait sur ma main alors que ses hanches se cambraient contre ma bouche. Bien plus rapidement que ce que j'avais imaginé, je la sentais monter dans les tours en criant, ses mains se resserrant dans mes cheveux alors qu'elle vibrait sur mes doigts. Je ralentis doucement. Alors que je me redressais et me penchais sur le lit pour attraper un préservatif dans le tiroir de ma table de chevet, je ressentis une pointe d'inquiétude. Harper n'était pas vierge et ne se comportait en aucun cas comme une femme qui avait besoin de délicatesse. Mais bordel. Elle s'était fait violer et, de ce que je savais, c'était sans doute la première fois qu'elle couchait avec qui que ce soit depuis.

Je baissai les yeux vers elle et oubliai rapidement mon fil de pensées. Elle s'était redressée sur ses coudes, en me regardant patiemment. Sa peau brillait sous la lumière tamisée qui nous arrivait du salon, ses cheveux ébouriffés et ses yeux encore noirs. J'enfilai le préservatif et m'allongeai sur elle. Bon Dieu. C'était tellement bon de la sentir contre moi. Sa peau était humide, sa sueur se mélangeant à la mienne. Son corps était un mélange de douceur et de fermeté, ses muscles tendus alors qu'elle enroulait ses jambes autour de mes hanches. Je me dis qu'il fallait que j'avance doucement, mais ce que je me disais dans ma tête et la façon dont mon corps répondait au sien étaient deux choses parfaitement différentes. Quand je sentis sa chaleur mouillée contre ma queue, j'étais parti.

Je caressai ses cheveux emmêlés, pour les écarter de son visage. J'avais besoin de la regarder.

— Harper.

Ses yeux s'ouvrirent d'un coup et je caressai ses sourcils du bout de mon doigt. Mon cœur battait si fort que je le sentais résonner dans tout mon corps. Elle avait le souffle court. Elle resserra ses jambes et se cambra contre moi.

— Alex, ne me fais pas attendre.

Son murmure rauque était comme une flèche. En plein cœur, ça me frappa si fort que j'en eus presque mal. Mon corps lui répondit, se cambrant et plongeant dans son antre de velours trempé. Ses paupières tombèrent et son souffle se transforma en un gémissement alors que je me forçais à rester immobile. Elle était serrée. Qu'elle le sache ou non, elle était aussi tendue. Après quelques instants, je la sentis se détendre autour de moi.

Chapitre Dix

HARPER

Enfin.

Je soupirai et retins un autre gémissement. Alex était si bon, lui tout entier, en moi et contre moi. J'étais tendue, plus serrée que ce que j'avais imaginé, et il était, eh bien, disons que personne ne lancerait jamais la rumeur qu'il n'était pas bien monté. Je ne voulais pas être tendue, mais je l'étais. Par réflexe, ou quelque chose de ce genre. Après une minute, le sentiment passa et je me détendis. Il était tout de muscles et d'un pouvoir sensuel qui m'englobait. Je le sentais presque vibrer contre moi et je sentais qu'il se retenait. Je passai ma main le long de son dos, savourant chaque centimètre musclé avant de me cambrer contre lui. S'il essayait d'être délicat, ça ne me plaisait pas.

— Alex, soupirai-je férocement.

Sa tête était tombée dans le creux de mon cou et il la releva. Son regard marron sombre trouva le mien. Je voyais le contrôle fou qu'il essayait de maintenir, et je voulais qu'il arrête.

— Fais pas ça.

— Fais pas quoi ?

— Arrête de te retenir.

— Harper.

J'enfonçai mes talons en lui et me cambrai fort, incapable de cacher la poussée de satisfaction que je ressentis quand il se cambra contre moi par réflexe.

Il bougea rapidement, attrapant mes mains dans les siennes et les remontant au-dessus de ma tête. Je voulais quelque chose de rapide, de fort et de brutal, quelque chose dans lequel je pourrais me perdre. Ce n'était pas ce qu'il me donnait. Il s'installa dans un rythme, si lent que ça m'énervait, chaque coup de reins juste assez profond pour me faire monter doucement en plaisir.

Je me perdais, mais pas de la façon dont je l'avais imaginée. Je tombais dans une danse lente et chaude de besoin et d'envie, la pression qui montait était si intense que j'avais l'impression d'être sur le point d'exploser. Chaque va-et-vient me remplissant, mon intimité s'étirant lentement et le plaisir montait en moi. Il me regarda tout du long, ses mains tenant les miennes et je me sentis vulnérable, nue et exposée. Car je lui faisais entièrement confiance, à un point qui me faisait presque peur. Il relâcha sa prise et passa sa main entre nous. Une caresse de son pouce contre mon clitoris et le plaisir explosa en moi, me traversant en un éclair.

Un coup de reins de plus et il se tendit contre moi avant de lâcher un cri rauque. Sa tête tomba contre mon épaule encore une fois, et il écarta immédiatement son poids sur le côté.

On resta immobiles, allongés ensemble, alors que nos souffles étaient toujours saccadés. Après quelques minutes de plus, mon pouls ralentit assez pour que j'arrive à réfléchir. La réalité commença à me rattraper. Il y avait une guerre dans ma tête : j'étais prise entre l'envie de danser de joie, car j'avais enfin couché avec quelqu'un et un réflexe défensif de m'éloigner de l'intimité profonde que je partageais avec Alex. Mon cerveau se réveilla, ce qui n'était jamais un bon signe, et j'ouvris les yeux, trouvant le regard chaleureux d'Alex qui m'attendait.

Je m'inquiétai soudainement qu'il ait envie de parler, mais il ne dit pas un mot. Il écarta simplement mes cheveux emmêlés de mon front. D'accord. C'était agréable. J'étais capable de supporter ça.

Quelques heures plus tard, je me réveillai dans l'obscurité. Pendant un moment, je ne savais plus où j'étais et une panique confuse monta en moi. Je commençai à me retourner quand je me réveillai assez pour me souvenir que le corps chaud à côté de moi était Alex. Il me tenait dans ses bras, respirant doucement et régulièrement. Même sans son sommeil, son corps dégageait une puissance. Son bras musclé était posé sur ma hanche et sa paume sur mon ventre. Je restai immobile et je pris une inspiration lente, me sentant bête d'avoir paniqué.

Je faisais des cauchemars régulièrement depuis que Joe m'avait violée. Au début, c'était presque toutes les nuits. Mon docteur m'avait gentiment suggéré d'essayer quelque chose pour m'aider à dormir après m'avoir vue épuisée, après de longues nuits sans sommeil. Quand j'avais refusé, elle m'avait tendu la carte de visite d'un psychologue. Après des semaines de bataille contre moi-même, j'étais allée voir le psychologue, surtout par désespoir et parce que vivre sans sommeil était presque impossible quand ça durait trop longtemps. C'était comme être jeté dans un trou tous les soirs après avoir passé la journée à essayer d'en sortir. Avec un peu d'aide, j'avais réussi à retrouver un rythme de sommeil sain et à faire moins de crises de panique. Ces vieux cauchemars ne me rendaient que rarement visite maintenant, et je n'avais pas fait de vraie crise de panique depuis deux ans. J'imaginais que le fait d'avoir marché dans la nuit avec un homme pour la première fois depuis quatre ans avait dû me déstabiliser.

Je n'avais pas réfléchi plus loin que de ce que mon corps rêvait depuis quelques semaines. Avoir enfin dépassé une barrière que je pensais devoir transporter pour le restant de mes jours et réussir à coucher avec quelqu'un étaient un soulagement immense. Je savais que l'alchimie entre Alex et moi était presque surréaliste. Mais je n'aurais pas pu imaginer qu'il allait me faire perdre la tête de plaisir. Je n'aurais pas pu savoir à l'avance que l'intimité qui me lierait à lui serait aussi intense, ou à quel point je me sentirais vulnérable dans ses bras. Mon esprit revint à la remarque de Daisy, qui avait dit que je n'étais pas du genre à chercher des coups d'un soir, mais plutôt du genre à chercher un cocon. Un éclair de panique monta en moi, un tout nouveau genre de panique. Que venais-je de faire ?

Je commençai à m'éloigner d'Alex doucement, mais mon petit mouvement brisa son sommeil. Sa main passa sur mon ventre et sur la courbe de ma hanche dans une caresse paresseuse. La peau durcie de sa paume me fit frissonner.

Je n'aurais pas réussi à m'éloigner même si ma vie en dépendait. C'était trop bon d'être là. Il murmura dans mes cheveux. Je tournai la tête.

— Hm ?

Il ouvrit les yeux. Il y avait une pointe de lumière qui émanait de sa lampe de chevet. Ce petit éclat permit à ses yeux de trouver les miens. Sa paume caressa mes côtes à nouveau.

— Reviens te coucher, murmura-t-il.

Au lieu de suivre mes pensées qui s'emmêlaient, je

me rendormis, trop détendue, trop au chaud et me sentant trop en sécurité pour faire quoi que ce soit d'autre.

Cet après-midi-là, je commençai à faire un grand ménage. Quel meilleur moment pour un grand nettoyage qu'après que mon monde eut été renversé, d'une façon terriblement agréable, en une simple nuit avec Alex ? Je fis briller la cuisine et passai l'aspirateur dans tout l'appartement. Stanley fit une sieste avec un soupir agacé après avoir évité l'aspirateur une fois de trop. Mon esprit partait dans tous les sens depuis que j'avais refermé la porte derrière Alex après qu'il m'eut raccompagnée chez moi tôt ce matin. Il avait proposé de m'accompagner pour la balade de Stanley, mais j'avais refusé. D'habitude, on irait courir, mais ce matin avait été étrange pour moi. J'avais besoin de me créer un peu d'espace. En partie, car je mourais d'envie de m'accrocher à Alex et de rester avec lui tout le temps.

Au-delà de l'énormité du fait d'avoir enfin − enfin ! − couché avec quelqu'un, je me sentais prise dans une violente marée d'émotions. Soulagement, désir, colère, tristesse, envie et, au-dessus de tout, confusion s'emparaient de moi, vague après vague. La nuit dernière avec Alex avait surpassé toutes mes attentes, et je n'arrivais pas à savoir quoi faire à ce sujet. J'avais passé tant de temps à essayer de satisfaire le désir profond que je ressentais pour lui. Je n'aurais jamais pu anticiper le fait que ce serait bien plus que ça. J'avais obtenu tout ce que j'aurais pu espérer sur le plan sexuel. Pendant de longues années, j'avais eu peur de ne plus jamais être capable d'aller au bout de l'acte et je m'étais dit que je serais chanceuse si je ressentais un jour du désir, ou étais capable d'avoir un rapport sans crise de panique.

Alex avait fait un saut à la perche au-dessus de mes espoirs. Bon sang, je ne pensais pas pouvoir me souvenir de quoi que ce soit qui arrivait à la cheville de la nuit dernière, de toute ma vie. Sur le plan physique, l'expérience était divine. Mais après, il y avait l'aspect émotionnel. C'était ce qui me secouait le plus à l'intérieur. Je n'étais pas prête à avoir l'impression que l'ombre qui assombrissait mon cœur avait disparu et qu'on me laissait à nouveau goûter au soleil. J'avais l'impression que mon cœur avait trébuché ce matin et était tombé sur le cul, frappé par la force d'une émotion inattendue. J'étais morte de peur et j'avais besoin d'un moment pour reprendre mes esprits.

J'étais en train de nettoyer la salle de bain quand quelqu'un sonna à la porte. Au début, je l'ignorai. Puis la sonnette retentit deux fois de plus, de manière plutôt insistante. Je jetai l'éponge dans la baignoire et me rinçai les mains avant de me diriger vers la porte. En l'ouvrant, je trouvai Daisy et Olivia.

Daisy tenait un paquet de viennoiseries et passa devant moi.

— On vient bruncher, annonça-t-elle alors qu'elle se dirigeait directement vers la cuisine.

Olivia tenait deux tasses de café du Desert Isle Café et m'en tendit une.

— Salut, dit-elle avec un petit sourire. Daisy a insisté pour qu'on passe. J'espère que ça ne te dérange pas.

Je lui fis signe d'entrer.

— Je t'en prie.

Je savais que Daisy était là pour obtenir les potins sur ma nuit avec Alex. Je n'étais vraiment pas contre une conversation avec mes copines, mais ça me faisait bizarre, comme si parler de ce qui s'était passé avec Alex n'était pas respectueux. Ça avait été si intime, j'étais tellement secouée que je ne savais pas quoi faire, ou même quelles questions poser.

Daisy ouvrit rapidement tous les placards jusqu'à ce qu'elle trouve des assiettes. Je venais de déménager ici quelques mois plus tôt, donc elle ne savait pas encore où tout se trouvait. On avait souvent l'habitude de faire comme chez nous quand nous étions dans nos appartements respectifs. Olivia s'installa sur le canapé et tapota la place à côté d'elle.

— Viens t'asseoir. Profitons de nos cafés pendant que Daisy fait le service, dit-elle avec un clin d'œil.

— Je vous en prie, lança Daisy avec un rire.

Je m'installai sur le canapé à côté d'Olivia, pliant un pied sous mes fesses et prenant une gorgée de café. Quelques secondes plus tard, Daisy arriva, avec deux assiettes sur un bras et son café et la dernière assiette, tremblante, sur l'autre bras. Je tendis la main et attrapai l'assiette penchée sur son avant-bras.

— Tu aurais pu demander de l'aide.

— J'aime bien prendre des risques, dit-elle alors qu'elle posait les autres assiettes sur la table basse et s'installait sur l'autre côté du canapé.

Je pris une bouchée de mon feuilleté au fromage et aux épinards.

— Trop bon, réussis-je à dire après une autre bouchée.

Je regardai mes amies.

— Alors, qu'est-ce qui se passe ?

Les yeux ronds de Daisy observèrent mon visage.

— OK, qu'est-ce qui ne va pas ?

Parfois, je détestais à quel point j'avais du mal à cacher mes sentiments. Je ne savais pas faire comme si tout allait bien quand ce n'était pas vrai.

Je jetai un œil à Olivia, comme si elle était capable de me sauver de la franchise de Daisy. Je ne trouvai qu'un regard inquiet.

— Rien, répondis-je enfin, sans réussir à ne pas être défensive dans mon ton.

Daisy ne dit pas un mot et prit simplement une gorgée de son café.

Olivia toussa et, pendant une seconde, je crus qu'elle allait me sauver de cette situation. Puis elle prit la parole.

— Est-ce que tu vas bien ?

En essayant de retenir le rose qui me montait aux joues, je soupirai.

— Bien sûr que je vais bien ! Pourquoi est-ce que ça n'irait pas ? C'est quoi le problème ?

Daisy me lança un regard tranchant et bien trop intelligent.

— Arrête tes conneries. De ce qu'on pouvait voir, tu étais sur le point de sauter sur Alex et de le faire grimper aux rideaux hier soir. Ce qui me va très bien, au fait. Mais tu as l'air vraiment pas bien tout de suite. Et ça, ça ne me va pas du tout.

L'émotion se noua dans ma gorge et les larmes montèrent au fond de mes yeux. Je pris une profonde inspiration et une gorgée de café.

— Est-ce que ça se voit tant que ça ? demandai-je en les regardant toutes les deux.

Daisy hocha la tête gentiment tandis qu'Olivia restait silencieuse. Après un moment, elle haussa les épaules.

— Je ne dirais pas que tu as l'air mal en point, mais tu as l'air... stressée, dit-elle enfin.

Je pris une autre gorgée de café, savourant l'amertume.

— Oui, je pense que je suis stressée. Euh.

Je fis une pause et regardai Daisy.

— Est-ce que tu...?

— Est-ce que je lui ai parlé de ton idée folle de te faire un coup d'un soir avec Alex? J'ai été un peu obligée après hier soir. C'était assez évident. Je croyais que vous alliez prendre feu.

Je soupirai et m'enfonçai dans les coussins. En les regardant toutes les deux, je rougis.

— Et je n'avais pas réalisé qu'on était si peu discrets.

— Oh, il n'y avait rien de discret, hier soir, dit Daisy avec un rire cassant. C'était presque drôle, mais maintenant je suis inquiète de ce qui a dû se passer.

Quand je regardai Olivia, elle plissa les yeux.

— Est-ce que tu vas bien? demanda-t-elle en revenant à la question de Daisy.

Je réalisai qu'elles commençaient à s'imaginer le pire sur ce qui pouvait me mettre dans cet état, alors je décidai de couper court à leurs inquiétudes.

— Je suis un peu stressée, mais ne commencez pas à vous dire que c'est parce que j'ai essayé de coucher avec lui et que je me suis effondrée.

— D'aaaaaaccord... tu veux bien expliquer? demanda Daisy doucement.

— On a couché ensemble, et c'était génial, répondis-je, presque en colère.

Je n'étais pas en colère contre Daisy parce qu'elle insistait autant. Je savais que si j'avais une amie dans ma situation, je serais sans doute inquiète. Daisy était, évidemment, curieuse de nature et ne cherchait pas à le cacher, mais je n'avais pas l'impression qu'elle mettait son nez dans mes affaires à l'instant. Elle me paraissait juste inquiète.

Daisy pencha la tête sur le côté.

— Génial?

— Ouais. Et c'est ça le problème.

Olivia me fixa du regard.

— Pourquoi c'est un problème, ça?

— Parce que... parce que ce n'était pas censé se passer comme ça!

— Comment est-ce que c'était censé se passer? demanda Olivia.

Je levai les mains au ciel, les laissant retomber sur le canapé dans un bruit sourd.

— J'avais juste envie, bah, de coucher avec quelqu'un. Je ne voulais pas de complications. Juste un truc simple et propre.

Daisy resta silencieuse, ce qui valait la peine d'être noté. Elle m'avait prévenue que ce serait le problème en me disant que je n'étais pas vraiment du genre à aimer les coups d'un soir.

Quand Olivia parla, elle prit un ton très prudent.

— Quand est-ce que tu t'es mise en quête de sexe? Aux dernières nouvelles, tu ne voulais plus jamais avoir de relations.

Elle prit une gorgée de café en penchant la tête sur le côté.

— Crois-moi, je ne trouvais pas que c'était la meilleure idée du monde de te retirer à jamais du monde romantique, et Alex et super, mais...

Elle arrêta de parler, et je compris ce qu'elle essayait de dire sans entrer dans le sujet qui avait toujours été une épée de Damoclès au-dessus de nos têtes quand on essayait de parler de sexe ou de relations. L'une des conséquences les plus énervantes du fait de se faire violer est que tout le monde marche sur des œufs sur certains sujets. Je pris une gorgée de mon café et regardai Olivia.

— Combien de fois ai-je dit que j'en ai marre de voir les gens marcher sur des œufs? Je vais le dire pour toi. Tu ne pensais pas que c'était une bonne idée que j'évite les hommes pour le restant de mes jours juste parce qu'un gars m'a violée.

Olivia inspira brutalement et me lança un regard blessé. Je regardai Daisy qui restait silencieuse, mais son visage maintenait une expression calme, comme si elle faisait de son mieux pour ne pas trahir ses émotions. Soudainement, je me sentis terriblement coupable. Je secouai rapidement la tête.

— Je suis désolée. Je sais que c'est bizarre. J'en ai juste marre que tout soit si bizarre.

Olivia se pencha sur le canapé et me prit dans ses bras avant de se redresser.

— Ne sois pas désolée. Tu n'as pas à t'excuser de quoi que ce soit. C'est bizarre et c'est horrible, et j'aimerais pouvoir tout faire disparaitre.

Je déglutis pour me débarrasser des émotions qui montaient en moi et j'acquiesçai.

— Moi aussi.

Dans une tentative d'amener notre conversation vers des territoires plus légers, je continuai :

— Tu devrais comprendre mieux que tout le monde que je n'ai pas envie de perdre mon temps avec des relations amoureuses. Ta seule excuse, c'est de travailler tout le temps.

Olivia rit doucement.

— C'est vrai.

— Ouais, ça a duré genre cinq minutes quand elle a rencontré Liam, dit Daisy avec un sourire malin.

— Plutôt quinze minutes ! protesta Olivia alors que ses joues passaient au rose.

— Euh, sans vouloir être trop sévère, n'as-tu pas dit qu'il t'avait embrassée la première fois où tu l'as rencontré, dans ta salle d'examen ? demandai-je.

Olivia leva les yeux au ciel et soupira.

— D'accord, OK. Peut-être. Bref, je ne suis pas le sujet. Toi et Alex. C'est quoi le problème avec le fait qu'il ait été génial ?

Mon esprit se tourna vers la nuit dernière, la sensation du corps dur d'Alex contre le mien, l'étirement délicieux de mon corps autour du sien, et m'être réveillée au milieu de la nuit dans ses bras. Ce n'était sans doute pas ce à quoi Olivia pensait avec sa question. Je me rendis compte que je cherchais n'importe quelle excuse pour ne pas penser au fait que la nuit dernière m'avait vraiment déstabilisée.

Je me mordis la joue et regardai mes deux amies.

— Il n'y a pas de problème avec le fait que ça ait été génial. Je n'aurais vraiment pas pu espérer quoi que ce soit de mieux. C'est juste... je ne sais pas si j'en suis capable.

— Capable de quoi ? demanda Daisy.

Je soupirai.

— De gérer ce bazar émotionnel. Je n'avais pas pensé à cette partie-là.

Daisy, étant la fabuleuse amie qu'elle était, fit l'effort de ne pas me faire remarquer qu'elle m'avait prévenue. Elle fronça le nez et soupira lourdement.

— D'accord. Cette partie-là. J'aimerais savoir quoi te dire, mais je n'arrive même pas à trouver un mec qui me fasse ressentir quoi que ce soit, alors je ne peux pas vraiment t'aider.

Elle regarda Olivia.

— À ton tour.

Olivia ne perdit pas une seconde.

— Ça marche. Eh bien, déjà, ça crève les yeux qu'Alex te kiffe. Peut-être que tu n'as pas besoin de t'inquiéter trop vite. Je veux dire, vous avez passé une nuit ensemble, et ça aurait pu être avec n'importe qui, ça aurait été une étape.

Elle fit une pause et tendit la main vers son feuilleté. Après quelques bouchées, elle se tourna à nouveau vers moi, le regard réfléchi.

— Je ne sais pas si je devrais te dire ça, mais j'ai accidentellement dit quelque chose qui m'a obligée à expliquer ce qu'il t'est arrivé à Alex.

— Ce n'est pas grave. J'avais compris.

— Hein ?

Il commençait à être impossible de cacher le fait que j'avais vu Joe en ville. Je pris mon courage à deux mains.

— On a vu Joe pendant un de nos joggings. Plus d'une fois, en vrai. Et rien qu'en regardant le visage d'Alex, j'ai bien compris qu'il savait qui était Joe. Ça m'a un peu saoulée, mais il a dit que tu lui avais dit et qu'il est allé voir en ligne pour voir à quoi ressemblait Joe.

La voix de Daisy m'interrompit.

— Elle m'a dit le truc sur Joe hier. Je flippe trop, dit-elle en s'adressant à Olivia.

Olivia termina sa bouchée et nous regarda toutes les deux.

— Ça va trop vite. Je ne sais pas si je devrais devenir folle à l'idée que Joe Schmidt ait été au même endroit que toi, ou si je devrais m'inquiéter de ce qu'Alex pourrait faire.

Son regard passa sur moi, l'inquiétude émanant de ses yeux verts.

— Promets-moi que tu nous le diras si tu revois Joe.

— Bien sûr. Je ne voulais pas vous inquiéter, c'est pour ça que je n'ai rien dit. Je ne l'ai vu qu'au parc et, les deux fois, Alex était avec moi.

La bouche d'Olivia se tordit en un triste sourire.

— Et dire que je me réjouissais du fait que tu te mettes à courir avec Alex.

— Ça, c'est une bonne chose, dis-je fermement. Vraiment. Honnêtement, c'est nul de voir Joe, mais je pense que c'était une bonne chose aussi. Le fait de le voir m'a permis de réaliser à quel point je me laissais bouffer par ce qu'il s'est passé.

En regardant Olivia et Daisy, je ne vis rien d'autre que de l'inquiétude dans leurs yeux. C'était vraiment chouette d'avoir des amies, surtout des amies qui feraient n'importe quoi pour moi. Mais je détestais les voir s'inquiéter autant juste parce que j'avais vu Joe de loin deux fois. Je ne pouvais pas effacer ce qui s'était passé, mais je pouvais essayer de passer à autre chose.

— Est-ce qu'on peut ne pas passer mille ans sur cette histoire de Joe ? J'essaie vraiment de ne pas m'attarder dessus, dis-je en prenant une autre bouchée de mon feuilleté aux épinards.

Daisy hocha la tête doucement, sa queue-de-cheval se balançant joyeusement.

— On ne s'attarde pas sur Joe, n'est-ce pas Olivia ?

— Non, bien sûr que non. On parle de ce que tu veux, répondit-elle.

— Eh bien, je dirais bien qu'on pourrait parler d'Alex, mais je ne sais pas si c'est une bonne idée, dit Daisy en fronçant à nouveau le nez.

Mes joues rougirent et je soupirai.

— Écoutez, je suis juste confuse. Je ne sais pas quoi faire maintenant.

Olivia regarda Daisy puis moi. Je savais qu'elle en avait sans doute parlé à Liam.

— D'accord, quoi ? demandai-je.

— Quoi, quoi ? contra Olivia.

Daisy l'interrompit.

— Oh bon sang. Olivia, ce n'est pas comme si

Harper ne pouvait pas se douter que tu en as parlé à Liam. Raconte.

Je ne pus m'empêcher de glousser. Aussi confuse que je sois, la franchise de Daisy était toujours drôle. Du moins, quand elle n'était pas dirigée vers moi.

Olivia pencha la tête sur le côté et posa son assiette vide sur la table basse.

— Liam pense qu'Alex t'aime bien. Vraiment beaucoup même. Ce n'est pas un tombeur, et il ignore toutes les femmes qui trainent avec l'équipe, en gros.

Mon cœur rebondit fort dans ma poitrine et un drôle de sentiment me serra la gorge. Ma question m'échappa avant que j'aie la chance de réfléchir.

— Pourquoi est-ce qu'il pense qu'Alex m'aime bien ?

— Je le savais ! s'exclama Daisy. Tu faisais vraiment de ton mieux pour faire comme si c'était juste une histoire de sexe, mais il te plait vraiment. C'est pour ça que tu es dans cet état-là, commença-t-elle à dire, avant de se taire.

J'arrivais à peine à écouter Daisy. Je voulais simplement entendre ce qu'Olivia avait à dire.

Mon cœur se mit à battre plus fort et je sentis mes joues rougir encore une fois. Je n'étais pas prête à réfléchir à ce que je ressentais pour Alex, donc je haussai les épaules et regardai Olivia, impatiente d'entendre sa réponse.

— Je ne sais pas pourquoi. C'est ce que Liam a dit après qu'Alex est venu chez nous l'autre semaine. Il a dit qu'il pensait que si Alex tombait amoureux un jour, ce serait tout ou rien, avança Olivia. Si tu veux mon avis, Alex est un vrai nounours. Il fait mystérieux et dur à cuire de loin, mais il est adorable. Il a été comme un parent pour Liam quand il se remettait de son opération l'année dernière, en s'assurant toujours que Liam aille à tous ses rendez-vous. C'est un gars bien.

— Et si la façon dont il te regardait hier soir est représentative, il est vraiment à fond sur toi. Je dis ça, je dis rien. S'il était mon genre de gars, j'aurais fondu, dit Daisy avec un soupir.

Je ne pus m'empêcher de rire. Je n'avais pas vraiment réglé ce qu'il se passait dans ma tête, mais le commentaire de Daisy était juste assez léger pour m'offrir un repos temporaire face à mes inquiétudes.

Chapitre Onze

ALEX

Je traversais le couloir du stade, jouant avec un ballon alors que je me dirigeais vers les vestiaires. Nous avions terminé notre entrainement pour la journée et je ressentais une fatigue agréable, une fatigue physique baignée d'adrénaline après des heures de jeu. Je tournai dans le couloir et trouvai Liam adossé à un mur. Au moment où il me vit, il mit fin à son appel téléphonique. Le petit « à plus, ma belle » me dit qu'il parlait à Olivia. Il me lança un sourire.

— Belle performance, mec. Dis, est-ce qu'on est prêts pour le match contre Los Angeles ? demanda-t-il en appuyant son pied contre le mur, s'attendant clairement à ce que je m'arrête pour lui parler.

— Ouais. Je pense. Et à ton avis ? lui renvoyai-je et m'appuyant contre le mur à côté de lui, faisant tourner la balle entre mes mains.

— Toujours.

Il resta silencieux quelques secondes avant que je le sente me regarder.

— Alors ? Harper.

Il n'en dit pas plus.

Je grognai intérieurement. Liam était mon meilleur ami, et ce depuis presque toujours. Mais il avait toujours été plus ouvert que moi sur sa vie personnelle. Ça ne me dérangeait pas trop, mais dans des moments comme celui-ci, c'était agaçant. Je n'avais pas encore réussi à digérer mes propres sentiments à propos d'Harper, et voilà qu'il me posait déjà des questions.

Je fis rouler ma tête contre le mur.

— Quoi Harper ?

Il leva les yeux au ciel en me lançant un nouveau sourire.

— Mec, je n'arrive pas à croire que je sois sur le point de te dire ça, mais Olivia m'a ordonné de te parler. Je lui ai dit que tu aimes garder ta vie privée pour toi, mais elle est dans tous ses états sur ce qu'il se passe entre toi et Harper. J'ai déjà promis au nom de tout ce qui m'est cher que tu ne ferais jamais de mal à une femme, mais elle dit qu'il faut que je te parle.

Mon cœur fit un bond et je déglutis les sentiments qui me nouaient la gorge. J'écartai mon visage de Liam et regardai le mur d'en face, mes yeux suivant le motif du carrelage. Harper. Deux jours entiers s'étaient écoulés depuis ma nuit avec elle, et je n'arrivais pas à penser à quoi que ce soit d'autre qu'elle. Me réveiller avec son corps généreux contre moi avait été un paradis. Le problème était qu'elle était redevenue polie et froide à la seconde où nous nous étions levés. Je ne voulais pas trop insister ou lui faire la remarque, car, eh bien, s'il y avait un manuel sur comment gérer le fait d'être le premier partenaire de quelqu'un après un viol, je ne l'avais pas. Donc je l'avais laissée gérer ses sentiments comme elle le voulait, en silence, seule avec elle-même, et je m'étais retenu de la ramener dans mon lit.

Nous étions allés courir le matin comme d'habitude après que je m'étais réveillé à côté d'elle, et le matin suivant. J'essayais de ne pas trop le prendre à cœur, mais une partie de moi était blessée par la distance polie qu'elle mettait entre nous. Pendant ce temps, je me débattais contre le besoin qu'elle seule savait calmer. J'avais vaincu l'envie folle de la soulever et de l'emmener chez moi ce matin après notre course, mais il fallait qu'elle aille travailler et je m'étais retenu. Les seuls moments où je ne pensais pas à elle étaient quand je jouais au foot. Cette échappatoire mentale était déjà ce qui m'avait sauvé des horreurs de mon père quand j'étais enfant, et j'y trouvais encore une concentration puissante. Penser à Harper n'était pas une chose que j'essayais d'éviter, mais j'avais du mal à savoir quoi penser et quoi ressentir quand il s'agissait d'elle. Je savais qu'elle n'était pas le genre de femme avec qui j'aurais un arrangement pratique, mais je n'étais pas prêt à me demander ce que ça ferait d'être en couple avec elle.

Je tournai à nouveau la tête vers Liam.

— Bien sûr que je ne lui ferais jamais de mal. Pourquoi est-ce qu'Olivia s'inquiète ?

— Mec, tu sais ce qu'elle t'a dit sur Harper. Fais pas comme si tu comprenais pas. Elle dit que tu es le premier gars à qui Harper s'intéresse depuis tout ça. Elle n'a pas dit grand-chose sur ce qu'Harper pense, mais elle ne fait que de me répéter qu'Harper n'est pas du genre à chercher des aventures sans lendemain et tout ça.

Il se tut et plissa les yeux.

— Je lui ai dit que toi non plus, alors à quoi tu joues là ?

Liam jouait toujours un rôle de dragueur superficiel et il était facile d'oublier qu'il était très perspicace. Ça lui aurait sans doute fait très plaisir que je profite des plaisirs des relations légères avant qu'il ne rencontre

Olivia, mais il avait toujours été tourné vers la famille. Une fois que j'avais vu ce qu'Olivia représentait pour lui, je n'avais pas été surpris de voir à quel point il était amoureux. Il s'était complètement rangé et adorait cette nouvelle vie. Il me connaissait également très bien.

Je regardai la balle dans mes mains que je faisais rebondir doucement.

— Harper n'est pas juste une aventure pour moi, dis-je enfin.

— Ah ! Très bien alors. C'est ce que j'ai dit à Olivia. Tu n'es pas du genre à chercher les situations compliquées, et ce serait très compliqué si ce n'était qu'un coup d'un soir, étant donné qu'elle est l'une des meilleures amies d'Olivia. Donc je ne suis pas complètement stupide de m'être dit ça, mais j'ai l'impression que tu n'as pas dit ce que tu ressentais à Harper.

Je n'étais pas surpris de voir que Liam avait immédiatement trouvé le point de tension dans mon esprit. Je le regardai et levai les yeux au ciel.

— Mec, on a passé une nuit ensemble. Ce n'est pas comme si je pouvais me projeter si loin que ça.

— Ouais. Mais tu es toi. J'ai toujours dit que tu te caserais le premier, et puis finalement je suis allé plus vite que toi.

Alors que je cherchais une réponse, le coach arriva dans le couloir. Je lâchai un soupir de soulagement. Je n'avais pas envie de parler plus d'Harper. Pas alors que je ne savais pas quoi penser.

Le coach passa devant nous.

— Salut les gars. Je vous préviens qu'on est en train d'organiser des interviews avec la chaine de sport de Los Angeles pour le mois prochain.

Je retins un grognement. La chose que je détestais le plus dans le fait de jouer au foot au niveau pro était le cirque médiatique. Je savais que je ne pouvais pas l'éviter, et, pour dire vrai, c'était mieux aux États-Unis qu'au Royaume-Uni. Chez nous, le football était presque une religion. Ici, aux USA, leur version du foot l'était, mais pas mon football. Le problème avec la direction des Seattle Stars, tout comme dans toute la ligue américaine, était qu'ils cherchaient à rendre le football plus populaire. Et comme nous n'étions pas aussi connus ici qu'en Angleterre, ils organisaient souvent des entretiens et interviews et ce genre de choses. J'acquiesçai.

— D'accord.

Liam rit et me mit une tape sur l'épaule alors qu'il s'écartait du mur.

— Vous savez qu'Alex adore ça, dit-il en lançant un sourire au coach.

Les yeux du coach brillèrent.

— Je me suis dit que vous voudriez être au courant. À demain les gars, à l'entrainement.

Il reprit son chemin dans le couloir, tournant vers son bureau.

Je marchai avec Liam jusqu'aux vestiaires, en repensant à nouveau à Harper.

———

Plus tard cet après-midi-là, je marchais le long des quais du port, aux côtés de Liam. Une chose qui n'avait pas changé depuis qu'il avait emménagé avec Olivia était que nous venions toujours nous balader sur le port après un déjeuner non loin. On avait pris cette habitude quand on vivait ensemble. Nous étions passés manger un morceau pour le déjeuner après l'entraine- ment puis étions partis nous balader sur le port avant de rentrer chez nous. La journée était grise et venteuse. Les mouettes chantaient et tournoyaient dans l'air. La vie vibrante des quais continuait autour de nous.

Sans surprise, je pensais à Harper. Je réfléchissais à une façon de la voir en dehors de nos joggings matinaux. L'autre soir, nous avions été invités par nos amis en commun. Je n'avais pas peur de l'inviter à sortir, mais j'avais l'impression qu'elle ne ressentait peut-être pas la même chose que moi. Alors que le poids de son passé s'emparait de mon esprit, je me rappelai de ne pas aller trop loin et trop vite avec elle. Pendant un instant, je regrettai de ne pas être quelqu'un d'autre. Mes anciennes relations avaient toutes été pragmatiques, propres, presque professionnelles, et ça avait toujours été bien plus simple. Ça, et le fait que je n'avais jamais aimé les coups d'un soir. Je sentais qu'Harper essayait de ne tirer qu'une chose de moi, mais je n'avais aucune intention de la laisser faire. Il fallait que je joue mon coup correctement si je voulais gagner son cœur comme je l'entendais.

On arriva au bout du port et on se remit en chemin vers mon appartement. Liam avait quelques pâtés de maisons de plus à faire pour arriver à l'appartement qu'il partageait avec Olivia. Alors qu'on tournait dans la rue qui croisait la mienne, je levai les yeux et vis Joe Schmidt. À la seconde où je le vis, une pensée s'empara de moi et me fit accélérer : lui péter la gueule.

J'entendis Liam m'appeler au loin, mais je m'étais mis à courir et je ne m'arrêtai pas avant d'arriver au niveau de Joe. Il tenait ses clés et semblait sur le point de monter dans la voiture à côté de lui, une Sedan grise discrète. Je regardai la voiture puis lui, notant tous les détails pour être capable de le reconnaitre à chaque fois que je verrais sa voiture. L'homme qui avait brisé la vie d'Harper pendant un temps se tenait devant moi. Je respirais fort après avoir sprinté jusqu'à son niveau. En un coup d'œil, je reconnus le genre d'homme qu'il était : un méchant lâche. Il avait des cheveux blond foncé et des yeux bleu clair. Ma furie était presque incontrôlable, mais je m'accrochai à la discipline qu'il me restait. Il fallait qu'il sache pourquoi j'étais là.

— Excusez-moi ? demanda-t-il d'un regard confus.

— Alex ! appela Liam, sa voix se rapprochant.

J'ignorai Liam et fixai Joe du regard. Son regard s'éclaircit et il hocha la tête.

— Oh, je vous connais. Je vous ai vu courir dans le parc avec une vieille amie à moi. Vous êtes le gardien des Seattle Stars, non ?

Le peu de contrôle qu'il me restait se brisa.

— Une amie ? Tu dis souvent des femmes que tu violes qu'elles sont tes amies ? lâchai-je juste avant de planter mon poing dans son visage.

La tête de Joe se balança en arrière sous la force de mon poing. Du sang coula de son nez et il me lança un regard noir.

— Va te faire foutre.

Liam arriva à notre niveau et m'attrapa par le bras, mais je le repoussai et mis un autre coup de poing à Joe.

— C'est pour Harper.

Je frappai Joe assez fort pour qu'il glisse contre sa voiture et s'étale au sol, cette fois-ci. Je voyais rouge et commençai à me pencher en avant pour continuer, mais Liam me tenait fermement.

— Détends-toi, mec. La police est en chemin, dit-il d'une voix qui traversait à peine ma rage.

Je regardai autour de moi et la réalité d'où j'étais me rattrapa. Nous étions dans un coin animé du port de Seattle. Tous les passants regardaient le spectacle que j'avais créé. Le visage de Joe était gonflé et couvert de sang. Bordel.

———

Quelques heures plus tard, j'étais installé en face du coach dans son bureau, à regarder mes mains blessées. Joe avait été plus qu'heureux de porter plainte contre moi pour agression. Liam était resté avec moi tout du long puis m'avait accompagné jusqu'au stade après le commissariat en disant qu'il valait mieux faire face aux conséquences le plus tôt possible. Il était assez probable que je reçoive une punition dans la ligue pour cette plainte d'agression, sans parler de la mauvaise publicité potentielle pour l'équipe. Je m'en fichais bien, mais Liam avait de bons arguments, donc je suivis ses conseils.

Le coach nous avait reçu tous les deux puis avait demandé à Liam d'attendre dehors. Il avait l'air calme et inquiet. Il me regarda en silence avant d'attraper un slinky sur son bureau et de le faire sauter entre ses deux mains.

— Cette Harper doit beaucoup compter pour toi, dit-il, ses mots brisant le lourd silence.

— Ouais. C'est le cas. Mais j'aurais frappé ce gars pour avoir violé n'importe laquelle de mes amies. Je pense que tous les violeurs devraient se faire tabasser. C'est horrible et c'est la pire chose qu'on puisse faire à quelqu'un, avec un meurtre.

Ma colère était retombée, mais je pensais chacun de mes mots. Ce n'était pas comme si j'avais passé de longues heures à réfléchir aux horreurs d'un viol, mais il ne fallait pas longtemps pour les imaginer. C'était le pire genre de crime, un crime lâche, un crime immédiat avec des conséquences horribles et qui laissait ses victimes en vie et brisées.

— Je suis entièrement d'accord avec toi là-dessus. C'est juste que, maintenant, on a un petit problème à gérer. Je peux gérer les journaux, mais tu vas peut-être devoir parler à Harper de la situation compliquée que tu viens de déclencher. Elle sait ce qu'il s'est passé ?

Je haussai les épaules.

— Aucune idée. Je n'ai pas vraiment eu l'occasion de lui en parler pour l'instant.

J'avais été trop occupé à me faire arrêter par la police. Même si je ne regrettais pas d'avoir tabassé Joe, j'avais peur de ce que ça risquait de faire à Harper. La dernière chose qu'il lui fallait était qu'on attire l'attention sur cette histoire. Mais c'était inévitable. Je m'en voulais de ne pas avoir eu assez de sang-froid pour réfléchir à ça sur le moment.

Je pris une profonde inspiration et regardai le coach.

— Dans tous les cas, est-ce qu'on peut demander aux journaux de ne pas replonger dans ce qui est arrivé à Harper ?

Le coach soupira et posa le slinky.

— On peut essayer, mais j'ai tapé le nom de ce gars sur Google dès que Liam m'a appelé du commissariat. Les premiers résultats amènent sur un article qui raconte comment il a été renvoyé de l'équipe de course de son université après avoir été condamné pour viol. Même si les journalistes essaient d'être respectueux, c'est une bonne histoire. Alex Gordon, star du foot, défend une femme. Je vois déjà les gros titres. Je ferai ce que je peux, mais je ne peux pas changer les faits, dit le coach en secouant doucement la tête.

Bordel. J'avais réussi à mettre Harper dans la merde. J'acquiesçai.

— Bien alors. Est-ce que je vais recevoir une action disciplinaire au sein de l'équipe ?

Le coach se recula sur sa chaise et pencha la tête sur le côté. Il resta silencieux si longtemps que je ne savais pas à quoi m'attendre.

— Non. Je vais peut-être me faire taper sur les doigts, mais non. Ce que tu as fait était stupide, mais tu en assumes les conséquences et, en ce qui me concerne, tu avais de bonnes raisons. On voit des athlètes qui s'en tirent sans conséquence en ayant fait bien pire. On verra bien si la ligue pense différemment, mais on peut gérer ça. Je veux bien être en ligne de mire si c'est pour défendre un gars qui a mis un pain au mec qui a violé sa copine. Rentre chez toi et redescends.

Je retrouvai Liam devant le bureau du coach quelques minutes plus tard. Liam, étant le bon ami qu'il était, ne dit pas un mot sur le chemin du retour et me déposa chez moi. Je restai devant mon immeuble et fis le tour des marches pour voir si Callie allait bien. Elle n'était pas là. Ce qui n'était pas surprenant étant donné l'heure. Je me redressai et me dirigeai vers chez Harper. J'avais besoin de la voir. Tout de suite.

Chapitre Douze

HARPER

En entendant quelqu'un frapper à ma porte, je traversai le salon pour répondre en me demandant qui ça pouvait bien être. D'habitude, Daisy et Olivia étaient les seules à venir sans prévenir. J'ouvris la porte et tombai sur Alex. Mon cœur s'emballa quand je le vis. Il avait une main posée de chaque côté de la porte et la tête baissée quand j'ouvris la porte. Ses cheveux bruns étaient ébouriffés. Il leva la tête, son regard chocolat se plantant dans le mien, et mon cœur s'accéléra un petit peu plus. Son regard était direct et intense, vibrant de sentiments.

— Est-ce que je peux entrer ? demanda-t-il d'un ton bourru.

Mes yeux absorbèrent son corps d'une envie gourmande. Il avait pris toute la place dans mes pensées depuis l'autre nuit. Deux jours de fantasmes fiévreux et de souvenirs rejoués, à penser à ses mains et sa bouche sur mon corps, et à la sensation de son membre en moi pendant que je jouissais. Il portait un t-shirt gris qui caressait son torse musclé et son jean délavé épousait ses jambes. Je savais à quoi ressemblait chaque centimètre de son corps nu sous tout ça. Un besoin sauvage s'empara de moi et j'essayai de garder le contrôle de mon corps. C'était inutile : me tenir si près d'Alex faisait monter mon pouls dans les tours et lançait une chaleur brûlante dans mes veines. Je réussis à acquiescer et à m'écarter de la porte.

Il me suivit, entra et plongea ses mains dans ses poches. Alors que je le regardais, je réalisai qu'il avait l'air... stressé. C'était le seul mot que je trouvais pour décrire ce que je voyais. Je me mordis la lèvre, sans trop savoir quoi dire.

— Tu veux quelque chose à boire ? Ou à manger ? demandai-je pour dire quelque chose.

Il secoua la tête. Après un moment, il roula des épaules.

— J'ai fait de la merde, dit-il soudainement.

— Hein ?

— J'ai vu Joe, et je l'ai frappé. Deux fois, dit-il platement.

Mon estomac se noua alors que je fixais Alex du regard. J'aimais penser que j'étais une bonne personne, le genre de personne qui pouvait s'élever au-dessus du besoin de faire du mal à quelqu'un qui m'avait brisée. Mais je ne l'étais pas et je me fichais bien de ces valeurs à ce moment-là. Une vague de satisfaction monta en moi et je crus que mon cœur allait exploser.

— Tu l'as frappé ?

Alex hocha la tête d'un regard inquiet.

— Je l'ai laissé avec un œil au beurre noir et un nez en sang. J'aimerais te dire que je le regrette, mais non. Le problème, c'est qu'il a porté plainte pour agression et ça s'est passé devant plein de monde. Liam a réussi à m'empêcher d'aller plus loin et de me donner plus en spectacle, mais je me suis dit que je devrais te le dire parce que ça va sans doute se retrouver dans un journal.

J'entendais les mots d'Alex et je savais qu'il avait raison, mais j'étais tellement concentrée sur le fait qu'il s'en était pris à Joe pour moi que je m'en fichais.

— Je... Je n'arrive pas à le croire. Tu vas bien ? Il t'a frappé ?

Alex eut l'air surpris, et je ris presque. L'idée que Joe puisse lui faire du mal, ou qui que ce soit d'ailleurs, ne lui avait sans doute jamais traversé l'esprit.

— Bien sûr que je vais bien, dit-il enfin. Mon seul problème, c'est sa plainte et le fait que c'est impossible de cacher ça aux journaux. Je m'en fiche bien pour moi, mais je ne voulais pas faire ressortir tout ce qui t'est arrivé.

J'essayai de digérer cette idée, mais je m'en fichais complètement. Pas tout de suite.

— Je n'ai pas envie de réfléchir à ça, dis-je en attrapant ses mains pour les tirer vers moi.

Il sortit ses mains de ses poches et les enroula sur les miennes. Je reculai de quelques pas jusqu'à ce que mes jambes touchent le canapé et je m'assis. Il suivit le mouvement, s'asseyant à côté de moi. Je ne savais pas vraiment quoi dire, donc je répétai ma question.

— Tu es sûr que tu ne veux rien à boire ? J'ai du café de prêt.

Son regard chercha le mien avant qu'il n'acquiesce.

— OK.

Je me relevai d'un bond et me dépêchai d'aller dans la cuisine pour attraper deux tasses dans le placard et nous servir du café. Quelques instants plus tard, je revins vers le canapé et lui tendis sa tasse. Il prit une longue gorgée et soupira avant de s'enfoncer dans le canapé. Je rangeai mon pied sous mon genou opposé en m'asseyant et j'enroulai fermement mes mains sur ma tasse de café. J'essayais de comprendre mes sentiments les plus profonds, mais tout était emmêlé.

Dans les mois après l'attaque de Joe, j'aurais sans doute vendu mon âme pour que quelqu'un lui mette un coup de poing. Le besoin de me venger avait été très intense, mais avait été assourdi par les sentiments de honte et de détresse émotionnelle. J'avais appris de façon brutale que ce que vous disent les gens après un viol n'a pas vraiment d'importance. *Ce n'est pas de ta faute. Tu n'as pas à avoir honte. Tu n'as rien fait de mal.* Rien de tout cela n'aide quand le procureur vous dit de vous préparer pour des questions sur votre passé sexuel et que des gens bienveillants quittent la pièce en courant dès que le sujet est abordé. Mon histoire sexuelle était fade comparée à la moyenne, mais c'était incroyable à quel point les choses pouvaient être déformées.

Donc ouais, je voulais que Joe souffre autant que moi, mais je savais que c'était quelque chose qui n'arriverait jamais. Quatre ans plus tard, Joe s'en était pris une. Deux, même. Wouah. C'était étrangement agréable de le savoir même si ça n'arrivait pas à la cheville de ce qu'il m'avait fait. Alex passa une main dans ses cheveux déjà en bataille et lâcha un soupir avant de me regarder. Il posa sa tasse sur la table basse et appuya ses coudes sur ses genoux.

— Je suis désolé. Je t'ai mise dans une situation horrible, dit-il d'un ton honnête et triste.

Je le fixai du regard. Je me sentais pleine d'énergie et vibrante d'un sentiment de libération étrange, transportée par la chaleur qui coulait dans mes veines. Je posai mon café à côté du sien sur la table et basculai sur mes genoux. Sans lui donner une chance de m'arrêter, je posai ma paume sur son torse et le poussai en arrière, m'installant rapidement sur lui, à califourchon. Il écarquilla les yeux, mais ne résista pas.

— Pourquoi tu t'excuses ? Le pire qui aurait pu m'arriver est arrivé il y a quatre ans. Peut-être que je ne devrais pas dire ça, mais je m'en fiche. Je suis contente que tu l'aies frappé.

Il me fixa d'un regard intense qui me faisait ressentir de drôles de choses.

— D'accord, dit-il doucement. Espérons que ça n'attire pas trop les journaux.

J'oubliai cette inquiétude et haussai les épaules.

— Ça ne peut pas être si terrible, non ?

Il haussa une épaule lentement.

— J'imagine qu'on verra bien. Harper, qu'est-ce que...

Son souffle se fit plus court quand je posai mes hanches contre lui et passai mon doigt le long de sa mâchoire. Je n'avais jamais vraiment fait attention au visage d'un gars. Oh, j'avais sans doute dit que je trouvais les gars avec qui je sortais beaux, à l'époque où je sortais encore. Mais depuis, j'étais toujours détachée quand je remarquais un bel homme, ce qui n'arrivait que rarement. Avec Alex, il m'avait suffi de quelques minutes seule avec lui pour qu'il passe d'un homme objectivement beau à un homme si sexy qu'il m'enflammait. J'avais envie de le dévorer. L'air de la pièce prit vie. Cette sensation de vibration en moi s'écrasa contre la chaleur qu'Alex réveillait en moi, et je n'arrivais pas à penser à quoi que ce soit d'autre que mon désir pour lui.

Je suivis la ligne de sa mâchoire et passai mes doigts dans son cou, savourant le rythme régulier de son pouls. Son regard était sombre, et je sentais ses yeux sur moi, déposant des étincelles sous ma peau à chaque passage. La chaleur descendit vers mon ventre, et mon cœur battait la chamade. Je passai ma main sur sa nuque et attrapai ses cheveux bruns.

Je sentais sa queue durcir, créant une pression exactement là où je la voulais. Je balançai mes hanches subtilement en le regardant fermer les yeux. Son regard me transperça quand il releva les paupières.

— Harper, qu'est-ce que tu fais ? demanda-t-il d'une voix tendue.

— Ça.

Je passai ma main le long de son torse avant de la passer sous son t-shirt, gémissant presque en sentant sa peau, chaude et dure sur son ventre. Je balançai mes hanches à nouveau, savourant la petite étincelle de plaisir naissant au point de contact entre sa queue dure et mon clitoris. Les deux couches de jean entre nous ne servaient qu'à alimenter mon désir.

Il lâcha un demi-grognement. Il prit mes mains dans les siennes, me forçant à m'arrêter.

— Je ne sais pas si c'est...

Je savais ce qu'il allait dire, et je n'aimais pas ça.

— Je t'interdis de dire que ce n'est pas le bon moment. On s'en fiche. Ce qui s'est passé aujourd'hui ne devrait rien changer. Je t'interdis de faire comme si j'étais une chose fragile. Je ne suis pas fragile.

Mes mots étaient autoritaires et rapides. La colère montait en moi, et le désir que je ressentais suivait de près. Je le fixai du regard. Quoi qu'il vît dans mes yeux, son regard passa de contenu à brûlant, si brûlant que mon intimité vibra en le voyant.

Il bougea rapidement, attrapant mes hanches et me tenant contre lui alors qu'il se cambrait contre moi, juste avant de passer sa main sur le bord de mon t-shirt pour le retirer d'un seul mouvement. Il vola au sol, tombant en boule. Sa paume caressa mon dos d'un toucher chaud, me tirant vers lui. Il attrapa mes lèvres dans un baiser sauvage. Il n'y avait pas d'hésitation. Il répondit à mon besoin intense avec le sien. Notre baiser était brut, profond et mouillé. Pendant ce temps, ses mains parcouraient mon corps. Je ne voulais pas que ce soit doux et lent. J'avais besoin de calmer le besoin sauvage qui battait en moi comme un tambour, noyant toutes mes pensées et ne me laissant que la sensation du corps d'Alex contre le mien. Mon soutien-gorge vola à travers la pièce et il pinça mes tétons entre ses doigts avant de les prendre dans sa bouche, me faisant presque grimper aux rideaux du bout de sa langue et du pincement de ses dents.

Je réussis à arracher son t-shirt à un moment, me délectant de la sensation de ses muscles durs contre ma peau douce. Mes hanches avaient une volonté propre, se balançant contre lui, cherchant les éclairs de plaisir dans la friction. Il marmonna contre ma peau là où il laissait une trainée mouillée de baisers entre mes seins et leva la tête.

— Bon sang, Harper. Tu me fais perdre la tête.

Il me souleva et ouvrit mon jean, le descendant d'un mouvement brut. Je libérai mes jambes et m'affairai à lui rendre la pareille. Il lâcha un grognement rauque, un son qui suffisait à me donner la chair de poule et à me tendre les seins, quand je libérai sa queue et enroulai ma main sur sa longueur de velours. Toute idée que j'avais de faire durer ce moment disparut. J'avais besoin de l'avoir en moi. Tout de suite. Je m'installai pour le chevaucher sur le canapé, sa braguette ouverte et son pantalon à peine baissé.

— Pas si vite.

Encore une fois, il agit rapidement. Sa main s'enroula sur ma hanche et il m'immobilisa. Avant que je n'aie le temps de parler, il se pencha en avant et passa un doigt dans mes plis. J'étais si mouillée que mes cuisses étaient humides. Mes genoux tremblèrent presque et je gémis quand il écarta mes cuisses avec son genou et plongea un doigt au plus profond de moi.

Je baissai les yeux et ne pus détourner le regard quand un second doigt rejoignit le premier, faisant des allers-retours. J'étais au bord de l'orgasme, et mon plaisir arrivait vague après vague. Au moment où je crus que j'allais mourir de désir, à la recherche de la jouissance, il retira ses doigts et plongea la tête, passant sa langue sur mon clitoris, rien qu'une fois. Juste assez pour presque me faire jouir. Il se pencha en arrière, son regard chaud sur moi alors qu'il sortait son portefeuille de sa poche. Il prit un préservatif et jeta son portefeuille au sol. Il l'enfila d'une main.

J'étais si pressée de le prendre qu'il ne me fallut qu'une seconde pour le chevaucher. Là encore, il me ralentit, une main sur chacune de mes hanches. Sauvage, je me balançai vers lui, un petit gémissement m'échappa en sentant sa queue, chaude et dure, caressant mes plis.

— Harper. Regarde-moi.

J'ouvris les yeux d'un coup et trouvai son regard noir et concentré qui m'attendait, une tendresse sauvage occupant ses profondeurs et s'emparant de mon cœur. Je me sentis soudainement vulnérable alors que la profondeur du besoin qui battait entre nous était si chaude et intense que je ne pouvais pas l'ignorer.

Il relâcha sa prise sur mes hanches et passa sa main entre nous, plaçant sa queue à mon entrée. En un coup de reins, il se cambra vers le haut alors que je descendais, et je criai en le sentant me remplir. Je ne pouvais pas détourner le regard, ses yeux magnétiques soutenant les miens lorsqu'on se mit à se balancer ensemble. Ma peau était humide, mes seins rebondissaient doucement contre son torse avec notre mouvement.

J'adorais sentir sa force et la fluidité de chaque balancement. Il s'enfonça plus profondément en moi, me laissant décider du rythme. Je me perdis dans la musique, dans ce moment de communion avec lui. La pression monta en moi, s'enroulant de plus en plus haut jusqu'à ce que je sois à bout de souffle. Il passa la main entre nous, passant son pouce sur mon bouton de plaisir trempé et je m'envolai. La jouissance me déchira, de petites vagues de plaisir s'emparant de toutes mes veines. Il me tint contre lui alors qu'il s'enfonçait profondément une dernière fois puis trembla, lâchant un grognement brutal et laissant sa tête s'effondrer dans le creux de mon épaule.

Je m'enroulai sur lui quand il passa un bras autour de ma taille et je me détendis contre son torse. À aucun moment n'eus-je envie de partir. À aucun moment.

Chapitre Treize

ALEX

Je sentais le battement du cœur d'Harper contre mon torse, un pouls rapide et régulier qui suivait le mien. Elle était détendue contre moi, et c'était tellement bon de la tenir, je ne voulais pas bouger. Mon pouls ralentit doucement alors qu'on restait immobiles. Je sentis sa peau se hérisser de chair de poule contre la mienne et je levai la tête à contrecœur.

— Tu as froid. Allons te réchauffer.

Elle ouvrit les yeux en soupirant.

— Je n'ai pas envie de bouger, dit-elle avec un petit sourire.

— Moi non plus, mais c'est bête d'avoir froid.

J'entendis un mouvement derrière nous et réalisai que Stanley s'était sans doute réveillé de sa sieste dans le coin de la pièce. Un autre moment s'écoula, et ses pas distinctifs arrivèrent jusqu'à nous, son nez froid se collant à ma main.

Harper gloussa, et j'étais tellement soulagé de voir qu'elle ne se renfermait pas. L'autre nuit avait été incroyable et sublime, mais je n'avais pas oublié à quel point elle avait été tendue après. L'heure tardive et le lit dans lequel nous étions déjà nous avaient permis de simplement nous endormir, dans les bras l'un de l'autre. Mais maintenant, il n'était pas encore l'heure du diner et le soleil brillait encore derrière les nuages, éclairant son salon. Si la curiosité de Stanley lui permettait de ne pas se mettre à trop réfléchir, ça m'allait bien.

Ce n'était pas que je ne voulais pas qu'elle réfléchisse. C'était surtout que je ne voulais pas qu'elle s'inquiète. Je sentais bien qu'elle se posait beaucoup de questions quand il s'agissait de nous. Je me disais qu'elle avait sans doute plein de raisons de se poser des questions, donc j'étais prêt à être patient. Elle se redressa et me regarda. Elle leva la main et la passa dans mes cheveux.

— Allons nous doucher, dit-elle soudainement.

— Tout ce que tu veux, répondis-je, en pensant à plusieurs choses.

Une douche semblait être l'idée parfaite. Ça garderait Harper au chaud. Elle descendit doucement de mes genoux et elle me manqua immédiatement. Je me secouai mentalement et me levai, la suivant dans la salle de bain à côté de sa chambre. Elle avait une petite salle de bain à côté du salon et une salle de bain plutôt luxueuse adjacente à sa chambre, avec une grande baignoire ovale et une douche à l'italienne.

Je jetai mon préservatif dans la poubelle et retirai mon jean, la suivant sous la douche fumante. J'apprenais rapidement que dès qu'Harper était près de moi, mon corps le remarquait. Le fait que je vienne de me déverser en elle n'avait aucune importance. Nan. Il me suffisait de la regarder, sa peau mouillée de savon et d'eau qui coulait partout, et j'avais à nouveau envie d'elle.

Je retins mes besoins et lui pris le savon quand elle me le tendit. Je ne pus m'empêcher de passer une main dans son dos et sur la belle courbe de ses fesses.

———

Le lundi arriva, et, en suivant les instructions du coach, je le retrouvai dans son bureau pour un rendez-vous avec un avocat après l'entrainement. Quand je frappai, il me dit d'entrer. Je passai la porte et le trouvai assis à son bureau comme toujours, lançant un mini-ballon de basket dans un petit filet accroché au mur. Le coach n'était pas du genre à rester assis sans rien faire. Il avait plein de petits jouets pour s'occuper les mains et il faisait toujours quelque chose. Il leva les yeux vers moi avec un sourire.

— Tu arrêtes les tirs dans ton coin gauche de mieux en mieux, dit-il en guise de bonjour.

Le coin haut côté gauche du filet était le seul point faible qui m'avait coûté des buts la saison dernière. Et en réponse à cela, le coach avait ordonné aux joueurs offensifs d'attaquer ce coin à chaque entrainement. Résultat : je ne m'étais pris qu'un but de toute la saison. Je lui lançai un sourire.

— C'est le plan, non ?

— Tout à fait.

La balle passa dans le filet et rebondit dans ses mains. Il la posa sur le bureau et se retourna pour me faire face.

— D'accord, occupons-nous de ce bazar. Le management a envoyé un avocat, mais a oublié de me donner son nom. On a des avocats dans l'équipe, mais la défense criminelle n'est pas leur boulot. Qui que soit cet avocat, il sera là dans quelques minutes. Soit tu es plus intelligent que la plupart des gens, soit tu sais très bien la jouer cool. Lequel des deux ?

Je secouai la tête, un peu perdu.

— Je ne suis pas sûr de ce que vous voulez dire, coach.

Le coach explosa de rire.

— Plus intelligent, donc. Si tu avais écouté ou regardé les nouvelles, je pense que tu ne serais pas content.

Pour dire la vérité, je ne faisais pas très attention aux nouvelles, du moins pas aux potins ou quoi que ce soit de ce genre. J'avais vu les dégâts que ça faisait à mes coéquipiers, et j'essayais de vivre la vie la plus ennuyeuse possible, pour ne jamais faire la une. Je n'étais pas assez bête pour me dire qu'un gars de notre équipe qui frappe un gars dans la rue ne se retrouverait pas dans les journaux, j'étais juste assez bête pour essayer de ne pas y penser. C'était parce que je ne voulais pas m'inquiéter de choses que je ne pouvais pas contrôler et que je préférais me focaliser sur Harper. Je faisais de mon mieux pour ne pas trop lire entre les lignes, mais j'avais eu la chance de passer une autre nuit avec elle après que Liam m'avait ordonné de venir chez lui pour qu'Olivia m'engueule.

Olivia n'était pas du tout contente de ce qui s'était passé, même si entre chaque reproche elle ne faisait que de répéter que Joe le méritait bien. Liam avait fini par l'interrompre pour le lui faire remarquer, mais il s'était pris un coussin dans la tête. J'avais écouté ses reproches, car je savais pourquoi elle était inquiète. Harper n'avait vraiment pas besoin que quelqu'un ressorte son passé, et c'était exactement ce que j'avais fait.

Je levai les yeux vers le coach et passai la main dans mes cheveux, encore humides après ma douche.

— Je me suis dit que ça ne me ferait pas de bien de regarder le journal. Quelque chose en particulier que je devrais savoir ?

Le coach se recula sur sa chaise et haussa les épaules.

— On va parler à l'avocat et on va essayer de s'arranger pour que cette plainte n'ait pas de suite. Les journaux sont complètement choqués parce que tu étais censé être le gentil Anglais. La bonne nouvelle, c'est qu'ils ont déjà ressorti le passé de Joe Schmidt et que personne ne le dépeint comme un gentil. La mauvaise nouvelle, c'est que ta copine est nommée aussi. J'ai demandé à notre gars des relations publiques de jeter un œil aux vieux articles, car habituellement ils ne nomment pas les victimes dans les cas de viol. Triste à dire, mais elle avait déjà été nommée à l'époque parce qu'il avait donné son nom à la presse et avait prétendu que le rapport était consenti. Ce mec est un vrai connard, du plus haut degré, dit le coach platement.

Je le fixai du regard, la colère montant en moi en un éclair. Je ne connaissais que les grandes lignes de ce qui était arrivé à Harper. Même si j'avais fait quelques recherches sur Joe, je ne m'étais pas embêté à lire les articles de l'époque. J'avais raté les détails du pourquoi son nom avait été dévoilé. C'était dur à admettre, mais je n'avais pas vraiment réfléchi à cette succession d'évènements. Je n'avais jamais pensé aux conséquences auxquelles font face les gens dans la situation d'Harper. La plupart des hommes ne réfléchissent sans doute pas à ce que ça veut dire de se faire violer. Les hommes ont de la chance dans le sens où ils n'ont pas à s'en inquiéter autant, pas de la même façon que les femmes. Olivia m'avait rappelé que la plupart des femmes ont au moins une amie qui a vécu ça.

Entendre le fait que Joe avait été celui ayant révélé le nom d'Harper me rendait furieux. Je n'avais pas réalisé que j'avais serré les poings jusqu'à ce que le coach parle.

— Calme-toi Alex. Tu ne peux rien y faire maintenant. Honnêtement, il méritait bien plus que quelques coups au visage, mais ça ne change pas le passé. Notre équipe médiatique s'en occupe. Ils travaillent dur pour tourner cette histoire vers ce qu'elle est vraiment. Un gars bien qui a enfin montré à un connard ce qu'il méritait. Maintenant, il faut juste qu'on s'occupe des chefs d'accusation. Soyons clairs : je ne dis pas que ce que tu as fait était un bon choix. Les poings ne résolvent rien d'habitude. Je dis juste que je comprends ce que tu as ressenti.

Je détendis mes mains et pris une inspiration lente avant d'acquiescer.

— D'accord. Je sais que ça n'aidera pas, mais bordel. C'est juste...

Je me tus alors que l'émotion montait dans ma poitrine. Ce qui s'était passé était tellement injuste. Rien de tout cela n'était juste, et je voulais arranger les choses.

Le regard du coach soutint le mien, et je vis un éclat caché au fond de ses yeux.

— La vie n'est pas juste, ça, c'est certain. Le mieux que tu puisses faire, c'est d'être là pour elle, dit-il d'un ton bourru.

Je savais que le coach avait connu des tragédies. Il avait été l'un des meilleurs joueurs de foot du monde quand un accident de voiture lui avait enlevé sa femme et sa fille. Il avait survécu, mais pas elles. Il avait été brisé par ses blessures et n'avait jamais rejoué. Il avait perdu sa famille et sa carrière en une seule journée. Je savais qu'il savait exactement à quel point la vie était injuste. Je trouvai son regard et acquiesçai, sans trouver les mots.

À ce moment-là, quelqu'un frappa à la porte. Quand le coach lança «entrez!», une femme passa rapidement la porte. Elle s'avança directement vers le bureau du coach. Elle était grande et imposante, d'une présence si puissante que je me levai par réflexe. Elle faisait presque un mètre quatre-vingt et ses cheveux auburn étaient tirés en un chignon parfait, mettant en valeur ses yeux noisette. Je réalisai à quel point j'étais accro à Harper quand la seule réaction dont je fus capable fut de me dire froidement qu'elle était magnifique, même si un peu intimidante. Avec sa taille et sa présence forte, elle forçait l'attention et le sérieux.

— Zoe Lawson, dit-elle en tendant la main.

Sa poignée de main était assurée, ferme et très professionnelle, tout comme sa présence. Après nous être présentés, le coach lui fit signe de s'installer sur la chaise à côté de moi. On s'installa tous en même temps, et Zoe ouvrit immédiatement le dossier qu'elle tenait sous son bras. Son regard vif se tourna vers moi.

— Bon, la bonne nouvelle c'est que vous allez gagner la guerre médiatique, ça, c'est certain. Vous vengiez votre petite-amie. Personne ne pensera que vous étiez le connard dans cette histoire. La mauvaise nouvelle est que vous avez frappé monsieur Schmidt deux fois devant de nombreux témoins, et que vous êtes célèbre, donc beaucoup de gens vous ont reconnu. J'ai étudié le dossier. Il faut que je sache à quel point vous voulez vous battre contre ces chefs d'accusation avant de continuer.

Zoe ferma son dossier et le posa au bord du bureau du coach avant de me regarder à nouveau. J'étais encore absorbé par le fait que le coach et Zoe avaient tous deux appelé Harper ma petite-amie. Ça me plaisait. Beaucoup. Mais je ne savais pas vraiment ce qu'elle était, ni comment elle voyait ce qu'il se passait entre nous. Je me forçai à me concentrer sur le sujet du moment.

— Je crois que je n'avais même pas réfléchi à contester les charges. Je veux dire, je l'ai fait. Je ne vais pas mentir, dis-je.

Zoe se retint de sourire et tourna le regard vers le coach.

— Qu'est-ce que l'équipe aimerait voir arriver ? Vous êtes dans la position malheureuse d'avoir un joueur honnête.

Son regard rebondit sur moi.

— Je ne veux pas vous vexer, mais j'ai l'habitude de m'occuper de stars qui ont une histoire réinventée sur comment quelqu'un s'est jeté sur leurs poings, avec n'importe quels détails nécessaires pour faire coller l'histoire. J'apprécie votre honnêteté, mais en tant qu'avocat de défense criminelle, les clients comme vous me rendent la tâche plus difficile, dit-elle en secouant légèrement la tête.

Le coach rit doucement.

Alex est honnête, et j'aimerais qu'il le reste. Et si vous nous disiez ce que vous pensez devoir faire en sachant qu'il est le gars qu'il est ?

Je restai silencieux, mais ça me faisait plaisir de savoir que le coach m'appréciait pour qui j'étais. La vérité est que beaucoup d'athlètes sont des cons dans les coulisses. L'attitude des journaux a laissé beaucoup d'espace à ce genre de comportement, et c'était quelque chose qui m'énervait beaucoup. C'était agréable d'avoir un coach qui n'avait aucune tolérance pour ce genre de conneries.

Zoe tapota ses doigts sur le bras de sa chaise pendant un moment avant de hausser les épaules.

— On va la jouer directe, mais on va insister sur son passé et ce que monsieur Schmidt a dit avant que vous le frappiez.

Elle fit glisser son dossier sur le bureau vers moi et l'ouvrit.

— D'après le rapport de police, il a appelé Harper une vieille amie. Puis vous lui avez demandé si c'était comme ça qu'il appelait les femmes qu'il avait violées, et il vous a dit d'aller vous faire foutre. Ça vous parait coller à ce qu'il s'est passé ?

— C'est ce qui s'est passé et c'est ce que j'ai dit à la police, répondis-je en me demandant pourquoi elle répétait l'évidence.

Elle referma le dossier.

— Les répétitions sont cruciales. Je ne doute pas de vous une seule seconde, mais il faut que vous vous habituiez à ce qu'on vous pose les mêmes questions en boucle. J'espère qu'on n'aura pas à aller jusqu'au tribunal, mais si on en arrive là, croyez-moi, vous allez devoir répéter ça une centaine de fois.

Je retins un soupir et passai ma main dans mes cheveux. Je ne regrettais pas d'avoir frappé Joe. Et apprendre qu'il était la personne qui avait divulgué le nom d'Harper me donnait envie de recommencer, mais ça ne voulait pas dire que j'avais envie de supporter ce cirque.

— Bien alors. C'est ce qu'on fera.

— Quelles sont les chances de finir au tribunal ? demanda le coach.

Zoe le regarda et haussa les épaules.

— Assez basses si on encourage la presse à appuyer sur l'angle qu'ils ont choisi. Vous avez l'air d'un héros face au violeur qui n'a passé que deux mois en prison.

— Mais qu'est-ce que ça change au fait que je l'ai frappé ? demandai-je.

— Plus ça passe dans les journaux, plus il faut que monsieur Schmidt supporte l'attention du public. Je ne pense pas qu'il s'en rende compte, car les gars comme lui ne s'en rendent jamais compte, mais il a eu beaucoup de chance il y a quatre ans. J'ai lu les rapports du tribunal. Je pense que si mademoiselle Jacobs avait voulu s'engager dans un long procès public, il aurait fini par être condamné pour les chefs d'accusation originels et elle aurait vécu un enfer pour en arriver là. Les cas de viols sont horribles pour les victimes. On les force à parler de quelque chose de terrible, à le revivre encore et encore, et à supporter les questions agressives de la défense. C'est extrêmement désagréable et c'est la raison pour laquelle quelque chose comme 3 % seulement des affaires de viol vont jusqu'au procès. Je n'étais pas là à l'époque, mais j'imagine que le procureur a offert un accord à la défense, car monsieur Schmidt avait un avocat très agressif qui était prêt à rendre les choses aussi difficiles que possible pour mademoiselle Jacobs. Il s'en est vraiment bien sorti. Maintenant, toute cette histoire sordide est de nouveau dans les journaux et il apparait enfin comme le connard qu'il est. Ce n'est pas bon pour sa réputation professionnelle du tout. Il bosse dans la finance. Je suis prête à parier que son boulot pourrait être en jeu, car personne ne veut être associé à un violeur qui vient d'appeler sa victime une vieille amie. Si vous voulez mon avis, vous devriez laisser votre équipe de relations publiques mettre le feu aux poudres. Monsieur Schmidt finira peut-être par regretter d'avoir porté plainte. Est-ce que ça veut dire que ça disparaitra complètement ? Non. Trop de témoins, mais on pourrait passer un accord avec quelques heures de travail d'intérêt général pour vous, dit Zoe en hochant fermement la tête.

Le coach répondit quelque chose et ils continuèrent à parler alors que mes pensées se tournaient vers ce qu'Harper avait dû vivre dans les mois précédant cet accord avec l'avocat de Joe. Je n'aimais pas penser à ça. Du tout. D'ailleurs, le simple fait d'y penser me mettait en colère à nouveau. Bordel. La colère que je ressentais depuis qu'Olivia avait lâché cette petite bombe dans ma vie était une colère que je n'avais pas ressentie depuis mon enfance. Je croyais que mes problèmes d'humeur avaient disparu pour toujours.

Le coach toussa, et je levai à nouveau les yeux vers lui. Il se recula sur sa chaise et pencha la tête sur le côté.

— Tu t'énerves à nouveau, dit-il calmement.

Je retins un soupir et haussai les épaules.

— Je n'aime pas entendre ce qu'Harper a vécu. Et je n'aime vraiment pas entendre que Joe s'en est si bien sorti. C'est du foutage de gueule, voilà ce que c'est.

Zoe me regarda calmement et haussa les épaules.

— Oui, tout à fait, mais n'allez pas frapper qui que ce soit d'autre, d'accord ? On peut gérer cette situation sans trop d'ennuis. Si ça recommence, vous n'aurez plus la sympathie que le public vous montre maintenant.

Bordel. Elle était pragmatique. J'avalai le gros mot que j'avais envie de cracher et fermai les yeux en prenant une grande inspiration. En les ouvrant à nouveau, je regardai Zoe et le coach.

— Ne vous inquiétez pas pour moi.

Zoe acquiesça et se leva, attrapant son dossier et le rangeant à nouveau sous son bras.

— Eh bien je vous tiendrai au courant après avoir

parlé au procureur demain. Pendant ce temps, essayez d'être le plus ennuyeux possible, dit-elle avec un sourire si discret que je le remarquai à peine.

Elle sortit du bureau du coach, le son de ses pas retentissant sur le carrelage du couloir. Le coach se leva et ferma la porte, revenant vers son bureau pour s'y appuyer. Il me regarda pendant de longues secondes.

— C'est normal d'être en colère, tu sais.

Je le fixai du regard, me battant contre mes propres pensées. Intellectuellement, je savais que j'avais de bonnes raisons d'être en colère contre Joe. Mais après des années à regarder mon père ne vivre que pour sa colère, j'avais appris à refouler la mienne. Je haussai enfin les épaules, sans trop savoir où le coach voulait en venir avec son commentaire.

— Je te dis simplement ça, car je t'ai toujours vu rester calme depuis que tu es arrivé dans cette équipe. C'est une très bonne chose. Ta stabilité et ton calme sont des éléments qui alimentent la concentration de l'équipe pendant les matchs difficiles. Je ne sais pas pourquoi, mais tu as l'air vraiment déstabilisé par la colère que tu ressens face à cette situation avec Harper. C'est normal que tu sois en colère. Je suis moi-même hors de moi. Le truc, c'est que quand quelqu'un qui pense ne pas avoir le droit de s'énerver s'énerve, c'est là qu'il arrive des conneries, comme le fait d'attaquer quelqu'un dans la rue parce qu'on était trop occupé à refouler sa colère.

Sur ces mots, il s'éloigna du côté de son bureau.

— Je t'appellerai dès que j'aurai des nouvelles de Zoe. Tu fais pareil si elle t'appelle toi. D'accord ?

— Bien sûr. À demain, à l'entrainement.

Alors que je sortais du stade, je repensai au commentaire du coach. Je n'avais pas réfléchi au fait que je refoulais ma colère vis-à-vis de ce qui était arrivé à Harper. Je n'aimais pas être en colère, et je détestais avoir l'impression de ne pas pouvoir aider. Comme le coach l'avait dit si simplement : je ne pouvais pas changer le passé.

Chapitre Quatorze

HARPER

— Bye bye Stanley, dis-je en lui caressant la tête. Je reviens plus tard.

Il me donna un coup de truffe dans la jambe et alla s'installer dans son coin de sieste préféré, là où les rayons du soleil tombaient encore. Je m'étais réveillée face à un matin gris et étais allée courir avec Alex sous un crachat de pluie. Quand il s'agissait d'Alex, mes pensées s'emmêlaient. Je commençais à me sentir à moitié folle parce que j'avais envie de le voir tout le temps, mais que ça ne correspondait pas à ce que j'avais imaginé vivre avec lui. Même si je savais que je n'aurais jamais pu prévoir ce qui allait se passer après que j'avais démoli le mur derrière lequel je m'étais protégée, en me laissant ressentir du désir à nouveau. Je n'étais pas préparée à penser à Alex tout le temps et à mourir d'envie de le revoir. J'attendais nos courses matinales avec impatience, car je savais que c'était une heure chaque jour avec lui. J'en voulais bien plus que ça, mais j'étais en pleine bataille intérieure sur ce que j'étais censée faire.

Je me rendais compte que le calme intérieur pour

lequel je m'étais tant battu était bien plus superficiel que ce que je pensais. Il était bien plus basé sur le fait d'éviter les situations émotionnelles qu'autre chose, et je ne m'étais pas rendu compte que je les évitais jusqu'à ce qu'Alex entre dans ma vie. Même si une grande partie de moi voulait désespérément plonger dans tout ce qu'Alex représentait, m'autoriser à le faire voulait dire un lâcher-prise que je n'avais pas connu depuis des années. Ça demandait un lâcher-prise émotionnel que je n'avais jamais connu. L'intimité brûlante que je partageais avec Alex ne ressemblait à rien de ce que j'avais connu dans ma vie.

Je secouai la tête en enfilant mon manteau, regardant Stanley déjà endormi dans son carré de soleil. Dans l'heure qui s'était écoulée depuis que j'étais revenue de notre jogging pour me doucher, la pluie s'était arrêtée et le soleil sautait d'un nuage à l'autre. Je fermai la porte derrière moi et pris le chemin du boulot.

J'étais tombée amoureuse de mon nouvel appartement au premier coup d'œil pour plusieurs raisons. Les fenêtres donnaient sur le Puget Sound au loin, c'était du même côté de la ville que Daisy et Olivia et je n'étais pas loin du boulot. J'aimais le fait que j'étais proche d'un parc aussi, parce que ça voulait dire que j'avais un beau lieu de balade avec Stanley. Je n'avais pas imaginé que je croiserais Joe parce que je ne pouvais pas savoir qu'il vivait dans le coin. Je n'en savais toujours pas plus que le fait qu'il courait dans ce parc et que je l'avais vu dans sa voiture. Mais même sa présence ne ternissait pas la chaleur que je ressentais maintenant qu'Alex faisait partie de ma vie.

Enfin, il était dans ma vie avant ça en soi. Depuis qu'Olivia avait emménagé avec Liam, Alex faisait partie de la périphérie de ma vie. Je le voyais dès qu'Olivia et Liam rassemblaient leurs amis. Le fait qu'Alex soit une montagne de sex-appeal dans un corps de rêve ne m'avait pas échappé, mais il avait gardé ses distances assez longtemps pour que je ne creuse pas. Pour dire la vérité, je ne faisais pas vraiment attention aux hommes. C'était étrange de se dire ça, mais le fait de croiser Alex au parc et de voir Joe au même moment m'avait forcée à sortir de mon coma intérieur.

Le simple fait de penser à Alex maintenant me donnait chaud partout. J'allumai la radio et entendis son nom. Même si je savais que c'était potentiellement quelque chose que je n'avais pas envie d'entendre, j'augmentai le volume.

... La récente plainte pour agression contre Alex Gordon secoue Seattle. Gordon qui est bien connu pour ne jamais perdre son sang-froid et n'a jamais fait une seule faute dans le cadre de sa carrière de footballeur professionnel. Jusqu'à cette plainte, il avait un dossier parfaitement vierge et était considéré comme le gentleman du foot anglais. Il est maintenant accusé d'agression par Joe Schmidt, ancien athlète dont la carrière s'est terminée après qu'il a été arrêté pour le viol d'une coureuse déjà classée au classement national lors de sa carrière universitaire. Le public avait protesté face à la condamnation mineure de monsieur Schmidt, qui avait accepté une sentence réduite, un total de deux mois, après un accord avec le procureur. Les rapports indiquent que Gordon est en couple avec la victime de monsieur Schmidt. Gordon a plutôt l'air d'un héros sous ce jour. Les fans disent que Gordon l'a fait par amour.

Le commentateur radio continua puis passa à un autre sujet de sport local. Je coupai la radio, l'estomac noué. Je ne pouvais pas prétendre que je ne m'y attendais pas. Alex lui-même avait essayé de me dire qu'il avait peur que ce genre de chose arrive. J'avais sans doute ignoré cette possibilité en pensant que personne ne s'y intéresserait aujourd'hui. Mais j'avais déjà réagi comme ça à l'époque où Joe m'avait violée. Je n'avais pas du tout été prête à recevoir cette attention médiatique et je m'étais effondrée quand Joe avait dévoilé mon nom en direct à la télévision. Les journaux avaient évité d'utiliser mon nom jusqu'à ce moment-là. Après ça, les compagnies avec un minimum d'intégrité m'avaient appelée pour me demander si je préférais qu'ils continuent sans me nommer, mais je leur avais dit que ça n'avait pas d'importance. Car ça n'avait pas d'importance. Joe avait déjà fait le pire, et reprendre mon nom était impossible. J'espérais simplement que la tempête passerait vite.

Je me garai sur ma place de parking au bureau et courus vers le bâtiment. J'aimais vraiment mon boulot. J'étais un peu arrivée là par hasard, mais la kinésithérapie s'était révélée être une occupation parfaite pour moi. Ma dernière année de fac était un flou total. Je n'avais pas été capable de me concentrer sur quoi que ce soit et mes notes avaient chuté. J'avais dû passer une année de plus à la fac pour rattraper cette horreur. Mon coach de course avait été assez gentil pour me trouver un boulot d'assistante-kiné pour les diverses équipes d'athlétisme de l'université. Le boulot en lui-même me plaisait, car il y avait beaucoup d'opportunités de faire du sport, et j'aimais aider les autres. C'était triste à dire, mais une partie de ce qui me plaisait à l'époque était le fait d'avoir accès aux salles de sport de la compagnie. J'étais encore profondément marquée par l'attaque de Joe et j'avais trop peur de courir dehors. Mais je mourais d'envie de retrouver cette brûlure physique des séances de sport et l'échappatoire que ça m'offrait.

Lentement, j'avais appris à aller marcher dehors, avec Stanley, mais je n'avais recommencé à courir en public qu'avec Alex. Un autre cadeau qu'il m'avait fait, d'une importance si grande qu'elle était difficile à décrire. Je saluai la secrétaire et traversai le couloir jusqu'à mon bureau. Je travaillais toujours à l'université de temps en temps, mais mon poste officiel était dans une clinique qui proposait des consultations kiné dans toute la ville. Olivia et moi nous référions parfois des patients, étant donné qu'elle était chirurgienne orthopédique. J'aimais la flexibilité de mon poste et l'opportunité de voir plein de patients différents.

J'entrai dans mon bureau et trouvai Daisy assise sur l'une des chaises devant mon bureau.

— Salut, qu'est-ce que tu fais là ? demandai-je, surprise par sa présence.

Daisy tortilla le bout de sa queue-de-cheval blonde avec ses doigts et haussa les épaules.

— Je me suis juste dit que je passerais te faire un petit coucou.

Même si ce n'était pas complètement inhabituel que Daisy passe en coup de vent, elle était bien trop nonchalante pour que ce soit ça. J'accrochai mon manteau et m'assis sur le bord du bureau.

— Tu n'es pas là simplement pour me faire un petit coucou. Tu viens vérifier si je vais bien, n'est-ce pas ?

Daisy soupira et fronça le nez.

— Alors, comment tu vas ?

Je réfléchis honnêtement à sa question. Je n'allais pas très bien. Ça ne me faisait pas plaisir de savoir qu'Alex faisait la une des journaux sportifs et que le plus gros fantôme de mon passé était à nouveau sur le devant de la scène. Mais j'avais beaucoup évolué. J'étais déstabilisée et anxieuse, mais ça allait. Je n'avais plus cette vieille panique qui vivait en moi après qu'il avait brisé ma vie, quand j'essayais constamment de reprendre le contrôle de ma vie sans jamais vraiment pouvoir le faire. Étrangement, j'avais envie de voir Alex. Je n'étais pas complètement prête à me demander ce que ça voulait dire, mais l'idée de le voir me faisait me sentir mieux. Il était quelqu'un à qui je pouvais me raccrocher, et je savais parfaitement qu'il serait là pour moi si je lui demandais de l'être.

Je trouvai le regard inquiet de Daisy.

— Ça va, vraiment. Tu étais au volant quand tu as entendu la même chose que moi ?

Elle leva les yeux au ciel et soupira.

— Oui. Ça m'a inquiétée. Mais tu as l'air... Bah tu as l'air d'aller bien. Tu veux qu'on déjeune ensemble aujourd'hui ?

— Ouais. Et si...

Je me penchai en arrière pour jeter un œil à mon emploi du temps. La secrétaire me l'imprimait tous les jours et le laissait sur mon bureau même si j'avais un calendrier dans mon téléphone.

— ... on se disait 12 h 30 ?

— Parfait. Je viendrai te chercher ici.

Daisy se leva et me fit un petit câlin avant de partir.

Je me mis au travail, soulagée de voir que j'avais une matinée chargée. S'il y avait bien une chose qui me permettait d'oublier tout ce stress et cette anxiété, c'était d'être occupée. Je travaillai avec une femme âgée qui était tombée quelques mois plus tôt et s'était brisé la hanche, puis passai à une séance avec un body-builder professionnel qui s'était fait une rupture de la coiffe des rotateurs. Le contraste entre les deux était si marqué que ça m'avait fait rire. Je n'avais pas pu m'empêcher d'applaudir joyeusement quand Janet, la femme âgée qui était tombée, m'avait montré le nombre de pas qu'elle pouvait faire. Je venais de retourner dans mon bureau après avoir quitté la salle de sport de la compagnie pour vérifier quelques détails quand le téléphone de mon bureau sonna. Je répondis sans regarder qui m'appelait.

— Mademoiselle Jacobs, Brad Williams du Seattle Observer. J'appelle à propos de l'incident avec Alex Gordon et pour vous demander si vous aviez un commentaire à faire.

Je fixai le téléphone du regard. Aussi inoffensif qu'il ait l'air à ce moment-là, j'eus envie de jeter le téléphone contre un mur. Après la colère vint la terreur. Je m'en voulais silencieusement. J'aurais dû savoir que les journaux m'appelleraient. J'aurais dû me préparer à tout ça. Mais je ne voulais pas y penser. Du tout. Ma vie était passée à autre chose, et je ne voulais pas replonger dans le bourbier.

— Mademoiselle Jacobs ?

J'ouvris la bouche pour répondre, par réflexe et politesse, avant de la refermer. Je n'étais pas obligée de parler à qui que ce soit. Je commençai à raccrocher puis me dis que ça n'aiderait peut-être pas. Si je voulais pouvoir dicter la suite des évènements, je ne pouvais pas me cacher. Jusqu'à ce jour, je m'étais demandé ce qui se serait passé si j'avais eu l'endurance d'aller jusqu'au procès et si je ne m'étais pas renfermée aussi vite. Car c'était ce qu'il fallait, il fallait être capable d'endurer l'humiliation et le fait de revivre les pires moments de ma vie en boucle, et la honte dans laquelle ils étaient enveloppés. J'étais trop fatiguée à l'époque et je me remettais encore du choc. Je ne pouvais pas remonter le temps pour rectifier tout ça, mais je pouvais peut-être influencer ce qui se passait aujourd'hui. Je pris une profonde inspiration, rassemblant tout mon courage et j'essayai de ralentir le battement de mon cœur.

— Oui. Je suis là, dis-je enfin.

Le journaliste toussa.

— D'accord, eh bah je crois que je suis chanceux que vous ne m'ayez pas raccroché au nez, répondit-il.

Son ton était poli et prudent, mais avec juste assez de chaleur pour me donner le sentiment que je pouvais lui faire confiance, du moins assez confiance pour lui parler quelques minutes.

— J'ai hésité, dis-je, la vérité m'échappant avant que je ne réfléchisse à mes mots.

— À votre place, je comprends. Mais maintenant que je vous tiens, est-ce que vous accepteriez de parler quelques minutes pour répondre à mes questions ?

— Et si vous posiez vos questions, et si je veux bien répondre, je le fais ?

— Ça me va.

Il y eut un autre silence.

— Seriez-vous d'accord pour qu'on se rencontre en face à face ?

Je tournai sur ma chaise de bureau pour regarder par la fenêtre. La clinique où je travaillais était dans le centre de Seattle et nos bureaux étaient au troisième étage d'un grand immeuble, offrant une vue de l'horizon de Seattle et du Puget Sound au loin. Je regardai une buse à queue rousse passer devant ma fenêtre avant de se poser sur le large rebord. Un couple de buses installaient leur nid à cet endroit-là tous les ans, et tout le monde au bureau aimait les observer. Mon ventre était serré et mon cœur battait comme un tambour, palpitant – c'était ce que je ressentais quand j'étais anxieuse. Je ne savais pas si j'étais à moitié folle d'accepter cette conversation, mais je me dis que parler face à face serait sans doute plus intelligent, car ça me permettrait de mieux juger ce journaliste.

— Ça me plairait.

Je levai le regard vers l'horloge. Il me restait une

heure avant que Daisy ne vienne me chercher pour le déjeuner et j'avais une heure de libre à la dernière minute après une annulation.

— Si vous pouvez me retrouver maintenant, j'ai une heure, dis-je rapidement avant de perdre mon sang-froid.

Brad Williams s'assit en face de moi à une petite table ronde dans mon bureau, environ dix minutes plus tard. Je ne savais pas d'où il venait, mais il était arrivé à la clinique en quelques minutes. C'était un homme très fin avec des cheveux poivre et sel, des yeux bleu vif et des lunettes. Il avait un air sombre, penseur. Ça ne m'aurait pas surprise d'apprendre qu'il aimait courir. Il avait le physique et l'énergie qu'il fallait. Nous avions terminé nos politesses, et il avait maintenant une tasse de café de notre salle d'attente en main.

Il me regarda et pencha la tête sur le côté.

— Vous aurez peut-être envie de savoir que j'étais l'un des journalistes de l'Observer chargé du dossier quand monsieur Schmidt a été condamné pour agression et viol. J'ai étudié dans la même université que lui, et je faisais partie de l'équipe de course quelques années avant lui.

— Oh, vraiment? Est-ce qu'on s'est déjà parlé? demandai-je.

Mes souvenirs des appels des journalistes durant ces quelques mois après que mon nom avait été dévoilé, avant que l'affaire ne se fasse oublier, étaient flous. Je n'avais rencontré personne en face à face.

Brad soutint mon regard un moment avant d'acquiescer.

— On s'est parlé au téléphone une fois. Vous ne vous en souvenez sans doute pas, mais l'Observer a choisi de ne pas utiliser votre nom dans nos articles même après qu'il a été dévoilé.

Le nœud de tension au creux de mon estomac se resserra un peu plus.

— Je ne me souviens pas de ça, mais j'essayais de ne pas lire ce qui s'écrivait, dis-je en haussant les épaules.

— Compris.

Il prit une gorgée de son café et jeta un œil à l'enregistreur qu'il avait posé entre nous. Il m'avait demandé s'il pouvait l'utiliser et j'avais accepté à condition qu'il me laisse un droit de regard sur ce qu'il écrirait avant publication. Il posa son café et me regarda droit dans les yeux.

— Eh bien, commençons par les bases. Avez-vous des commentaires sur la plainte déposée contre monsieur Gordon ?

— Je suppose que la seule chose que j'ai à dire c'est que je comprends pourquoi c'est arrivé. Je ne veux pas dire qu'attaquer quelqu'un est une bonne idée, mais qu'il était contrarié et que ça s'est passé comme ça.

— On peut dire que beaucoup de gens sont d'accord avec vous là-dessus. Pouvez-vous m'expliquer la nature de votre relation avec monsieur Gordon ?

Mon cœur s'énerva dans ma poitrine. Je m'attendais bien à cette question, mais je ne savais tout de même pas comment y répondre. Je sentis mes joues rougir. Alex comptait bien plus pour moi que ce que j'avais imaginé. En l'espace de quelques semaines, j'étais passée par différents degrés d'attachement. Un ami distant à qui je faisais confiance grâce à une connexion avec ma meilleure amie. Je faisais entièrement confiance à Olivia, et à Liam par extension. Liam admirait beaucoup Alex et le considérait comme son meilleur ami, donc même avant d'apprendre à le connaitre, je lui faisais confiance rien que par ce lien. Il était ensuite devenu un homme que je désirais si férocement que j'avais dépassé mes défenses auto-imposées et il m'avait redonné goût à la vie. Mais même avec la puissance de ce désir, mon unique but avait été physique. Je n'aurais pas pu imaginer que le fait de réaliser ce fantasme ne ferait qu'augmenter l'intensité. Je n'avais pas anticipé que je me sentirais si proche de lui, une intimité sauvage et déstabilisante de profondeur.

Je regrettai soudainement de ne pas avoir appelé Alex avant de parler à Brad. Pendant une seconde, je commençai à m'inquiéter de dire quelque chose de déplacé. Cette inquiétude disparut aussi rapidement qu'elle était venue, car j'étais certaine qu'Alex ne m'en voudrait pas, même si ce que je disais lui créait plus d'ennuis.

— C'est un bon ami, dis-je.

Au moment où les mots sortirent de ma bouche, je changeai d'avis.

— Il est un peu plus que ça, lâchai-je ensuite, regrettant immédiatement de ne pas pouvoir ravaler mes mots, non pas parce que je ne le pensais pas, mais parce que mon histoire avec Alex était encore toute neuve, trop délicate et fragile.

Brad hocha simplement la tête et prit une autre gorgée de café, sans comprendre l'ampleur monumentale de cette étape pour moi, de m'autoriser à envisager un homme sous un regard qui n'était pas purement platonique.

La porte de mon bureau s'ouvrit après un tout petit coup et Daisy se tint devant nous. Elle avait un regard tendu et ses yeux passèrent de Brad à moi. Elle posa ses mains sur ses hanches et claqua la porte derrière elle, son regard bloqué sur Brad.

— Je vous interdis de la...

Je levai la main.

— Daisy, c'est bon. J'ai accepté de lui parler.

Son regard inquiet se tourna vers moi.

— Qu'est-ce qui te prend ?

— Je préfère pouvoir dire ce que je pense plutôt que de voir les gens colporter des théories.

Elle serra les lèvres et sa présence me toucha. Même si je n'en avais pas besoin tout de suite, ça faisait toujours du bien de savoir que Daisy me protégeait. Elle était féroce quand il s'agissait de protéger ses amies. Elle nous regarda tous les deux et tira une chaise.

— D'accord, eh bah je suis, euh, je sais pas... son amie qui vous bottera les fesses au besoin, dit-elle en hochant fermement la tête.

Brad lui lança un petit sourire.

— Ça marche. Je peux vous poser une question ?

— Allez-y, répondit fermement Daisy.

— Un commentaire sur la situation ?

— Joe le méritait. C'est exactement ce que je pense.

Brad pencha la tête sur le côté.

— Peut-être que vous pourriez élaborer là-dessus ?

Daisy se pencha en avant, ses yeux marron emplis de colère.

— Il a attaqué et violé mon amie. Et même si elle n'était pas mon amie, j'aurais été horrifiée par ce qu'il a fait. Il s'est assuré que l'affaire soit un enfer pour elle, pour qu'elle n'ait pas envie d'aller jusqu'au procès et il s'en est tiré bien trop facilement si vous voulez mon avis. Le karma est un boomerang, et parfois ça prend longtemps pour se le reprendre dans la tête, mais ça finit toujours par revenir. Quelques coups de poing n'arrivent pas à la cheville de ce qu'il a fait à Harper, et il devrait s'estimer heureux.

Je ris presque, non pas parce que c'était drôle, mais parce que l'énorme soulagement que je ressentais me faisait glousser nerveusement, et les circonstances de ce moment en particulier étaient absurdes. Brad et Daisy continuèrent de parler alors que je me mettais à penser à autre chose. Jusqu'à ce que Daisy dise :

— Bah c'est évident qu'Alex a fait ça par amour.

Je tournai la tête vers elle d'un coup alors que mon cœur s'envolait dans ma poitrine et qu'un drapeau d'espoir se levait en moi. J'ignorai immédiatement cette notion d'espoir qui cherchait à attirer mon attention. La dernière chose qu'il me fallait était de commencer à me faire des idées sur toute cette histoire. Daisy était définitivement du genre passionné dès qu'il fallait exprimer ses sentiments. Elle ressentait tout à fond et avait tendance à partir du principe que c'était le cas pour tout le monde.

— Daisy, je ne sais pas si...

Elle leva la main pour me faire taire.

— Tu peux tourner autour du pot, mais ça ne va pas changer quoi que ce soit. Il n'aurait pas été autant en colère s'il ne tenait pas à toi.

— Ouais, mais je ne crois pas que...

Brad trouva mon regard et secoua la tête.

— Ne vous inquiétez pas. Je ne vais pas annoncer au monde que monsieur Gordon est amoureux de vous. Enfin, sauf si lui me le dit, dit-il avec un autre petit sourire.

Daisy croisa les jambes, l'un de ses pieds rebondissant au sol.

— Oh, on s'en fiche. Tu devrais le laisser écrire une bonne histoire. Peut-être que je m'emballe en parlant d'amour, mais il faut que tu admettes qu'il te kiffe.

Je rougis si fort qu'un seau d'eau froide m'aurait fait du bien. Je n'arrivais pas vraiment à croire que j'étais au milieu de cette conversation devant un journaliste, mais Daisy n'avait jamais été du genre à rester discrète. Je regardai Brad.

— Aviez-vous d'autres questions pour moi ?

— Juste une seule : pensez-vous que monsieur Schmidt puisse être un danger pour d'autres femmes ?

Sa question me prit de court, mais rien qu'une seconde. Je connaissais la réponse, sans aucun doute.

— Bien sûr. Il n'a jamais reconnu sa responsabilité dans ce qu'il a fait, même en acceptant la proposition du procureur. Je me suis toujours demandé si ça recommencerait.

Chapitre Quinze

ALEX

Je respirai l'air frais lourd de pluie et ralentis mes foulées alors qu'on s'approchait de l'entrée du parc. Harper se joignait toujours à moi pour mon jogging matinal. Honnêtement, j'essayais déjà de courir tous les jours avant, mais les entrainements étaient fatigants et ça m'arrivait de rester au lit plutôt que d'aller courir. Avec Harper, je ne ratais jamais une course. Deux semaines de plus s'étaient écoulées depuis que j'avais planté mon poing dans le visage de Joe et il ne s'était pas passé grand-chose. Zoe tenait le coach et moi au courant de ses conversations avec le procureur, mais au-delà des dépôts de plainte initiaux, rien n'avait changé. Elle avait déposé quelque chose pour ralentir un truc, elle me l'avait expliqué, mais c'était un terme légal que je n'avais pas retenu, mais nous avait dit qu'elle préférait attendre et voir. Elle se disait que Joe allait peut-être retirer sa plainte s'il y avait trop de pression du public. Je continuais de lui rappeler que je l'avais bien frappé, mais elle m'ignorait.

Pendant ce temps, je faisais de mon mieux pour ignorer les journaux et le coach faisait de son mieux pour les alimenter. Il ne semblait pas s'inquiéter du statut de mon chef d'accusation. Il était concentré sur cette ligne médiatique du « type bien, qui joue chez les Seattle Stars ». Harper m'avait parlé de l'appel qu'elle avait reçu du journaliste du Seattle Observer et m'avait montré l'article qu'il avait écrit. Je me disais qu'elle avait le droit de dire ce qu'elle voulait, mais que ce journaliste semblait clairement avoir une opinion sur ce qui était arrivé lors de l'arrestation de Joe. Il avait passé la moitié de l'article à parler de la sentence très légère de Joe en la comparant aux condamnations moyennes pour les chefs d'accusation pour lesquels il avait plaidé coupable en fin de compte. Oh, ça me mettait hors de moi qu'il ait réussi à faire écarter l'accusation de viol, mais Joe s'était retrouvé avec un chef d'accusation pour agression.

La bonne chose dans tout cela : je voyais Harper plus souvent. Au-delà de nos courses matinales, j'avais réussi à voler deux autres nuits avec elle. Je la regardai alors que l'on se mettait à marcher une fois arrivés sur le trottoir devant l'entrée du parc. Comme moi, elle ne portait pas de manteau de pluie même quand nous courions sous la pluie, me disant que le bruit de friction était agaçant et que ça ne la dérangeait pas de finir mouillée. Ses cheveux marron étaient trempés et une mèche rebelle était collée à sa joue. Sans y réfléchir, je tendis la main pour l'écarter de sa joue. Elle me regarda, ses yeux bleus brillant dans la lumière argentée.

Rien qu'avec ça, j'étais dur. L'air s'alourdit, électrique. Je trébuchai presque, trop occupé à la regarder quand on arrivait à un croisement pour remarquer que je descendais du trottoir.

— Alex !

Elle m'attrapa le bras juste au moment où une

voiture passa à toute vitesse. Bordel. Cette femme me faisait perdre la tête et toute concentration. On resta là alors que sa main était posée sur mon avant-bras et qu'une pluie brouillardeuse nous entourait. Des voitures passèrent à côté de nous, l'une roulant dans une flaque d'eau qui éclaboussa nos jambes. L'eau boueuse me sortit de ma transe et j'ouvris enfin les yeux. Je repris mon bras avant de la prendre par la main et de commencer à marcher. Je n'avais qu'une chose en tête. Je voulais Harper. Tout de suite.

Notre circuit dans le parc ce matin nous ramenait près de mon appartement sur le chemin du retour. C'était une vraie bonne nouvelle qu'Harper semble avoir la même idée en tête que moi, car sinon j'aurais dû la trainer. Nous courions presque quand on arriva au niveau des marches de mon appartement. Habituellement, je m'arrêterais pour voir si Callie allait bien, mais pas aujourd'hui. On arriva devant ma porte quelques secondes plus tard, et je me retournai au moment où la porte se referma derrière nous.

Nous étions tous les deux trempés. Mon t-shirt me collait à la peau, tout comme le sien. Ça m'allait parfaitement, car ses tétons étaient tendus à travers son soutien-gorge et son haut. Quand elle leva les yeux vers moi en s'adossant à la porte, une goutte de pluie roula le long de sa joue jusque dans son cou. Je penchai la tête pour la lécher. Ce simple avant-goût de sa peau me fit prendre feu.

Nos lèvres se trouvèrent en un baiser fou, chaud et humide. J'avais envie de la dévorer, mourant d'envie de rassasier le besoin qui m'écrasait. La voir tous les jours voulait dire que j'étais toujours plus ou moins excité, tout en essayant de ne pas m'imposer dans sa vie. Liam m'avait dit assez de fois que j'étais un gars intense, donc j'essayais d'y aller doucement et de laisser les choses se faire naturellement et pas à pas. Bordel. C'était l'une des choses les plus difficiles que j'aie jamais faites. Le seul moment où je ne me débattais pas contre des pensées d'Harper était pendant l'entrainement et les matchs.

La langue d'Harper attrapa la mienne et elle me mordit les lèvres, une pointe de folie chez elle qui épousait parfaitement la mienne. Sa peau était fraiche et mouillée et formait une chair de poule sous mon toucher. Sa tête tomba contre la porte quand je reculai et arrachai son t-shirt mouillé de sa peau, sa brassière suivant de près. Ses tétons, roses et mouillés, me tentaient alors qu'ils se tendaient davantage dans l'air froid, mais elle ne me laissa pas la chance d'en prendre un dans ma bouche avant de tirer sur mon t-shirt, passant ses mains sur ma peau et s'approchant de moi.

Je levai les bras pour tirer sur mon haut et le jeter au sol avec le tas de ses vêtements. Avant que je n'aie le temps de réfléchir, ses lèvres se baladaient sur mon torse et elle baissait mon short, enroulant immédiatement sa paume sur ma queue qui se libéra en un rebond. Mes genoux me lâchèrent presque sous ses caresses. Je m'accrochais à ce qu'il me restait de contrôle, et c'était un tel effort que j'en avais presque mal.

Ses lèvres continuèrent de descendre le long de mon corps, et je gémis quand elle passa sa langue sous ma queue. Elle s'agenouilla devant moi et je m'accrochai à ses cheveux mouillés, incapable de l'arrêter quand elle décida d'explorer chaque centimètre de mon membre avec ses lèvres et sa langue. Quand elle me prit enfin dans sa bouche chaude, j'étais au bord de l'explosion.

— Harper, lâchai-je d'une voix rauque.

Elle s'arrêta et recula, un acte en soi qui me poussa

presque dans la jouissance, alors que je ne tenais plus qu'à un fil. Elle leva les yeux vers moi, un bleu sombre à travers ses cils, qui étaient humides de pluie. Je voulais dire quelque chose. Mais j'avais complètement oublié quoi. Cette brève pause me permit de retrouver un brin de contrôle. Avant qu'elle ne recommence à me lécher, me branler et me sucer jusqu'à ce que j'en perde la tête. Mon esprit ne voyait plus qu'une chose : je voulais être en elle.

C'était un acte de volonté pure, poussé par l'éclat de mon désir, de reculer d'un pas pour la tirer vers le haut. Ses lèvres étaient gonflées et roses, entre nos baisers et ce qu'elle venait de faire à ma queue. Je n'avais plus aucun contrôle. Je tirai sur son short de course, qui était serré de base, mais trempé en plus de cela. Donc elle tomba presque au sol pendant que j'essayais de le retirer. Il y avait un demi-mur près de la porte d'entrée, où se trouvait une petite étagère pour mes clés et le genre de choses que je sortais de mes poches en entrant.

Quand Harper manqua de tomber, elle se rattrapa sur le mur et s'arrêta pour retirer ses chaussures et libérer ses jambes. Ses fesses, délicieusement rondes, étaient face à moi et le dernier fil de mon contrôle se brisa. Je m'avançai vers elle et passai une main dans son dos, savourant sombrement le sursaut de son souffle et la sensation de son frisson sous mon toucher. Je fis un autre pas et ma queue se frotta à elle. Elle se cambra naturellement et je passai à nouveau ma paume dans son dos, en glissant jusqu'au creux entre ses cuisses cette fois. Je plongeai un doigt dans ses plis, glissant dans sa mouille. Elle était si mouillée que je manquai de jouir rien qu'en pensant à ce que ça me ferait de plonger en elle. Cette idée me guida, et je me plaçai derrière elle, attrapant ma queue et la frottant contre elle.

Elle gémit et se cambra plus, ses fesses remontant contre moi. J'étais tellement perdu dans mon excitation que j'en oubliai presque mon préservatif. À la dernière seconde, alors que je tenais ma queue dans ma main et que mon gland se tenait à l'entrée de son intimité, je me souvins.

— Bordel de merde ! Attends...

Je commençai à m'écarter et revins quand elle parla.

Elle me regardait par-dessus son épaule, une vision si sexy qu'elle me frappa en plein cœur. Avec ses mèches à moitié sèches, ses cheveux étaient tellement emmêlés. Ses yeux étaient sombres et ses joues rosies.

— Où est-ce que tu vas ? demanda-t-elle, une question impatiente sur un ton rauque.

Je déglutis.

— Capote.

Elle secoua la tête.

— Je prends la pilule. Avant toi, personne depuis quatre ans. Je ne suis pas inquiète si tu ne l'es pas.

Je la fixai du regard.

— Tu es...?

Ses yeux s'assombrirent encore.

— Oh ! Mon. Dieu. Si je n'étais pas sûre, je ne le dirais pas.

Elle commença à se redresser, mais il ne m'en fallait pas plus. Je me replaçai derrière elle en un éclair. Je baissai les yeux entre nous. La mouille sur ses plis me poussait plus loin dans mes retranchements de désir même si je me laissais déjà guider par le besoin. Ma queue était sur le point d'exploser, mais je m'accrochai au peu de contrôle qu'il me restait pour plonger lentement en elle. Son intimité palpita autour de moi, elle était chaude, mouillée et vibrante, c'était si bon que j'en gémis. Je m'agrippai à ses hanches d'une main et passai l'autre le long de son dos avant de plonger mes doigts dans ses cheveux et de me mettre à me balancer en elle.

Elle m'avait poussé si près du gouffre plus tôt que j'étais déjà là, l'orgasme montant à chaque nouveau coup de reins. Je m'accrochai, déterminé à la faire jouir la première. Je passai ma main sur son ventre et vers son clitoris gonflé et humide. Elle hurla, son antre crémeux se resserrant sur ma queue et me plongeant la tête sous l'eau. Mon explosion me traversa et je me déversai en elle. Je relâchai ma prise dans ses cheveux et pris sa main dans la mienne, là où elle s'accrochait au mur. On resta comme ça, moi appuyé contre elle, mon front sur le creux de son épaule, respirant son odeur alors qu'on reprenait doucement notre souffle.

Après quelques instants, je sentis sa chair de poule et réalisai qu'elle avait sans doute froid. Entre le fait de courir sous la pluie et la chaleur de notre échange qui s'éteignait, ça ne me surprenait pas. Je me redressai et reculai, m'extirpant d'elle avec tristesse et la soulevai dans mes bras.

Elle ne résista pas et se détendit dans mes bras, ses yeux trouvant les miens.

— Où va-t-on ? demanda-t-elle avec un sourire subtil s'emparant du coin de ses lèvres.

— À la douche.

Chapitre Seize

HARPER

Je m'engageai dans le couloir en passant la porte de l'appartement d'Alex, partant à contrecœur. Même si je ne travaillais pas aujourd'hui, j'avais promis à Olivia que je passerais la voir pour l'aider à peindre la chambre d'amis dans l'appartement qu'elle partageait avec Liam. Ils cherchaient une maison à acheter et ils faisaient des travaux dans l'appartement pour être prêts à le quitter. Je levai les yeux vers Alex, trouvant son regard chocolat, et je sentis mon cœur se serrer. Le fait que l'on venait de s'arracher nos vêtements et qu'il m'ait fait grimper au rideau aurait dû me suffire, mais non. Je ne m'étais pas autorisée à penser à la fréquence de mon désir pour lui. Je ne cessais de me dire que je serais bientôt rassasiée. Et ça semblait être le contraire. À chaque fois que j'étais avec lui, mon besoin prenait un peu plus le dessus. J'étais sur le point de dire quelque chose quand j'entendis un bruit.

Je jetai un œil vers la porte de l'immeuble, qui avait été laissée un peu entrouverte. Je me dis qu'Alex et moi avions dû oublier de la fermer dans notre précipitation. Callie passa la porte en lâchant un petit miaulement. Elle était trempée. Sa fourrure, un mélange calico tirant vers le marron avec un peu de noir et d'or, était redressée en pics par-ci par-là et était entièrement mouillée. Son visage principalement doré se releva, et elle nous regarda de ses yeux noirs. Pendant un moment, on s'immobilisa tous les deux. En voyant qu'elle ne s'enfuyait pas, je m'agenouillai.

— Salut ma petite Callie, dis-je en essayant de garder une voix basse.

Alex s'avança dans le couloir et s'agenouilla à côté de moi. Il resta silencieux et tendit simplement la main. Callie s'avança doucement et je n'osais qu'à peine respirer. Elle était débraillée et avait l'air d'avoir froid. Je jetai un œil par la fenêtre et vis que la pluie avait repris, et que le crachin de ce matin était maintenant une averse constante. Elle s'approcha de plus en plus de nous, glissant le long du mur jusqu'à ce qu'elle arrive au niveau d'Alex. Après un moment d'immobilité totale, elle renifla sa main et resta figée quand il lui gratta doucement le menton. Elle lâcha un ronronnement saccadé.

Je le regardai et j'étais partagée entre les larmes et le rire, même si je me retins d'exprimer quoi que ce soit. J'étais face à cet homme grand, fort et imposant, que ses coéquipiers appelaient la Bête, et il essayait de se rendre aussi rassurant que possible pour un chat sauvage. Je ne savais pas quoi penser de ce que ça disait à propos de lui. Peut-être que le plus honnête serait de dire que je ne savais pas quoi penser de ce qu'il commençait à représenter pour moi. En tant qu'homme, il dégageait une vraie force, le genre de force qui n'est pas utilisée pour intimider. Sous sa masculinité profonde et son extérieur d'alpha sexy se trouvaient le cœur d'un vrai gentleman et une vraie douceur.

Je trouvais Callie adorable, mais elle avait l'air plutôt pathétique à l'instant. Elle était mouillée, sale et maigre. Après quelques moments de silence à laisser Alex lui gratter le menton, elle s'élança dans son appartement. Il se leva doucement et me regarda, les yeux pleins de questions. Je lui fis signe de fermer la porte, donc il le fit.

— Tu as à manger pour elle ? murmurai-je en espérant que le son de ma voix ne ferait pas peur à Callie.

— Non. Zut. Je n'ai même pas réfléchi à ça. De quoi d'autre ai-je besoin ? demanda-t-il en murmurant.

— Je croyais que tu la nourrissais dehors.

— Juste des trucs comme des restes de poulet et du thon, dit-il en haussant les épaules.

— Tu n'as jamais eu de chat ?

Il secoua la tête, les yeux inquiets.

Je me mordis la lèvre pour me retenir de rire.

— D'accord, il te faut des croquettes et une litière. Et si j'allais te chercher tout ce qu'il te faut pendant que tu restes là ?

Il hocha rapidement la tête. Je commençai à partir puis je me retournai.

— Peut-être que tu devrais la laisser explorer un peu, mais, si tu vois qu'elle a l'air stressée, ouvre la porte. On ne veut pas qu'elle se sente prise au piège. Elle vit sous les escaliers depuis assez longtemps, je ne pense pas qu'elle s'enfuira.

Je commençai à partir à nouveau quand je sentis sa main s'enrouler sur mon bras. Il me tira vers lui jusque dans ses bras.

— Merci, dit-il d'une voix rauque avant de pencher la tête pour un baiser.

Il ne fit que passer ses lèvres sur les miennes, mais c'était si bon que j'étais dans tous mes états. Je le regardai entrer dans son appartement silencieusement.

Je courus vers mon appartement à quelques rues de là et enfilai des vêtements secs rapidement avant de me diriger vers le supermarché.

J'appelai Olivia en chemin.

— Hé, quoi de neuf? demanda-t-elle dès qu'elle répondit.

— Je t'appelle juste pour te dire que je vais être un peu en retard.

— D'accord. Si tu n'as pas le temps...

— Oh, non. J'ai le temps. Mais je vais acheter des trucs pour chat pour Alex.

— Bon, va falloir m'expliquer, dit-elle alors que j'entendais un sourire dans sa voix.

Je lui fis un résumé rapide des semaines passées à essayer de faire rentrer Callie et qu'elle avait enfin eu le courage de passer la porte ce matin. Olivia rit et laissa échapper un sourire.

— Tu sais, j'essaie de te laisser tranquille, mais Alex est vraiment un gars super. Au cas où tu n'aurais pas encore remarqué, dit-elle simplement.

Je pris une grande inspiration et essayai de ralentir la danse de mon cœur.

— J'ai remarqué, dis-je enfin.

Ma poitrine se serra et un sentiment étrange monta en moi. C'était un sentiment si nouveau que j'avais envie de le fuir, mais c'était comme si un rayon de soleil caressait mon cœur et je ne pouvais pas l'ignorer. C'était de la joie. Quelque chose que je pensais perdu à tout jamais. Je me contentais d'un sentiment de paix et d'une absence de peur depuis longtemps. Je n'avais pas osé demander plus. Et certainement pas ce que je ressentais avec Alex, ce désir brûlant, adouci uniquement par ce que ça me faisait d'être avec lui. Il était si fort, si protecteur que je voulais simplement me fondre en lui. Je n'avais jamais espéré me sentir un jour en sécurité à nouveau, mais c'était ce que je ressentais avec Alex… et ça me terrifiait.

— Pendant que j'y suis, je pense aussi que Daisy a raison. Tu n'es pas du genre à chercher des aventures sans lendemain, ajouta Olivia.

Un rire monta. Mes émotions étaient si intenses que je me sentais presque saoule. Quand je réussis à reprendre mon souffle, je dis :

— Waouh, Daisy aurait adoré t'entendre dire qu'elle avait raison.

— Je lui dirai alors. Mais bien joué d'avoir essayé de changer le sujet. Aucun commentaire sur le fait que tu sois ou non une nana qui cherche une aventure sans lendemain ? demanda-t-elle.

Je me mordis la lèvre et mis mon clignotant pour indiquer que je me dirigeais vers le parking du supermarché.

— Peut-être que ce n'est pas qui je suis. Il va falloir que j'y réfléchisse.

— Eh bien, pendant que tu y réfléchis, n'oublie pas qu'il n'y a pas tant de gars que ça qui auraient la patience d'essayer de sauver un chat sauvage. Alex est une perle rare. Et il est ultra-canon. Pas vraiment mon style, mais vraiment le tien. Et il te kiffe.

J'entendais une autre voix au loin.

— Il faut que j'y aille. Liam est sur le point de tomber de l'échelle. À tout à l'heure.

———

Quelques heures plus tard, je me tenais dans le couloir devant la porte d'Alex pour la seconde fois de la journée. Callie était encore dans l'appartement. Elle était sortie une ou deux fois, car il avait trouvé la solution intelligente d'ouvrir la porte arrière de son appartement, qui menait à un petit jardin fermé. Elle avait inspecté le jardin avec beaucoup de prudence puis était passée par-dessus le grillage pour faire le tour de l'immeuble et aller jeter un œil à son nid sous les marches. Il n'avait cessé de pleuvoir de la journée. Après son retour bref à l'extérieur, elle était revenue en courant, s'installant en boule sur un petit coussin près de la fenêtre qu'Alex lui avait installé, quand il avait remarqué qu'elle cherchait un endroit confortable.

J'aurais pu passer la journée ici et j'en avais vraiment envie, mais la profondeur de cette envie me faisait peur, et c'est pourquoi je me trouvais sur le point de partir. Je regardai Alex en caressant le tissu doux de son pull entre mes doigts et tenant mes clés de voiture de l'autre main.

— Bon, je devrais y aller. Olivia se demande surement où je suis.

Son regard sombre soutint le mien. Après une minute, il hocha la tête.

— Bien alors. Je proposerais bien de venir avec toi, mais...

Il désigna quelque chose derrière lui.

— Il faut que tu restes avec Callie, dis-je rapidement.

— Et si tu revenais plus tard ? Tu pourrais amener Stanley, proposa-t-il avec un petit sourire.

J'avais amené Stanley après mon trajet au supermarché. Il était allé se promener dans le jardin et s'était installé à côté de la porte. Callie ne semblait pas avoir de problème avec lui, et Stanley était assez malin pour garder ses distances. En ce moment, Stanley attendait près de la porte de l'immeuble, les yeux collés sur la rue. Avant que je ne puisse réfléchir, j'acquiesçais déjà. Car c'était exactement ce que j'avais envie de faire. Revenir et me blottir sur le canapé d'Alex, à écouter la pluie.

À ma réponse, Alex me lança l'un de ses sourires dévastateurs. Il ne souriait pas à la légère, il choisissait ses moments, donc à chaque fois que j'attrapais un sourire, mon cœur faisait une petite danse de la joie. Il pencha la tête et caressa mes lèvres des siennes. Par réflexe, je me cambrai contre lui.

— Pas assez, murmurai-je contre ses lèvres alors que je plongeais la main dans ses cheveux froissés et le tirais contre moi.

Je sentis son sourire contre mes lèvres, juste avant que sa langue ne plonge dans ma bouche. Il me leva contre lui et nous fit tourner pour me coller à la porte contre nous. Je recevais plus que ce que j'avais demandé avec son corps dur et chaud collé contre le mien. Alex embrassait comme personne. Des baisers longs, lents, chauds et puissants. Quand je repris mon souffle, je fus heureuse de trouver le mur derrière moi et qu'Alex me tienne. Sinon je me serais effondrée au sol. Je réussis à me reprendre assez longtemps pour m'écarter du mur quand Alex recula.

— D'accord... à plus tard alors, dis-je faiblement alors qu'une vague de plaisir traversait encore mon corps.

Il tendit la main et écarta une mèche de cheveux sur ma joue, la rangeant derrière mon oreille. Un frisson suivit son toucher.

— Ça marche.

Je dus ordonner à mes pieds de bouger et me dirigeai vers la porte d'entrée avec des jambes tremblantes. J'arrivai sur le trottoir et m'arrêtai, assez déstabilisée pour avoir oublié où j'avais garé ma voiture. Stanley me donna un coup de nez dans la jambe et je baissai les yeux et vis qu'il regardait vers la droite. En suivant son regard, je me souvins où était ma voiture : à une rue de là, de l'autre côté de la route. Je me secouai mentalement et me mis à marcher dans cette direction, Stanley me suivait de près, sa présence était stable et calme.

On traversa la route. J'avais mes clés en main et les yeux sur ma voiture quand j'entendis une voix m'appeler. Par réflexe, je me tournai pour trouver l'origine de la voix, mon corps réagissant avant même que je ne sois certaine de qui il s'agissait. Un sentiment de terreur s'empara de mon estomac et un éclair de panique me noua la poitrine. Je ne voulais pas le regarder, mais mes yeux se posèrent directement sur Joe Schmidt. Il se tenait un peu plus loin, derrière ma voiture. Il était grand et fin. Ses cheveux blond foncé étaient mouillés par la pluie. Je déglutis et retins mon envie de courir. J'étais figée sur place, mes pieds plantés sur le trottoir. Stanley s'approcha un peu plus de moi, collant son corps à ma jambe. Je sentais son ventre vibrer d'un grognement grave.

Je fixais Joe du regard, incapable de le détourner. Il me regardait, avec les mêmes yeux gris plats que dans mon souvenir. Je ne l'avais vu que quelques fois de près, mais l'expression dans ses yeux avait toujours été la même : une platitude teintée de colère. Je ne me souvenais pas de son regard quand il m'avait violée. Je vis Joe s'approcher de moi, ma panique s'enroulant comme un serpent autour de ma gorge. Il s'arrêta à quelques mètres de moi, comme s'il était conscient que nous étions en public, à la vue de tous les voisins.

— Dis à ton copain de me lâcher la grappe, dit Joe, d'une expression inchangée. Il n'y a rien de nouveau à dire, et je n'ai vraiment pas besoin que les journaux recommencent à parler de cette merde.

Je le fixai du regard, réellement confuse par ce qu'il

essayait de dire. Alex n'avait rien à voir avec les journaux. En réalité, j'en avais dit bien plus à la presse dans mon interview qu'Alex. Une colère monta en moi, une vague violente me secouant. Je me sentais trembler, des séismes s'emparant de moi. Ce sentiment – cette peur, panique, cette incapacité de contrôler ma réaction viscérale face à Joe – était ce qui m'avait poussée à accepter la suggestion du procureur d'offrir un accord de sentence réduite à Joe pour éviter un procès. J'avais eu l'option de refuser, mais les mois d'attaques de son avocat n'avaient fait qu'empirer mon état. J'étais passée d'un état d'engourdissement à une paralysie d'anxiété et tant de nuits sans sommeil que je n'arrivais plus à réfléchir. C'était un soulagement de mettre fin à cette affaire.

Je réussis enfin à parler.

— Tu as eu de la chance de t'en tirer comme ça, et tu le sais très bien, crachai-je, trouvant un éclair de satisfaction quand Joe écarquilla légèrement les yeux.

Il se pensait sans doute intimidant et devait croire que ce genre de tactique fonctionnerait sur moi. Il aurait dû se souvenir que je m'étais débattue comme une folle par le passé, même si je n'avais pas eu la force physique de le repousser.

— Alex n'a pas parlé aux journaux, mais moi si, et je continuerai à le faire si j'en ai envie. Tu as accepté la proposition du procureur, et rien dans cet accord ne m'obligeait à me taire.

— Espèce de salope, dit Joe en avançant vers moi.

La panique me traversa, je me sentais gelée et engourdie, mes mains picotaient et mon cœur battait si fort que je n'arrivais plus à respirer. J'entendis mon nom à nouveau. Cette fois-ci, c'était la voix d'Alex, un son qui sonna une cloche en moi. Le soulagement était si intense que je trébuchai presque. Avant que je ne puisse me retourner pour le voir s'approcher, j'entendis quelqu'un l'appeler. Je me tournai et vis Alex courir vers Joe alors qu'Ethan n'était pas loin. Alex passa devant moi à toute vitesse, sa main s'enroulant sur le manteau de Joe et le soulevant du sol.

Ethan attrapa le bras d'Alex juste au moment où il prenait de l'élan, sans doute pour l'enfoncer dans la tête de Joe. Alex essaya de se libérer, mais Ethan ne lâcha pas l'affaire.

— N'empire pas les choses mec.

Alex ne regarda pas Ethan un seul moment, restant accroché à Joe.

— Casse-toi espèce de con. Et ne t'approche plus jamais d'elle. Compris ?

Alex cracha en parlant, et les postillons se posèrent sur le visage de Joe, la force de ses mots vibrant avec sa colère. Ethan trouva mon regard et désigna l'immeuble d'Alex d'un mouvement de tête. Je n'avais aucune idée d'où il avait débarqué. J'étais certaine qu'Alex aurait préféré que je parte, mais je n'en avais aucune intention.

Ethan se concentra à nouveau sur Alex quand ce dernier tenta de libérer mon bras. Ethan resta accroché.

— Bordel de merde, marmonna Alex.

Il lâcha la chemise de Joe et recula d'un pas.

— T'approche pas d'elle.

Joe avait un regard amusé et mauvais.

— Ça ne va vraiment pas aider ton image ça, hein ? provoqua-t-il.

Ethan se planta devant Alex, l'écartant complètement. Ce ne fut qu'à ce moment-là que je réalisai que Joe faisait peut-être tout ça pour provoquer Alex. L'arrivée inattendue d'Ethan était un grand soulagement, ne serait-ce que parce qu'il était assez grand et large pour contenir Alex. Même si une partie de moi aurait adoré voir Joe se faire botter les fesses, je ne voulais pas qu'Alex ait plus d'ennuis légaux que ce qu'il avait déjà.

— Ça va rien t'apporter tout ça, gronda Ethan, en pointant son doigt vers Joe. Maintenant, casse-toi avant que je te frappe aussi.

Joe recula rapidement.

— Va te faire foutre ! lança-t-il quand il était arrivé à l'angle de la rue, avant de partir en courant.

Ethan se tourna vers nous, inspectant Alex du regard.

— Ne le suis pas, mec. C'est exactement ce qu'il veut.

Alex lui lança un regard noir.

— Qu'est-ce que tu fous là ?

— Je sauve tes miches d'une deuxième plainte, rétorqua Ethan.

Joe avait disparu maintenant. Alex avait les poings serrés et le visage tendu. Après un moment, il secoua la tête et me regarda, ses yeux inquiets trouvant les miens.

— Ça va ? Qu'est-ce qu'il t'a dit ?

— Pas grand-chose. Il m'a dit de te dire de le laisser tranquille, et un truc sur le fait qu'il n'avait pas besoin que les journaux ressortent cette histoire.

Mon corps entier vibrait, l'engourdissement paniqué laissant place au soulagement.

Alex s'approcha de moi, passant sa main lentement dans mon dos. Son toucher était si réconfortant et sa présence si forte que j'avais envie de m'effondrer contre lui.

— Hé, doucement ma belle. Tu trembles. Bordel, tu es sûre que ça va ? Ce fichu connard. Je vais...

Alex commença à s'énerver et je secouai la tête.

— Tu ne vas pas lui courir après, réussis-je à dire.

Je n'avais même pas remarqué que je tremblais encore, mais mon cerveau fonctionnait assez pour savoir qu'Ethan avait raison. Ce n'était pas une coïncidence d'avoir croisé Joe juste en face de l'appartement d'Alex juste au moment où je le quittais. L'idée qu'il nous avait peut-être observés me fit frissonner de peur.

— Ça va. Je tremble juste parce que... bah, juste parce que. Viens, rentrons.

Ethan marcha en silence à nos côtés alors qu'on traversait la rue vers l'immeuble d'Alex. Stanley resta collé à moi, sa présence solide et chaude me réconfortant. J'avais complètement oublié qu'il pleuvait encore quand on entra chez Alex. Il se dirigea rapidement vers la salle de bain et revint avec une serviette, et je m'effondrai sur l'une des chaises de la cuisine. Ethan secoua son manteau et l'accrocha près de la porte avant de s'asseoir à côté de moi.

Il jeta un œil à Alex qui se tenait près du comptoir, les mains agrippées au bord alors qu'il me regardait. Je ne savais pas comment interpréter ce que je voyais dans ses yeux. C'était un regard sombre et résolu. Pendant ce temps, mon corps ressentait encore les échos de m'être tenue si près de Joe pour la première fois depuis qu'il m'avait violée. J'avais été forcée à le voir devant le juge quelques fois, mais il y avait toujours eu beaucoup de distance, et l'environnement était parfaitement contrôlé. Les fois où je l'avais vu au parc, il y avait assez de distance pour que je n'aie pas vraiment l'impression de le croiser.

La voix d'Ethan me fit sursauter.

— Je me suis juste dit que j'allais passer pour voir ton chat, dit-il en haussant les épaules. Une bonne chose, hein ?

Alex le regarda, l'air confus.

— Hein ?

Ethan tapota la table des doigts.

— Liam a dit que tu avais adopté un chat sauvage. Je passais par là, donc je me suis dit que j'allais venir voir par moi-même. T'es tellement un nounours.

Il lui lança un sourire amusé, et je voyais bien qu'il faisait de son mieux pour sortir Alex de ses pensées colériques.

En soi, ce n'était sans doute pas une mauvaise idée à l'instant. Je ne voulais pas me morfondre sur ce qui venait de se passer, et encore moins tout de suite. Le regard d'Alex se dégagea et il jeta un œil vers la fenêtre. Callie était toujours là, en boule sur son petit coussin. Pour une chatte sauvage, elle semblait avoir un goût prononcé pour les endroits moelleux.

— Ouais. La voilà. Comment est-ce que Liam sait ? Elle vient enfin d'entrer ce matin, dit-il en regardant Ethan.

Ethan regarda Callie.

— Elle est toute débraillée, hein ?

Il regarda à nouveau Alex.

— Je ne sais pas comment Liam était au courant. Mais c'est lui qui me l'a dit.

— Je l'ai dit à Olivia quand je l'ai prévenue que je serais en retard, dis-je en me souvenant soudainement que j'étais en chemin vers chez elle avant d'être interrompue. Oh, il faut que j'y aille !

Je me levai d'un coup. Alex s'écarta immédiatement du comptoir.

— Ne pars pas.

Mon cœur se serra, et je savais que je mourais d'envie de rester là, dans ce cocon de sureté avec lui. Étrangement, je repoussai ce sentiment. J'avais passé tant de temps à ramasser les morceaux de ma vie, je ne voulais pas me laisser retomber dans une peur créée par Joe et m'inquiéter de le croiser quelque part. Même si le fait de le voir m'inquiétait beaucoup et constater qu'il essayait de faire empirer la situation pour Alex ne faisait que nourrir mes craintes, je ne pouvais pas le laisser m'intimider. Je secouai la tête.

— Ça va aller. J'ai dit à Olivia que je passerais chez elle cet après-midi et c'est ce que je vais faire. Je ne vais pas laisser cette histoire changer mes plans.

Son regard soutint le mien d'une force intense. Ses épaules se balancèrent avec son souffle.

— Reste, s'il te plait, répéta-t-il.

Je m'approchai de lui et posai ma paume sur son torse. Son cœur battait fort et régulièrement sous mon toucher.

— J'ai besoin d'être capable de partir. D'accord ?

Une autre profonde inspiration et il ferma les yeux. Quand il les ouvrit à nouveau, il semblait souffrir, mais il réussit à hocher la tête.

— D'accord. Je t'accompagne jusqu'à ta voiture.

Ethan se leva en même temps que nous et s'adressa à Alex quand on arriva au niveau de la porte.

— N'oublie pas l'entrainement dans une heure. On peut y aller ensemble si tu veux.

Alex regarda par-dessus son épaule, l'air surpris avant que son visage ne revienne à la normale une seconde plus tard.

— Oh, bon sang. J'oublie tout aujourd'hui. Reste là, je reviens, dit-il à Ethan.

Ethan hocha la tête, son regard trouvant le mien.

— On te soutient, Harper. On est là pour toi. Tu le sais, n'est-ce pas ?

Une chaleur s'empara de ma poitrine. L'attitude joueuse d'Ethan disparut un instant, et j'étais plus que soulagée qu'il soit passé chez Alex par hasard aujourd'-

hui. Son intervention avait sauvé cette situation qui aurait pu devenir bien pire, et je me disais que sa présence avec Alex tout de suite l'empêcherait de penser à Joe. J'acquiesçai.

— Je sais. Hé, rends-moi un service ?

— Tout ce que tu veux, dit-il rapidement.

— Assure-toi qu'il ne fasse pas de bêtises.

Ethan me lança un sourire.

— Tant que je suis là, je ferai de mon mieux.

Chapitre Dix-Sept

ALEX

Je me jetai dans l'entrainement, soulagé que le coach ait choisi quelque chose d'épuisant aujourd'hui. Il nous fit commencer par des exercices de course et ne ralentit pas pendant deux heures. Nous avions un gros match dans deux semaines contre une équipe qui nous avait battus la saison dernière. Pour l'instant, cette année, nous étions à la tête de notre classement et nous voulions y rester. Après l'entrainement, je me dépêchai d'aller me doucher. Au moment où je cessai de me concentrer sur le jeu, mon esprit revint à Harper. Elle était comme l'aimant de mon compas, mon réflexe était de me diriger vers elle. Ethan réussit à être aussi rapide que moi et me retrouva devant les portes de casiers. On sortit dans le couloir ensemble.

— Je pense que tu devrais peut-être raconter ce qu'il s'est passé au coach, dit-il.

— Bordel, marmonnai-je en réponse. Il ne s'est rien passé. Tu m'as empêché de tuer ce con, donc il n'y a pas d'histoire.

J'étais encore frustré par cette histoire. J'étais assez intelligent pour comprendre que c'était sans doute pour le mieux qu'Ethan ait été dans le coin, mais j'avais vraiment eu envie d'exploser la tête de Joe. À chaque fois que je repensais au moment où j'avais vu Harper par ma fenêtre et l'expression sur son visage, mon estomac se nouait et la colère s'emparait de moi. Même de loin, je voyais qu'elle était paralysée. Je la regardais, car elle venait de partir et que j'aurais voulu qu'elle revienne. Je n'avais même pas encore vu Joe quand j'avais compris que quelque chose n'allait pas. Ce n'était que quand j'étais sorti en courant que je l'avais vu. J'étais passé d'inquiet pour elle à furieux contre lui en une seconde.

Ethan s'arrêta. Nous étions seuls dans le long couloir du stade. On entendait l'écho des voix dans les vestiaires. Je m'arrêtai net et le regardai.

— Quoi ?

— Si tu crois que ce connard va se retenir de parler de votre petite rencontre, t'es devenu complètement stupide, dit-il en secouant la tête. Prends les devants, pour que le coach puisse faire de même. C'est tout ce que je dis.

Ethan, si similaire à Liam de certaines façons, était capable de vous faire croire qu'il n'avait rien dans la tête. Il aimait blaguer, draguer et faire le pitre. Ça marchait parfaitement sur le terrain aussi. C'était un défenseur féroce. Pour les joueurs qui n'avaient jamais joué contre lui, il gardait souvent un élément de surprise, car il dégageait une nonchalance paresseuse. Il cachait sa concentration intense et sans merci derrière une attitude de laisser-faire. C'était un très bon ami aussi. Je savais qu'il avait eu envie de me laisser tabasser Joe, mais il savait que ça ne m'apporterait que plus d'ennuis. Je n'aimais pas l'admettre, mais je savais qu'il avait raison à propos de ça aussi.

J'acquiesçai.

— D'accord. C'est parti alors.

On se remit à marcher, s'arrêtant devant la porte du coach. Elle était fermée et on entendait le murmure grave d'une conversation. Je regardai Ethan et haussai un sourcil interrogateur. Il haussa les épaules et frappa à la porte.

— Entrez, appela le coach.

On ouvrit la porte et trouva Zoe installée en face du coach. J'étais prêt à parler au coach dans ma tête, mais je n'étais pas sûr d'être prêt à raconter ce qu'il s'était passé à mon avocate, car j'étais certain que Zoe me trouverait idiot. Mais je ne pouvais rien y faire. Elle était là.

Elle se leva de sa chaise, se tournant vers Ethan et moi.

— Alex, ravie de vous voir.

Ses yeux se tournèrent vers Ethan.

J'ouvris la bouche pour les présenter, mais Ethan fut plus rapide que moi. Il lui lança un sourire fripon, plissant ses yeux verts.

— Bonjour. Ethan Walsh, dit-il en s'avançant vers Zoe, un peu plus près que de raison, mais c'était toujours ce qu'Ethan faisait face à une belle femme.

Zoe ne me faisait aucun effet, mais ça ne voulait pas dire que je ne remarquais pas à quel point elle était belle. Avec ses cheveux auburn, ses yeux noisette et ses jambes interminables, c'était impossible de ne pas la remarquer. Elle serra la main d'Ethan, soutenant son regard. Il lui fit un clin d'œil et je vis ses joues rougir un tout petit peu. Eh bien. Peut-être qu'Ethan était capable de briser son professionnalisme.

Elle serra rapidement sa main.

— Zoe Lawson. Je suis l'avocate d'Alex.

Ethan nous regarda tous les deux alors qu'elle reculait d'un pas.

— Ah ! Parfait, alors. J'ai trainé notre gars jusqu'ici parce que je me suis dit qu'il fallait qu'il raconte quelque chose au coach. C'est encore mieux si vous êtes déjà là.

Bordel. Pourquoi fallait-il qu'Ethan soit si direct ? Je n'avais pas prévu de cacher ce qu'il s'était passé à Zoe, bien sûr, mais j'aurais préféré en parler au coach d'abord.

Le coach nous regarda tous les deux et nous fit signe de nous asseoir.

— Asseyez-vous et raconte-nous, Alex.

Il y avait trois chaises en face du bureau du coach. Ethan s'installa rapidement à côté de Zoe. Tout le monde se tourna vers moi et je m'installai à côté de lui. Je soupirai et passai une main dans mes cheveux humides.

— Ce n'est vraiment pas grand-chose.

Zoe fit un cercle avec sa main en me faisant signe de continuer.

— Allez-y.

— Harper quittait mon appartement et Joe était sur le trottoir. J'ai failli le frapper encore une fois, mais je ne l'ai pas fait, dis-je enfin.

Le coach haussa un sourcil et regarda Ethan.

Ethan leva les yeux au ciel avant de répondre.

— Il ignore peut-être quelques détails. Je passais chez lui et je l'ai vu courir dans la rue à toute vitesse. Je ne savais pas après qui il courait, mais je sais de quoi Alex a l'air quand il est en colère, donc je lui ai couru après. Il est arrivé devant Joe, et il a fallu que je lui tienne le bras pour ne pas qu'il fasse une autre connerie. Il a reculé et c'était tout. Si vous voulez mon avis, Joe n'était pas là par accident. Je ne peux pas dire qu'il savait qu'il arriverait à énerver Alex encore une fois, mais j'ai vraiment eu l'impression qu'il cherchait la bagarre.

Zoe tapota le bras de sa chaise du bout des doigts, ses yeux passant d'Ethan à moi. Elle resta silencieuse et regarda le coach qui secoua la tête et soupira.

— Alex, tu peux remercier Ethan de t'avoir aidé à éviter ce petit problème. On n'a vraiment pas besoin d'une autre plainte, dit le coach avant de regarder Zoe.

Elle hocha fermement la tête.

— Exactement ce que je pense. Mais, puisque vous avez réussi à ne pas empirer la situation, je vais contacter le procureur pour lui expliquer. Ce n'est pas une bonne chose que monsieur Schmidt traine près de chez vous, et ça ne va pas l'aider de s'approcher d'Harper. Il lui a dit quelque chose ?

— Il lui a dit de me dire de lâcher l'affaire. Écoutez, je comprends qu'il faut que je fasse attention. Ce n'est pas comme si je passais mon temps à aller taper des mecs. Mais là, c'est du foutage de gueule. S'il s'approche d'elle encore une fois, je... Bah, je sais pas si c'est si bête de le tabasser ou non. Cet homme l'a violée. Je veux dire, bordel. Qu'est-ce qu'il fait à s'approcher d'elle ? Je ne...

Je retins mes mots et me pris la tête dans les mains pour essayer de rassembler mes esprits. À chaque fois que je repensais à ce que Joe avait fait à Harper, j'avais envie de hurler.

— Oui, c'est du foutage de gueule, dit Ethan d'un ton sobre et teinté de colère.

Je passai mes mains dans mes cheveux avant de me redresser et de le regarder. Je déglutis le nœud de colère dans ma gorge et pris une inspiration lente. Ça m'aidait de savoir que j'avais raison de ressentir ce que je ressentais, mais j'avais l'impression de ne rien pouvoir faire.

Quand Joe se tenait devant moi, je savais parfaitement que ça n'aiderait en aucun cas Harper que je le tabasse. Je me fichais bien des conséquences sur ma vie à moi. Je voulais remonter le temps et jeter ce gars en prison pendant des années pour ce qu'il lui avait fait.

Zoe trouva mon regard.

— Je vais parler au procureur. Il sait que ça n'aidera pas le cas de Joe s'il a l'air de trainer autour de la femme qu'il a attaquée. Quoi qu'il dise sur la plainte pour viol, il a plaidé coupable aux chefs d'accusation d'agression. Même avec les charges actuelles contre vous, les jurés n'aiment pas prendre la défense de victimes antipathiques. Il n'avait déjà pas l'air d'un gars bien avant, et ce nouvel incident ne va faire qu'aggraver son cas.

Elle lissa sa jupe et se leva. Je remarquai le regard d'Ethan parcourir ses longues jambes puis remonter et ça me fit presque rire. S'il y avait bien une chose qui pouvait me remonter le moral, c'était de voir Ethan sans voix. Je m'attendais à ce qu'il lui lance un sourire, mais non. Il arracha ses yeux d'elle et regarda le sol, les joues légèrement roses. Eh bien. Peut-être que mon avocate de folie avait réussi à déstabiliser Ethan, malgré son air sévère. Une chose pour laquelle je serais prêt à payer, ne serait ce que pour le revoir.

Zoe regarda le coach, puis moi, avant de hocher fermement la tête en ajustant la bretelle de son sac à main sur son épaule.

— Je vous tiendrai au courant quand j'aurai parlé au procureur.

— Attendez. Vous aviez d'autres nouvelles ? demandai-je, en réalisant que nous n'avions parlé que de mon incident avec Joe cet après-midi.

— Ah, oui. J'étais dans le coin et je suis passée pour vous dire que le procureur est ouvert à l'idée de charges moindres. Monsieur Schmidt n'est pas ravi de l'attention portée à son passé et aimerait que toute cette histoire se termine. Je n'ai passé aucun accord et maintenant je retourne lui parler.

Elle plissa les yeux en soutenant mon regard.

— Si vous revoyez monsieur Schmidt, changez de trottoir. Compris ?

J'acquiesçai, mais je ne dis pas à voix haute que si Joe s'approchait d'Harper, je ne promettais rien.

Zoe partit quand le téléphone du coach sonna, et il nous fit signe de sortir également. Alors qu'Ethan et moi marchions dans le couloir, ses yeux étaient plantés sur Zoe, qui marchait un peu plus loin devant non. Même sa démarche était sérieuse, alors que ses bottes au talon bas frappaient le sol avec précision. Je jetai un œil à mon coéquipier.

— Oublie pas de cligner des yeux, mec.

Le regard d'Ethan se planta dans le mien, et il me lança un sourire amusé.

— Tu dois admettre que ton avocate est canon.

Je haussai les épaules, en partie parce qu'il m'agaçait. Il plissa les yeux.

— Mec, tu n'es pas aveugle.

— Bien sûr que non. Elle est jolie, mais elle n'est pas mon genre. Clairement, elle est le tien en revanche. Mais je pense qu'elle est un peu trop bien pour toi.

Ethan me lança un regard pour toi.

— Je t'emmerde, tellement pas.

— Je parle pas de physique. Plein de femmes te tournent autour, mais elle est intelligente. Très intelligente. Honnêtement, elle me fait presque peur. J'ai l'impression qu'elle met le feu au tribunal pour gagner ses affaires. Je suis bien content qu'elle soit de mon côté, crois-moi.

Ethan me lança un autre sourire malin.

— N'est-ce pas ? Elle est brillante et magnifique. Elle est tellement tendue que j'aimerais bien la voir perdre le contrôle.

Je secouai la tête.

— Mec, ne va pas l'énerver avant que toute cette affaire soit résolue.

Il rit alors qu'on passait la porte.

— Genre. Les nanas m'adorent.

Je secouai à peine la tête.

Il me sourit encore et acquiesça.

— Bien alors. Je te ramène chez toi. Je te dépose à ta porte pour ne pas que tu attaques qui que ce soit en chemin.

Je lui donnai un coup de coude et le suivis jusqu'à sa voiture, sans qu'Ethan ne cesse de rire.

Chapitre Dix-Huit

HARPER

Je regardai la peinture s'étaler sur le mur avec le rouleau que je tenais. Il y avait quelque chose de relaxant et de satisfaisant dans le fait de peindre. Ça pouvait complètement changer une pièce. On effaçait les vieilles traces et cicatrices sur le mur, laissant une surface propre, fraiche. Ce n'était pas intentionnel, mais ça s'avérait être l'activité parfaite après les évènements du jour. Il n'était que 15 h, mais ma journée avait déjà été si pleine d'émotions intenses, et j'en avais la tête qui tournait. Le sexe avec Alex avait été, eh bien, incroyable, à en tomber, révolutionnaire et si intime que je rougissais rien qu'en y pensant. Me faire prendre par derrière comme ça, de cette façon unique à Alex, brute et douce à la fois, m'avait laissée sans le souffle. Une douche chaude où j'avais pu admirer le corps de rêve d'Alex couvert de savon avait été l'un des autres petits cadeaux de la matinée.

La rencontre avec Joe peu de temps après avait été l'opposé du spectre, arrivant si vite que j'avais eu l'impression de m'écraser contre un mur avant de m'effondrer de choc. Je fis une pause et plongeai mon rouleau dans la peinture. Olivia avait choisi un gris clair pour cette pièce. Son propriétaire leur avait offert deux mois de loyer contre une peinture fraîche partout dans l'appartement avant leur déménagement. Il n'avait pas vraiment besoin d'économiser cet argent, mais ça leur convenait très bien. Olivia avait choisi des tons neutres dans tout l'appartement. Il ne leur restait que la chambre d'amis et la cuisine.

— Est-ce que tu veux parler de ce qu'il s'est passé ? demanda Olivia, sa voix s'élevant au-dessus du son régulier des rouleaux de peinture sur le mur.

Je savais que Liam était au courant de la rencontre avec Joe et qu'il avait appelé Olivia. Elle n'avait pas dit grand-chose, mais elle m'avait pris dans ses bras quand j'étais arrivée. Elle savait toujours attendre avant de parler. Ce n'était pas le cas de Daisy, mais Daisy était l'antidote parfait quand on voulait se sortir d'un trou. Je gardai les yeux posés sur les traces de peinture au mur, réfléchissant à si j'avais ou non envie de parler. Étrangement, j'en avais envie. Mais pas à propos de Joe.

— Je ne sais pas quoi faire à propos d'Alex, dis-je enfin, m'arrêtant à nouveau pour plonger mon rouleau dans la peinture.

Olivia peignait le mur d'en face et me regarda par-dessus son épaule, les sourcils froncés.

— Tu veux parler d'Alex ?

Je me redressai et commençai à étaler plus de peinture au mur alors que je passais à la partie basse.

— J'imagine que tu t'attendais à ce que je veuille parler de Joe. Ce qui est drôle, c'est que le fait que cette histoire refasse surface m'a fait du bien. Enfin, c'était nul de le voir. Je préférerais qu'il déménage sur une autre planète et ne jamais le revoir. Mais ça s'est trouvé être une bonne chose finalement parce que je vais bien. Oh crois-moi, je flippe intérieurement un moment, puis je m'en remets.

Je jetai un œil par-dessus mon épaule et vis qu'Olivia avait arrêté de peindre, son rouleau collé au mur commençait à créer une trainée de peinture.

— Hé, continue de peindre ! dis-je en désignant le mur du coude.

— Ah, oui, dit-elle en se retournant et en recommençant à peindre. Eh bien, j'imagine que c'est une bonne chose alors. Chelou, mais bien. Attends, je ne voulais pas dire que c'était chelou que...

— Ce n'est pas grave. Je trouve ça chelou aussi, mais c'est pas grave, l'interrompis-je.

— Alex, alors. Je préférerais vraiment parler d'Alex, lança-t-elle avec un petit rire. Comment ça tu ne sais pas quoi faire ?

— Bah, c'est juste ça, répondis-je, sentant mes joues rougir.

Toute cette histoire avec Alex me mettait mal à l'aise à plein de niveaux. J'avais été un peu soulagée, pour être honnête, de me dire que je n'étais pas faite pour les relations amoureuses après ce qui m'était arrivé. Le doute, les potins, je pensais avoir échappé à toutes ces choses. Puis Alex avait débarqué. En un baiser, j'avais presque fondu. Mon idée d'aventure sans lendemain m'apparaissait de plus en plus bête avec le recul. Pire encore, mes expériences passées, mes deux ex-petits copains, ne m'avaient en aucun cas préparée au genre de sentiments qu'Alex allait éveiller en moi : ce besoin intense de le connaitre, ce désir insatiable et l'intimité qui nous rapprochait un peu plus à chaque fois que nous étions ensemble.

Je n'entendis rien que le son des rouleaux de peinture qui bougeaient à l'unisson et je commençai à me demander si Olivia allait répondre et ça me fit stresser. Je me sentais bête et ridicule. Daisy m'avait prévenue que cette idée de coup d'un soir ne correspondait pas vraiment à ma personnalité, mais je l'avais ignorée. J'avais été si contente de voir une opportunité de dépasser mes vieilles peurs sur le sexe. Avec qui que ce soit. Pour le restant de mes jours.

— D'accord, je vais être très directe. C'est très clair qu'Alex te plait. Vraiment. Je pensais que tu étais folle de sauter dans son lit comme ça parce que ce n'est pas le genre de chose que tu fais. La seule raison pour laquelle je n'ai pas essayé de te protéger plus, c'est parce que je sais qu'Alex est un gars en or. Il ne ferait pas de mal à une mouche.

Elle se tut et plongea son rouleau dans la peinture avant de me regarder.

— Bon, d'accord, il a frappé Joe, mais Joe méritait bien pire.

Elle se redressa et continua de peindre.

— Et ça crève les yeux qu'Alex t'aime bien. Vraiment, vraiment beaucoup. Liam est convaincu qu'Alex est cuit.

— Cuit ?

— Il pense qu'Alex est amoureux et qu'il n'y a pas de bouton retour. Alex est super loyal envers ses amis et sa famille. D'après Liam, il envoie de l'argent à sa mère pour s'occuper d'elle et a payé les frais d'université de ses deux sœurs. Voilà le genre de gars qu'il est. Et maintenant, Liam pense que tu es sa nana. Liam connait Alex depuis qu'ils sont petits. S'il pense que tu es la femme de sa vie, je suis d'avis de le croire.

Elle me regarda par-dessus son épaule et pointa mon rouleau du doigt.

Je jetai un œil là où je m'étais arrêtée de peindre et vis des gouttes descendre jusqu'au pied du mur.

— Merde !

Je passai par-dessus les traces rapidement et posai mon rouleau. Je ne savais pas vraiment comment digérer l'idée que je puisse compter autant que ça pour Alex. Une partie de moi avait envie de sauter de joie, mais c'était aussi terrifiant.

J'avais besoin de remplir mon seau de peinture, donc je me dirigeai vers le coin de la pièce où nous avions laissé le pot et je le soulevai. Alors que j'ajoutais de la peinture à mon seau, Olivia continua de parler.

— Donc si tu me demandes ce que tu devrais faire à propos d'Alex, je pense qu'il faut que tu réfléchisses à ce que tu veux. Ce ne serait pas juste pour lui de continuer si tu n'as aucune intention d'avoir une relation sérieuse. Mais je ne pense pas que ce soit ce que tu veuilles. J'imagine que la vraie question, c'est de savoir si tu es prête ou non.

Je posai le seau de peinture dans le coin et trempai mon rouleau avant de recommencer à étaler.

— Prête pour quoi ? demandai-je, alors que l'anxiété s'envolait dans ma poitrine.

Olivia n'essaya même pas de dissimuler son soupir.

— OK, tu m'as aidée à ne pas perdre la tête à cause de Liam, donc j'imagine que c'est à mon tour. Prête pour quelque chose de sérieux avec Alex. C'est ce que je voulais dire et tu le sais bien.

Je peignais si vite que mon rouleau glissa du mur et atterrit sur ma jambe. Je fis une pause et essayai de respirer lentement pour calmer le battement de mon cœur. Je me tournai vers elle, la regardant passer son rouleau d'un mouvement régulier sur le mur.

— D'accord, d'accord. Mais comment est-ce que je sais si je fais le bon choix ?

Je posai la question, mais je connaissais déjà la réponse. Alex avait fait tomber tous mes murs, comme s'ils étaient faits de papier. Ça ne faisait qu'un mois que je l'avais croisé dans ce parc et que j'avais été assez folle pour l'embrasser. Maintenant, chaque nuit que je passais sans lui me semblait vide. Je me débattais contre mon passé et les rêves que je m'étais forcée à abandonner. C'était difficile de me montrer vulnérable. Je n'aimais pas ça.

Olivia n'avait pas répondu à ma question, mais elle arrêta de peindre et se tourna vers moi, son regard vert me parcourant. Après un instant, elle ajouta :

— Je crois que tu le sais déjà. Il faut juste que tu décides de ce dont tu as envie.

Les larmes me montèrent aux yeux alors que mes émotions me serraient la gorge. Ce bazar sentimental auquel je pensais avoir échappé ? Pas vraiment. Mes émotions s'emparaient de moi comme une tempête, menaçant de me noyer.

Olivia s'approcha de moi et me prit dans ses bras.

— Dans tous les cas, ça va aller, dit-elle en reculant. Tu es l'une des personnes les plus fortes que je connaisse, ne l'oublie pas.

Je baissai les yeux et réalisai que je n'avais pas posé mon rouleau de peinture. Nos jambes étaient maintenant couvertes de peinture. On se mit à rire au même moment. Après qu'on eut repris notre souffle, elle me regarda.

— Alors ?

— Je te tiendrai au courant.

— D'accord, terminons cette pièce puis allons nous changer. Tu veux rester pour le diner après ça ? demanda-t-elle.

Je sentis un sourire étirer mes lèvres.

— Je ne peux pas. J'ai dit à Alex que je passerais chez lui.

Olivia sourit.

— Ah, je vois. Est-ce que je peux répéter le fait que la liste des hommes qui adoptent des chats sauvages est très courte ?

Chapitre Dix-Neuf

ALEX

Je me reculai sur ma chaise en faisant bien attention à contrôler mes réactions. Zoe m'avait trainé à un rendez-vous avec le procureur. Je n'avais pas envie d'être là, mais ce sentiment était exacerbé par ce procureur arrogant. Brian Wheeler, le procureur en question, était assis en face de Zoe et moi dans son bureau. Un murmure constant se faisait entendre dans le couloir. Le bureau du procureur de Seattle était un nid d'abeilles. Brian leva les yeux du document qu'il lisait et regarda Zoe, puis moi, d'un regard sombre et illisible. J'étais habitué à voir les joueurs des équipes adverses essayer de faire ce que Brian faisait : intimider. Sur le terrain, ça ne me faisait rien. Je dirais même que quand un joueur essayait de me déstabiliser, ça ne faisait que me permettre de me concentrer encore plus et de les ignorer. Mais ici, avec lui, j'essayais de penser à quoi que ce soit d'autre que la situation actuelle. Car ça me mettait en colère. Toute cette histoire me mettait hors de moi. Joe n'aurait jamais dû avoir la chance de s'en sortir si facilement après ce qu'il avait fait à Harper.

Oui, j'avais frappé Joe. Et j'étais prêt à le refaire s'il s'approchait à nouveau d'Harper. Ça ne changeait pas le passé cependant, et ce n'était en aucun cas l'équivalent de ce qu'il lui avait fait. Mais je restais calme. Je puisais dans des années de discipline pour garder un visage neutre. Brian détourna enfin les yeux de moi et se tourna vers Zoe.

— J'ai besoin de parler à monsieur Schmidt, mais je pense qu'il acceptera, dit Brian avant de me regarder à nouveau. S'il accepte, vous pourrez vous considérer chanceux. La plainte pour agression serait largement assez solide pour aller au tribunal.

Avant que je n'aie le temps de répondre, Zoe me coupa.

— Je n'en serais pas si sûre, Brian. Monsieur Schmidt n'est pas un personnage sympathique, et je suis sûre que tu le sais. Avant qu'on se mette d'accord sur quoi que ce soit, j'aimerais parler du fait que monsieur Schmidt s'est présenté devant l'appartement de mon client et s'est approché de mademoiselle Jacobs dans la rue. Il semblerait qu'il essayait de les provoquer, elle et mon client potentiellement, ce qui est inacceptable.

Le regard de Brian ne trahissait rien, mais des lignes de tension apparurent autour de sa bouche.

— Je le prends en note. Je réalise que c'est sans doute difficile à imaginer pour vous, mais monsieur Schmidt était peut-être là par hasard. Il vit dans le quartier après tout.

L'expression de Zoe resta calme, mais je la sentis s'énerver.

— Si ça recommence, j'en parlerai au juge.

Brian ne répondit pas et acquiesça à peine. Quelques minutes plus tard, je suivis Zoe vers une salle d'attente. Elle était assise à côté de moi et était en train de regarder ses e-mails en silence, sur son téléphone, et je me demandais quand nous pourrions partir au moment où quelqu'un l'appela. Zoe leva la tête et je la vis sourire pour de vrai. Je ris presque en me disant qu'Ethan adorerait la voir sourire. Son visage toujours tendu se relaxa et son regard, sérieux à chaque fois que je la voyais, s'illumina.

— Hé, Becca ! Comment ça va ?

Je suivis son regard jusqu'à une femme qui arrivait dans le couloir. Elle était grande avec des cheveux noir brillant remontés en chignon et des yeux bleus. Encore une femme magnifique qui ne me faisait aucun effet. Harper avait gâché toutes les autres femmes pour moi, il fallait que je me l'avoue.

Cette femme s'arrêta devant nous.

— Salut Zoe. Je te demanderais bien ce qui t'amène là, mais Brian m'a dit qu'il s'occupait d'une proposition de résolution pour ce dossier. C'est une vraie bonne chose que monsieur Schmidt ne soit pas tombé dans mes dossiers parce que je n'aurais pas voulu m'occuper de ce connard, dit-elle en secouant la tête.

Zoe rit doucement et leva les yeux au ciel.

— C'est exactement pour ça que tu n'as pas hérité de l'affaire. Becca, voici Alex Gordon.

Elle trouva mon regard et fit un signe de main entre nous deux.

— Alex, voici Becca McNamara. C'est une autre procureure qui travaille ici. Elle s'occupe principalement de cas de violences domestiques et d'agressions sexuelles.

Je commençai à me lever, mais Becca secoua la tête.

— Oh mon Dieu, non, pas besoin de vous lever. Ravie de vous rencontrer. Je devrai dire à mon mari qu'on s'est rencontrés. C'est un fan, dit-elle avec un sourire.

Je hochai la tête avec un sourire.

— Ravi de vous rencontrer également. Passez le bonjour à votre mari.

Becca regarda Zoe.

— Ça en est où ?

Zoe haussa les épaules.

— Brian n'aime pas mon offre, mais je pense qu'il va convaincre monsieur Schmidt de la prendre. Ce vieux Schmidt s'est pointé devant l'appartement d'Alex et est allé parler à mademoiselle Jacobs. Ça ne ferait pas bon genre devant des jurés si on allait au tribunal.

Becca secoua la tête.

— Ça non. Tu sais, j'aurais aimé gérer le premier dossier de Schmidt. J'étais déjà là, mais c'est allé à quelqu'un d'autre. Je pense qu'ils n'auraient jamais dû proposer un accord, mais ça s'est fait.

Elle me regarda.

— Je ne devrais sans doute pas le dire, mais qu'est-ce qu'on s'en fiche ? Je comprends pourquoi vous l'avez fait.

Zoe lâcha un sourire et me regarda.

— Vous voyez, je vous avais dit que les gens vous verraient en héros.

Je décidai que rester silencieux était ma meilleure option et je hochai simplement la tête. Becca et Zoe passèrent à un autre sujet et, quelques minutes plus tard, Becca partit pour répondre à un appel. Brian rappela Zoe quelques minutes plus tard et elle me laissa patienter. Ça m'allait bien. Je voulais simplement que cette histoire soit réglée.

Peu de temps après, Zoe revint fièrement dans la salle d'attente, s'arrêtant devant moi.

— Il semblerait que tout le monde soit d'accord. Il y aura une audience administrative dans la semaine. Il faudra que vous soyez présent, et si vous devez rater un entrainement pour être là, vous avez intérêt à le faire. Si le juge accepte l'accord, vous accepterez une charge réduite et quelques heures de travaux d'intérêt général. Et si vous ne faites pas de bêtises pendant un an après ça, les charges n'apparaitront pas sur votre casier.

Elle s'arrêta et plissa les yeux.

— Même si beaucoup de gens comprennent pourquoi vous détestez monsieur Schmidt, changez de trottoir si vous le voyez. D'après votre coach, vous êtes l'homme le plus calme de votre équipe. Il semblerait que l'amour vous fasse perdre la tête, mais ne faites pas l'idiot. Maintenant, allons-y, dit-elle en se retournant et en quittant rapidement le bâtiment alors que je la suivais.

Après que Zoe fut partie en voiture, je me tins sur le trottoir à regarder les voitures passer. J'avais envie d'aller voir Harper, mais je me retenais. Elle avait passé encore une nuit avec moi après notre rencontre avec Joe. Nous étions maintenant trois jours plus tard, et je ne la voyais que le matin pour aller courir. Je commençais à comprendre qu'il fallait que je m'accroche à ma raison quand il s'agissait d'elle. Même si je savais ce que je voulais, il était de plus en plus clair qu'elle n'en était pas encore là. Quand nous étions peau à peau, les sentiments refoulés et les doutes disparaissaient. Quand on s'endormait ensemble, j'espérais que le jour ne viendrait pas, car je commençais à voir un cycle se répéter. À la lumière du jour, Harper se refermait sur elle-même. Ces vieux murs invisibles que je sentais à tout moment n'étaient plus aussi solides qu'avant, mais étaient toujours là. Elle se cachait derrière une forteresse intérieure. Un réalisme brutal m'aidait à comprendre pourquoi ils étaient là, mais ça ne changeait pas ce dont j'avais envie, et ce que je voulais pour nous. Si seulement elle acceptait de me laisser l'approcher, pour plus que quelques heures.

Je secouai la tête, plongeai mes mains dans mes poches et me mis en route vers la maison. Le ciel était gris, mais il ne pleuvait pas. Ça correspondait parfaitement à mon humeur. Alors que je marchais, la roue continua de tourner dans mon esprit, me demandant s'il fallait que j'insiste plus avec Harper ou s'il fallait que je prenne mes distances.

Chapitre Vingt

HARPER

Le téléphone de mon bureau sonna et j'appuyai sur le haut-parleur.

— Oui ?

— Harper, c'est Brad Williams du Seattle Observer. Comment allez-vous ?

J'étais en train d'enregistrer mes rapports patients pour la journée dans notre système numérique. Alors que mon cerveau était dans un monde complètement différent, il me fallut une minute pour comprendre ce que Brad venait de dire. Dès que je compris, j'arrêtai de taper et tournai la tête vers le téléphone, l'anxiété se nouant dans ma poitrine. Brad avait été entièrement respectueux dans son article à propos des nouvelles plaintes de Joe. Il avait respecté notre accord de me laisser lire tout ce qu'il allait publier avant de l'imprimer. Et même si ça ne m'avait pas plu et que j'aurais préféré effacer toute la partie historique de l'article, une partie de moi était soulagée que ça apparaisse à nouveau dans les journaux. À l'époque, j'étais trop détruite pour faire attention à ce qui se disait, je voulais simplement que ça s'arrête – le procès et tout ce qui me rappelait ce qu'il s'était passé. L'article de Brad parlait non seulement de la plainte contre Alex, mais il avait utilisé quelques statistiques pour mettre en valeur à quel point Joe avait échappé à la justice dans mon dossier. Ça faisait du bien de voir la vérité en noir et blanc avec rien d'autre que des chiffres pour raconter l'histoire.

Mais je n'avais aucune idée de pourquoi Brad m'appelait à nouveau. La vérité était qu'il me stressait. Parce qu'il n'appelait pas simplement pour me dire bonjour.

Je toussai.

— Bonjour Brad. Je vais bien. Et vous ?

— Je ne peux pas me plaindre. Écoutez, je vous appelle pour une suite à mon article, sur l'accord passé entre le procureur et monsieur Gordon au tribunal civil hier. J'ai quelques questions. Ça ne vous dérange pas ?

Mon estomac se noua. J'évitais de poser des questions à Alex à ce sujet. La vérité était que j'évitais peut-être Alex en général. Oh, je le voyais tous les jours quand nous allions courir, mais j'avais toujours une excuse pour partir rapidement après. Je ne mentais jamais, mais ce n'était rien qui ne pouvait pas attendre. C'était juste que je ne savais pas ce que je faisais, mais ça me blessait qu'Alex ne m'ait pas parlé de sa convocation d'hier. Au moment où je pensai cela, je m'en voulus. *Ce n'est pas comme si tu lui laissais le temps de dire quoi que ce soit.*

Merde.

— Harper ?

Ah, oui. Brad attendait que je réponde à sa question.

— Euh, oui bien sûr.

— Très bien. Comme la dernière fois, je vous laisserai lire ce que j'ai écrit avant de le publier. Au tribunal hier, il a été rapporté que monsieur Schmidt vous a abordée devant l'appartement de monsieur Gordon. Étiez-vous soulagée d'entendre le juge prévenir monsieur Schmidt de ne pas recommencer ?

Mon souffle se coinça dans ma gorge et un grand soulagement s'empara de moi. Suivi rapidement par plus de confusion et de peine qu'Alex ne m'ait rien dit de tout cela. Je me forçai à rester concentrée sur la question.

— Évidemment. Je suis certaine que monsieur Schmidt prétend que c'était un accident, mais il n'avait pas à essayer de me parler.

De nombreuses questions s'emparèrent de ma tête. J'avais envie de les poser à Brad, mais je n'osai pas, de peur d'avoir l'air bête. L'audience avait eu lieu hier, mais j'avais vu Alex ce matin... *Et tu ne lui as pas laissé une seconde pour parler, Harper.* Je grimaçai intérieurement.

— Que pensez-vous de l'accord passé ? Que monsieur Gordon ait accepté des charges réduites de conduite inappropriée. S'il fait ses heures de travaux d'intérêt général et n'a pas d'ennuis pendant un an, il n'aura pas de casier judiciaire.

— Euh, eh bien, pour être honnête, je pense qu'il n'aurait pas dû être condamné pour quoi que ce soit, mais je comprends qu'il le soit. Je pense que, finalement, cet accord était juste.

Je dus presque me mordre la langue pour retenir toutes les questions qui me venaient, toutes sur la réponse d'Alex à toutes ces choses.

Brad me posa quelques questions de plus. Je ne savais pas quoi penser du fait qu'il avait prévu d'inclure ma réponse dans son article. J'imaginais que j'aurais dû me douter que je ne pouvais pas sortir avec une star mondiale du foot sans atterrir sur le radar des journalistes, après qu'il avait frappé le gars qui m'avait violée. Mais quand même, c'était étrange. Brad raccrocha en m'assurant qu'il m'enverrait une version de l'article dans l'après-midi.

J'aurais dû reprendre mon boulot, mais je n'en étais pas capable. Ça me dérangeait qu'Alex ne m'ait pas raconté quoi que ce soit de tout ça. Ça me dérangeait beaucoup. Même si une partie de moi savait que je gardais mes distances, une autre partie de moi était en colère et un peu blessée. Avant que je n'y réfléchisse plus, je pris mon téléphone et je l'appelai.

Il répondit à la seconde sonnerie.

— Alex à l'appareil.

Son ton était si perforant, soit il ne savait pas que c'était moi, soit il s'en fichait. Je m'écroulais intérieurement. J'étais dans cet ascenseur émotionnel depuis bien trop longtemps. Entre l'excitation d'être avec Alex, les séismes internes après avoir vu Joe, et mes tentatives pour dénouer mes sentiments, je n'étais pas moi-même.

Je ne savais plus qui j'étais. Il y avait la moi d'avant le viol et celle d'après. La moi d'après avait recollé les morceaux avec tant de prudence que j'avais perdu le fil de qui j'étais avant. La vie était un chemin de changements et de croissance qui ne s'arrêtait jamais. Mais quand on est forcée à changer par des circonstances brutales, on perd le fil de ce qu'il s'est passé et du pourquoi. En fin de compte, ça n'avait pas vraiment d'importance. J'étais qui j'étais, que ce soit la personne que je connaissais ou non, je ne le savais pas.

À ce moment-là, j'avais l'impression d'avoir la tête qui tournait après avoir tourné en rond trop longtemps. Désorientée, je m'énervai.

— Comment ça se fait que tu ne m'aies pas parlé de l'accord que tu as passé au tribunal ?

J'entendais un bruit de fond de l'autre côté de la ligne. En jetant un œil à l'horloge de mon ordinateur, je réalisai à moitié qu'il était sans doute au stade, car ils avaient un match ce soir.

— Harper ? demanda-t-il. Attends, laisse-moi une minute...

— Je veux juste savoir pourquoi tu ne m'as pas parlé de ton accord au tribunal, dis-je froidement.

Dans les méandres profonds de mon esprit, j'entendis une voix me dire de me calmer, mais je ne l'écoutai pas. J'étais en colère, perdue, et j'avais l'impression que le seul homme à qui je m'autorisais à faire confiance n'avait pas pris la peine de me tenir au courant.

Le bruit de fond disparut.

— Harper, écoute. On n'a pas vraiment eu le temps de parler... commença à dire Alex.

— Je te vois tous les matins ! m'exclamai-je en lui coupant la parole.

— Bon sang, Harper. Tu ne nous laisses pas une seconde pour parler, contra Alex.

Son ton était calme, mais je sentais la frustration même à travers le téléphone.

Tout cela ne fit que me donner de l'élan.

— Eh bien, peut-être que tu devrais essayer un peu plus.

Ma voix sonnait bête, même à mes oreilles, mais j'étais comme un rocher dévalant la montagne à ce stade, et je rentrais dans tout ce qui se mettait en travers de mon chemin.

Alex resta silencieux quelques secondes, et j'entendais sa respiration.

— Harper, je ne comprends pas ce qu'il se passe.

Il soupira.

— Écoute, est-ce que je peux passer ce soir après le match ? Il faut que je...

— Non, non. Oublie. Si tu avais eu envie de me le dire, tu l'aurais fait. Il faut que j'y aille.

Je raccrochai et jetai mon téléphone sur le bureau, et il glissa jusqu'à l'autre côté avant de tomber au sol. Je fondis en larmes.

Chapitre Vingt-Et-Un

ALEX

Nous avions un match ce soir. C'était un vrai coup de bol que je n'aie pas fait perdre notre équipe. Après que l'équipe adverse eut mis un but, le coach me fit signe de venir le voir.

— Tu es avec nous ce soir ? demanda-t-il, un regard perspicace sur le visage.

— Absolument.

Il haussa un sourcil. Je me secouai. Sans un mot, il me fit comprendre ce que je savais déjà. Ma tête n'était qu'à moitié là. Mon cœur voulait être ailleurs. Je voulais voir Harper. Tout de suite. Mais j'étais aussi un peu en colère contre elle. Elle se cachait derrière ses murs et s'attendait à ce que je sache à quel moment insister comme par magie. Au diable. Je ne pouvais rien y faire tout de suite, à moins d'abandonner mon équipe et de partir. Je ne pensais pas que ce soit ma meilleure option, étant donné que je ne savais même pas comment ou quand parler à Harper. Je ne résoudrais rien en laissant mes frustrations prendre le dessus sur ma concentration. Donc je regardai le coach et j'acquiesçai.

— D'accord. Je vais faire plus attention.

Il me mit une tape sur l'épaule et me renvoya sur le terrain. Pour des raisons complètement différentes, je fis ce que j'avais l'habitude de faire quand j'étais enfant et je me perdis dans le foot pour oublier, comme quand j'essayais d'oublier le nuage de colère créé par mon père qui m'attendrait en rentrant à la maison. Je me focalisai sur le terrain et tout le reste disparut.

Je me tenais sous une douche chaude après le match, soulagé qu'on ait gagné. Liam avait fait des miracles et nous avait déclenché de belles actions. Le score final était de 3 à 1. Je me séchai et me changeai. En fermant mon casier, je me tournai vers Ethan, allongé sur un banc en face de moi. J'avais tendance à rester plus longtemps que la plupart des gars. J'adorais passer du temps au stade quand tout était silencieux et je préférais partir une fois le calme retombé.

Ethan était souvent loin d'ici à ce moment-là, mais il était assis en face de moi, ses cheveux d'or mouillés après sa douche, et son regard vert me surveillant.

— Beau match.

Il lâcha un silence lourd de sens.

— Après que tu t'es sorti la tête du cul, dit-il en me faisant un clin d'œil.

Il redevint immédiatement sérieux.

— Ça va ?

Je m'approchai du banc devant les casiers et m'assis en face d'Ethan. Je le regardai un instant et haussai les épaules.

— Ouais. Pourquoi ?

Ethan posa ses coudes sur ses genoux.

— Parce que je te connais, et que tu as l'air au fond du trou.

Je passai ma main dans mes cheveux et soupirai. Je me dis qu'Ethan m'offrirait peut-être un peu de recul sur ma situation compliquée avec Harper. Il aimait rester léger avec les femmes, mais il avait quatre sœurs dont il était très proche. J'en avais deux, mais nous avions eu une enfance tendue sous le toit de notre père, et nous n'avions commencé à nous rapprocher que ces dernières années. Je lui racontai rapidement mon appel avec Harper avant le match. Ça avait été bref, mais elle m'avait raccroché au nez et n'avait pas répondu quand j'avais essayé de la rappeler.

Ethan m'écouta silencieusement, hochant la tête.

— Ah, donc tu étais vraiment de super humeur pour ce match, hein ?

Je levai les yeux au ciel.

Il me regarda calmement.

— Comment ça se fait que tu ne lui aies pas raconté ? Je veux dire, bordel, c'est pour elle que tu t'es retrouvé dans cette histoire.

— Hein ? Ça n'avait rien à voir avec elle.

Ethan haussa un sourcil.

— Ah ouais ? Donc tu t'es énervé au point de frapper un gars sans être à moitié amoureux d'elle ? Attends, ne réponds pas. Si tu n'avais pas connu Harper, et si tu n'avais pas été au courant de ce qui lui était arrivé, tu n'aurais jamais remarqué ce gars. C'est tout.

Je me redressai et balançai ma tête d'un côté à l'autre en essayant de soulager la tension accumulée dans mon cou.

— Oui, bon, d'accord.

Ethan fit un cercle avec sa main.

— Alors ?

— Alors quoi ?

— Pourquoi tu ne lui as rien dit ?

Je jetai un œil au sol et relevai la tête, frustré contre moi-même de m'être mis dans cette situation.

— Je ne parle pas beaucoup, dis-je enfin.

Liam entra dans les vestiaires, entendant mon commentaire.

— Ah oui ? me demanda-t-il avec un sourire amusé alors qu'il s'installait sur le banc à côté d'Ethan. Qu'est-ce qui t'arrive en vrai ? Tu étais à côté de tes pompes ce soir.

Ethan lui jeta un coup d'œil.

— Problèmes de fille.

Je retins un soupir et levai les yeux au ciel. Avant que je n'aie l'occasion de répondre à Liam, son regard passa d'Ethan et moi et il continua :

— Ah. Eh bien, il était temps que quelque chose te déstabilise.

Je le fixai du regard.

— Et pourquoi ça ?

Il prit un air sérieux.

— Je déconne. Je veux dire, oui, tu es un gars ultra-solide et, nous autres, on a des hauts et des bas. Tu le sais, car tu m'as vu jouer comme de la merde pendant un temps, après la mort de ma mère. Pas de jugement. C'est Harper ? Je ne sais pas pourquoi tu t'inquiètes. Olivia pense qu'elle est complètement gaga de toi, dit-il avec une voix de clown.

Ethan me regarda et me lança un petit sourire.

— J'étais sur le point de dire qu'elle ne serait pas énervée si elle ne tenait pas à toi. De ce que je sais de mes sœurs, les femmes aiment être tenues au courant.

Liam hocha sagement la tête et nous regarda tous les deux.

— Il a raison. Le fait que tu ne parles pas beaucoup ne t'aidera pas avec Harper. Qu'est-ce que tu n'as pas pris le temps de lui dire ?

Je fermai les yeux et laissai ma tête tomber entre mes mains. Bordel. Je ne savais pas vraiment comment je m'étais retrouvé en pleine conversation de vestiaires à recevoir des conseils des deux plus gros dragueurs que je connaisse. Liam draguait toujours, mais il était tellement épris d'Olivia que c'en était un peu ridicule. Et Ethan, eh bien, il jouait tout à la légère, mais il était loin d'être le gars superficiel qu'il faisait semblant d'être.

Je les regardai et haussai les épaules.

— Elle s'est énervée sur le fait que je n'ai pas pris le temps de lui expliquer mon accord avec le tribunal. Je ne sais pas... Bordel, je ne sais pas pourquoi c'est si important que ça pour elle. Elle passe du chaud au froid et on n'a pas eu le temps de parler.

Liam fit tourner ses clés dans sa main en me regardant.

— Peut-être, mais c'est le genre de chose qu'elle veut sans doute savoir. Donc va lui parler maintenant, dit-il, comme si c'était si simple.

— Elle m'a raccroché au nez.

Liam regarda Ethan et ils haussèrent les épaules au même moment, leurs yeux se posant sur moi.

— S'il suffit qu'elle te raccroche au nez pour te décourager, eh bah...

Ethan haussa un sourcil et laissa sa phrase en suspens.

Je me levai et attrapai mon manteau sur le banc.

— Bien alors. Je vais m'en sortir.

Ethan et Liam se levèrent en même temps que moi et me suivirent dans le couloir. Une fois dehors, Ethan partit rapidement sur un signe de main. Je restai dehors sous une petite pluie froide. Liam resta silencieux quelques instants, mais je sentais qu'il trainait. D'habitude, il était trop pressé de partir retrouver Olivia. Après quelques instants, il me regarda.

— J'ai dit à Olivia qu'Harper était la femme de ta

vie. Ne te mets pas des bâtons dans les roues juste parce qu'il faut que tu apprennes à partager des sentiments un peu. OK, mec ?

J'enfilai la capuche de mon manteau et le regardai. Il me connaissait sans doute mieux que moi-même parfois. J'avais tendance à penser que c'était assez d'être présent pour elle, de toutes les façons qui comptaient. Je n'avais jamais vraiment été du genre à parler des choses. Je serais toujours du genre à dire que les actions parlent plus que les mots, mais, avec le recul, je pouvais voir que cela ne collait pas avec la tendance parfaitement raisonnable qu'Harper avait de ne pas faire confiance aux hommes, mon silence devenant soudainement un problème. Sur quelque chose de minuscule, du moins pour moi.

Je regardai Liam et j'acquiesçai. Il soutint mon regard quelques secondes de plus puis me fit une tape sur l'épaule.

— Si j'en suis capable, tu en es capable aussi.

Sur ces mots, il s'éloigna, se dirigeant vers chez lui, où Olivia l'attendait sans doute. Je me mis en chemin vers mon appartement. En marchant sous la pluie froide, dans l'obscurité et sous les lampadaires des trottoirs, je me demandais quoi faire maintenant. J'étais d'accord que j'aurais pu éviter ça en parlant à Harper, mais les murs qu'elle mettait entre nous m'énervaient toujours. Un camion passa dans la rue alors que je traversais et une eau sale m'éclaboussa les jambes. Le trajet vers mon appartement était assez long pour qu'il vaille la peine de prendre le bus lors d'une soirée pluvieuse, mais je m'en fichais.

Quand j'arrivai chez moi, j'avais froid. J'ouvris la porte, en me disant que j'étais heureux que Callie ait enfin décidé que le jeu en valait la chandelle et qu'elle ait pris le risque d'entrer. Mon propriétaire, qui vivait dans l'appartement d'en face, m'avait montré que sous son apparence de brute, c'était un homme adorable. Quand il avait appris que Callie entrait dans l'immeuble, il avait installé une porte à chat sur la porte arrière de mon appartement. Maintenant, elle allait et venait comme elle le souhaitait. Je m'inquiétais qu'elle se fasse renverser par une voiture, puis je me souvenais qu'elle connaissait bien la vie de rue. Une visite chez le vétérinaire avait tiré la conclusion que Callie avait environ un an.

Je fermai la porte de mon appartement et allumai la lumière, secouant mon manteau avant de l'accrocher près de la porte, trempé. Callie leva la tête de son coin perché préféré, sur le bord de la fenêtre, mais elle ne bougea pas. Elle s'approchait encore rarement de moi et avec beaucoup de prudence, mais elle semblait avoir décidé qu'elle préférait la vie d'intérieur. Après quelques jours à prendre ses marques, je la trouvais maintenant là à chaque fois que je rentrais. Même si je m'étais douché après le match, j'étais assez trempé et gelé pour recommencer.

Après cela, je regardai mon frigo vide. Je refermai la porte de mon réfrigérateur et commandai rapidement une pizza avant de m'affaler sur le canapé. Mes yeux ne cessaient de trouver mon téléphone alors que je me demandais si je devais appeler Harper. Mon indécision m'agaçait donc je décidai d'ignorer la question. Ma pizza arriva et je mangeai dans mon appartement silencieux alors que les nouvelles faisaient un bruit de fond. Plus tard, j'étais allongé au lit, agité et agacé par mon état d'agitation. Harper me manquait, mais je n'avais pas réussi à me convaincre de l'appeler.

Chapitre Vingt-Deux

HARPER

Je me tenais devant mes fenêtres à faire les cent pas alors que Stanley me suivait, ses yeux se levant vers moi de temps en temps. Stanley remarquait l'état de stress dans lequel j'étais après avoir écrit à Alex pour lui dire que je ne pourrais pas venir courir ce matin. J'avais dit que je ne me sentais pas bien, ce qui n'était pas complètement faux. J'avais à peine dormi et j'étais dans tous mes états. J'étais encore frustrée qu'il ne m'ait pas parlé de son passage au tribunal, mais j'étais tout aussi frustrée, si ce n'était plus, par la façon dont j'avais géré la situation.

Je pensais avoir appris à rester calme, la seule chose réellement positive qui était venue du fait de voir ma vie se détruire en l'espace d'une demi-heure, il y a quatre ans. Daisy se moquait de moi souvent en disant que j'étais l'élément stable, la personne vers qui on se tournait pour trouver une réponse rationnelle et raisonnée. Je ne me sentais ni raisonnée ni rationnelle ces derniers temps. Je n'aimais pas me rendre compte que le calme que j'avais si difficilement cultivé reposait sur le fait d'éviter toute personne ou situation qui me faisait ressentir quoi que ce soit d'inattendu. Alex me faisait ressentir des choses, de plus d'une façon. La collision entre sa présence dans ma vie et ma rencontre brève avec Joe m'avait retournée.

Je me jetai sur le canapé et Stanley monta à côté de moi. Je le regardai et explosai de rire. C'était un chien si grand qu'il avait l'air idiot sur le canapé. Ses yeux bleus sages trouvèrent mon regard et il couina doucement, me donnant un coup de truffe dans l'épaule. Je soupirai et tendis la main pour le caresser. C'était peut-être un chien, mais il avait été la source de réconfort la plus stable de ma vie. Il m'offrait un amour inconditionnel et était toujours prêt à me protéger. Je posai ma main contre son épaule.

— Stanley, qu'est-ce que je devrais faire ? marmonnai-je dans sa fourrure.

Bien entendu, Stanley n'avait rien à dire à ça, même s'il s'appuya contre moi et me laissa pleurer dans sa fourrure. Après quelques minutes, je levai la tête et le regardai.

— Est-ce que je devrais souffler un coup et appeler Alex ?

Sans surprise, Stanley n'eut rien à dire là non plus. Son regard sérieux trouva le mien et il me donna un nouveau coup de truffe dans l'épaule. Il aimait bien Alex et il s'était habitué à nos courses matinales ensemble. Il était sans doute déçu que l'on n'aille pas courir ce matin et je me sentais un peu coupable. Il fallait que je mette mes idées en ordre, d'une façon ou d'une autre. Je me levai et m'étirai. Il fallait que je promène Stanley avant de partir travailler. J'attrapai mon manteau et quittai l'appartement, Stanley me suivait de près. Je voyais bien qu'il remarquait mon désarroi émotionnel, car il marchait plus près de moi que d'habitude alors qu'on traversait la rue. Une fois dehors, je décidai que j'allais courir quand même. Stanley était avec moi, et je ne voulais pas avoir peur de courir seule. Je me dirigeai vers le parc alors que Stanley trottinait à mes côtés.

Une fois arrivés, je sentis que Stanley cherchait Alex, ses oreilles étaient dressées et il observait le chemin devant nous. Même si une partie de moi avait envie de trouver Alex aussi, il fallait que je me reprenne en main d'abord. Je n'étais pas sûre de ce qu'il se passerait si je le voyais. Peut-être que je me jetterais à son cou, ou que je m'énerverais. Le fait qu'il me manque terriblement n'aidait pas, et j'étais en colère contre moi-même d'être si capricieuse.

Courir m'aida à me vider la tête comme toujours. Peu importe ce qu'il s'était passé avec Alex, il m'avait permis de retrouver cette sensation en courant avec moi. J'avais été capable d'aller marcher après avoir adopté Stanley, mais l'acte de courir dehors déclenchait quelque chose en moi. Une psychologue m'avait dit que c'était un déclencheur, qui était un mécanisme mis en place par mon cerveau pour me protéger, mais me limitait également.

Mon souffle était régulier, et je commençais à sentir l'énergie qui me traversait alors que je tournais sur le chemin et regardais droit devant pour trouver Joe qui courait vers moi. Mon cœur s'arrêta puis reprit à toute vitesse, d'un battement empli de peur alors que mon estomac se serrait.

Je regardai tout autour de moi et courus presque vers un autre sentier. Stanley se rapprocha un peu, sa fourrure se frottant doucement à mon legging. Je commençai à ralentir, la peur et la terreur s'emparaient de moi. C'était la première fois que je posais les yeux sur Joe sans qu'Alex soit dans le coin. Par pur hasard, la présence d'Alex avait toujours permis de m'empêcher de m'effondrer dans la panique qui avait un temps hanté ma vie. À l'instant, cette panique montait, puissante et violente. Joe était encore à une bonne distance de là et ne semblait pas encore m'avoir vue. Il avait les yeux rivés au sol en courant.

Je regardai autour de moi et vis plusieurs groupes de gens dans le parc, certains marchaient, certains couraient, d'autres étaient assis sur des bancs, face à l'eau. Un courant d'air s'éleva du Puget Sound, transportant une odeur de sel et secouant ma queue-de-cheval. Je continuai de courir, un pied devant l'autre, mon pas plus rapide que d'habitude. Je ne pouvais pas dire que je pris cette décision consciemment, mais mes pieds décidèrent de ne pas changer de voie. Il y avait assez de gens dans le parc pour que Joe ne puisse pas me faire de mal. J'étais capable de le dépasser, et j'allais le faire.

Les seuls bruits que j'entendais étaient le son de mes pieds s'écrasant sur le sol, mon souffle régulier et la course rebondie de Stanley à côté de moi. Alors que Joe se rapprochait, je me forçai à ne pas le regarder directement, même si je surveillais ses mouvements du coin de l'œil. Plus il s'approchait, plus mon cœur battait fort, mais je continuai de courir, de respirer, et de bouger. Je sentis Joe réaliser que c'était moi, car sa cadence ralentit. Quand je le dépassai, il s'arrêta.

— Qu'est-ce que tu fous ? demanda-t-il, une colère évidente dans son ton.

Je m'arrêtai et retins la panique qui me serrait la gorge. Je le regardai et ne vis rien de plus que l'homme lâche qu'il était.

— Je cours, répondis-je.

Stanley lâcha un petit grognement, mais resta à mes côtés. Joe me fixa du regard et secoua la tête.

— T'as pas intérêt à ce que j'entende des conneries sur le fait de m'être approché de toi encore une fois.

Il pointa un doigt vers mon visage.

— Tu ferais mieux de garder tes distances. Compris ?

Je le fixai du regard, la colère montant en moi comme un tonnerre.

— Je vis ma vie, Joe. Et ça veut dire que j'aime bien courir dans ce parc. Ce n'est pas à moi de m'inquiéter de ce que les gens pourraient penser en me voyant là. C'est à toi. Donc si quelqu'un doit garder ses distances, c'est toi.

Il me fixa du regard, le visage rouge. Il serra la mâchoire, les muscles visiblement tendus. Je sentis qu'il s'attendait à ce que je recule, que je baisse les yeux, que je fasse tout et n'importe quoi à part lui tenir tête. Même si mon cœur déversait de l'adrénaline d'un battement terrifié et que j'en avais envie de vomir, je restai là, à attendre. Car je n'allais pas continuer à me cacher. Plus maintenant. C'était ma vie et j'avais l'intention de la vivre sans m'adapter pour éviter l'homme qui m'avait presque brisée.

À ce moment-là, une femme que je voyais souvent quand je courais avec Alex nous dépassa en courant. Ses yeux passèrent entre Joe et moi et elle s'arrêta.

— Vous allez bien ? me demanda-t-elle.

Je ne dirais pas que « bien » était le terme idéal, mais ça suffirait. J'acquiesçai.

— Ouais, merci.

Elle regarda Joe.

— Bordel, mec, si tu essaies d'avoir l'air d'un connard, tu t'en sors bien.

Joe dirigea son regard de colère vers elle.

— Allez vous faire foutre toutes les deux.

Sur ces mots, il se retourna et se mit à courir. Il

s'engagea sur un sentier entre les arbres et disparut en quelques secondes. Je regardai la femme qui s'était arrêtée. Elle avait l'air parfaitement ordinaire. Elle était de taille moyenne, une corpulence commune et des cheveux brun clair courts avec des yeux marron. Elle trouva mon regard et haussa les épaules.

— C'était juste moi ou est-ce qu'il dégage vraiment une aura de gros con ? Je ne voulais pas vous mettre mal à l'aise en m'arrêtant.

Mon cœur ralentit et la panique froide que je ressentais se dissipa lentement. Je tournai la tête vers elle.

— Arrêtez-vous dès que vous le sentez. Vous aviez bien raison. C'est un énorme connard.

Elle rejeta sa tête en arrière et rit.

— Ravie de savoir que mon instinct était juste.

Stanley lui donna un coup de truffe dans la main, car c'était un opportuniste quand il décidait que quelqu'un en valait la peine. Elle baissa les yeux et lui caressa la tête.

— Je m'appelle Megan au fait. Je vous ai vue plusieurs fois.

— Ravie de vous rencontrer. Harper, et ça c'est Stanley.

Elle sourit.

— Vous n'êtes pas avec votre copain d'habitude ?

Sa question était parfaitement innocente, mais mon cœur se serra de douleur. Était-ce si évident ? Ce qui existait entre Alex et moi ? Je ne voulais pas avoir à expliquer les détails de ma situation, donc j'acquiesçai simplement. Après quelques caresses de plus pour Stanley, elle regarda sa montre.

— Je dois y aller.

Elle était sur le point de partir quand je pris

soudainement la parole, me surprenant sans doute autant qu'elle.

— Et juste pour vous prévenir, puisque vous êtes là souvent. Le gars qu'on vient de voir ?

Quand elle hocha la tête, je continuai.

— Ce n'est pas juste un con. Je ne vais pas rentrer dans les détails, mais si vous le voyez, éloignez-vous. Il est dangereux quand on est seule.

Megan écarquilla les yeux. Je me demandai si j'aurais dû me taire, mais son regard s'adoucit et elle hocha la tête.

— Compris. Merci de m'avoir prévenue. Maintenant que je l'ai énervé, c'est sans doute une bonne chose que je sache ça.

Si elle avait des questions sur ce que je voulais dire, elle ne les posa pas. Elle me fit un signe de main et reprit sa course.

Je la regardai s'éloigner alors qu'elle se dirigeait vers le chemin qui longeait l'eau. Je fermai les yeux et pris une bouffée d'air salé du matin. Après un autre souffle, je regardai le Puget Sound. Les mouettes chantaient et dansaient dans l'air, les bateaux décoraient la surface de l'eau alors que la journée commençait, et les rayons de soleil transperçaient les nuages. J'avais envie de voir Alex.

Chapitre Vingt-Trois

ALEX

Je sortis de la douche et me séchai rapidement. Après qu'Harper m'avait dit qu'elle ne pouvait pas venir courir, j'étais monté sur le tapis roulant. Je n'aimais pas particulièrement courir sur un tapis, mais je n'avais pas envie d'aller courir sans Harper. J'associais maintenant ce parc à elle, et y aller seul n'aurait fait que me faire souffrir. J'avais l'intention de lui parler ce matin et j'essayais de digérer la frustration que j'avais ressentie quand elle m'avait coupé l'herbe sous le pied. J'étais passé chez elle quand même, mais pas de réponse.

Une douche après une mauvaise course sur un tapis roulant n'avait en aucun cas l'effet d'une matinée fraiche dans le parc avec Harper. Quand j'entendis quelqu'un frapper à ma porte, j'enroulai ma serviette autour de ma taille et me dirigeai vers la porte. Mon cerveau n'était qu'à moitié présent donc je ne me demandai pas qui ça pouvait être avant d'ouvrir la porte. Harper se tenait là, avec Stanley. Mon cœur se mit à battre la chamade, et le désir que je n'associais plus qu'à elle me frappa de plein fouet. Avec elle, ce n'était pas seulement un désir physique, même si je ne pouvais pas me tenir près d'elle sans avoir envie d'elle. Mais j'avais l'impression qu'elle tenait mon cœur dans ses mains et que mon corps essayait de se concentrer sur elle.

Ses cheveux brun brillant étaient remontés en queue-de-cheval et des mèches s'en échappaient pour encadrer son visage. Elle avait l'air d'avoir couru long-temps, elle portait un vieux t-shirt gris et un legging noir. Ses yeux bleus brillaient et ses joues étaient roses. Je n'y pouvais rien. Il me suffisait d'un regard pour que la luxure s'empare de moi, prenant le dessus sur tout le reste. J'aimais croire que j'étais capable de me contrô-ler, mais, quand il s'agissait d'Harper, il me fallait reconnaitre que j'étais impuissant. Elle leva les yeux vers moi, un regard large et intense.

— Je peux entrer ? demanda-t-elle enfin.

Je n'avais pas réalisé que je me tenais simplement là à la regarder.

— Ah. Oui. Bien sûr, dis-je par réflexe, en reculant.

Stanley était venu ici assez souvent pour savoir où il aimait s'installer. Il passa à côté de moi, me donnant un coup de museau dans la main en guise de bonjour avant d'aller s'installer dans un carré de soleil près de la fenêtre. Callie le regarda de son perchoir sur le bord de fenêtre, mais le laissa tranquille. Je refermai la porte et allai m'appuyer contre le dossier du canapé.

Le regard d'Harper m'observa, ses yeux s'assom-brissant. Je connaissais ce regard, c'était l'air qu'elle avait quand elle n'essayait pas de me repousser, un regard que je ne voyais que quand on était nus et trans-pirants. Mon corps connaissait bien ce regard. Un autre coup de fouet de mon désir et mon sang se dirigea vers mon entrejambe. Pendant une seconde, je reculai presque pour ne pas lui montrer l'effet qu'elle me faisait, mais je décidai de rester là. Au diable. Je ne portais qu'une serviette de douche, donc il était presque impossible de cacher le fait que ma queue était dure. Je n'étais peut-être pas la personne la plus bavarde du monde, mais je n'avais rien à cacher. Quoi qu'il se soit passé, je n'avais pas envie de faire semblant que je n'étais pas dingue d'elle.

Ses yeux remontèrent le long de mon corps, s'assombrissant plus encore. Elle ne se tenait qu'à quelques mètres de moi. Elle croisa et décroisa les bras, et prit une profonde inspiration, soufflant en un soupir. Elle avait l'air agitée.

— Je suis allée courir quand même, et tu m'as manqué. J'ai vu Joe, lâcha-t-elle.

Un éclair de colère me frappa. Je me redressai.

— De quoi ?! Il t'a parlé ? Bordel, Harper. Pourquoi est-ce que tu y es allée seule ? Je m'en fiche que tu sois en colère contre moi, ne me repousse pas comme ça au moins. J'aurais pu...

Elle secoua la tête rapidement et réduisit la distance entre nous, ses mains passant le long de mes bras, vers mes mains serrées en poings.

— Il ne peut rien me faire en public. Il n'y a pas beaucoup de monde dans le parc le matin, mais il y a toujours des gens. C'est bon. Je vais bien.

Son ton était doux mais insistant, fracturant la colère qui dominait mon esprit. Je me forçai à me concentrer sur elle. Ses joues étaient de plus en plus rouges. La sentir si proche de moi ne m'aidait pas à garder le contrôle. Quoi que mon esprit soit en train de faire, mon corps n'était concentré que sur mon besoin primal de toucher Harper. M'énerver ne faisait qu'alimenter ce feu. Je serrai les dents et m'accrochai au dernier fil de ma retenue.

— Il t'a parlé ?

Elle pencha la tête sur le côté et acquiesça.

— Je crois qu'il pensait que j'allais changer de voie quand il a réalisé que c'était moi. J'ai décidé que non. Parce que je ne vais pas continuer à arranger ma vie autour de lui ou de ce qui s'est passé. Il m'a demandé ce que je faisais là, je lui ai dit que je courais.

Elle rit doucement.

— Je crois que ça l'a énervé que je n'aie pas peur de lui. Bref, mieux encore, tu sais la femme qu'on voit de temps en temps ?

— On voit plus d'une femme dans le parc. Je ne sais pas de qui tu parles.

Je réussis, à un cheveu, à ne pas donner des coups de poing dans tout ce qui me passait sous la main à l'idée que Joe se soit approché d'Harper. J'essayais, vraiment, de garder le contrôle. Mais je me débattais contre deux envies puissantes : l'envie de sortir pour trouver Joe et le tabasser à nouveau, et l'envie d'arracher les vêtements d'Harper et de plonger en elle, si profondément que je ne pourrais plus distinguer nos deux corps.

Harper sourit doucement à ma réponse.

— Tu la reconnaitrais si tu la voyais. Bref, elle s'est arrêtée pour voir si j'allais bien et a dit à Joe que s'il essayait d'avoir l'air d'un connard, il s'en sortait bien. Il nous a dit d'aller nous faire foutre et il est parti.

Sur ces mots, Harper explosa de rire.

Je ne savais vraiment pas comment répondre. J'étais encore parfaitement furieux contre Joe, et je regardais Harper sans savoir si elle allait bien ou non. Son rire était un peu hystérique. Quand elle reprit enfin son souffle, elle me regarda et je réalisai que des larmes coulaient sur ses joues.

Bordel. Je n'avais aucune idée de ce qu'il fallait que je fasse. J'arrêtai de penser et la pris dans mes bras. Bordel. Il n'y avait rien de plus vrai que de sentir son corps collé au mien. Je ne savais pas si ça la réconfortait ou non. Je ne savais pas ce dont elle avait besoin. La seule chose que je savais, c'était que je voulais la tenir dans mes bras, donc je le fis. Elle plongea sa tête contre mon torse et enroula ses bras autour de ma taille. Je sentais le battement de son cœur contre ma peau. J'aurais voulu dire que je pouvais mieux me contrôler, mais mon corps était son propre maitre quand il s'agissait d'Harper. Alors qu'elle était collée à moi, ma queue durcit encore plus, malgré mes efforts pour la contrôler.

Après une minute, elle leva la tête. Je baissai les yeux et nos regards se trouvèrent. L'une de ses mains caressa mon torse, ne m'aidant pas à comprendre comment je devais agir.

— Je suis désolée d'avoir été...

Elle s'arrêta et se mordit la lèvre. Sérieusement ? Il fallait qu'elle arrête ça tout de suite si elle espérait que je me comporte comme un homme respectueux et sain d'esprit.

— Enfin, je ne sais pas vraiment ce que j'ai été, mais je crois que je n'ai pas été juste. Tu sais ce que je me suis dit au tout début ?

Je secouai la tête, car je n'en avais aucune idée. Je n'avais aucune idée de rien quand il s'agissait d'elle.

— Je me suis dit que ça pourrait être un coup d'un soir notre affaire. Je n'avais couché avec personne depuis des années et je me suis dit que tu étais le gars parfait pour me débarrasser de ça. Parce que, eh bien, même toi tu dois avouer que tu es plutôt canon. Et je te faisais confiance, ce qui ne m'arrive pas très souvent.

Elle fit une pause, les joues roses. Un autre coup de dent dans sa lèvre rebondie et je manquai de l'embrasser, mais elle reprit la parole.

— Daisy a essayé de m'expliquer que ce n'était pas

mon genre, mais je l'ai ignorée. Tout s'est mélangé dans ma tête. Je me suis dit que ce n'était pas grave tant que je ne m'attachais pas. Mais je ne peux pas ne pas m'attacher à toi. Quand je suis avec toi, tout semble logique, si bon que ça me terrifie.

Ce regard sombre dans ses yeux réapparut.

— Je ne sais pas ce que j'essaie de te dire, mais je suis désolée de t'avoir repoussé, et tu m'as manqué. J'en ai marre que tu me manques, dit-elle avec une pointe de doute dans les yeux.

Mon cœur battait si fort que c'était un miracle que j'arrive encore à respirer. Je la fixai du regard en essayant de trouver mes mots.

— Tu n'as pas besoin de t'excuser et tu n'as pas à avoir peur. Je ne parle pas beaucoup et ça n'a pas aidé. J'ai bien vu que tu ne cherchais qu'une histoire sans lendemain, mais je voulais bien plus donc j'ai ignoré mon instinct. Peut-être que j'aurais dû...

Elle posa son doigt sur mes lèvres.

— Tu n'as pas besoin d'expliquer. Réponds simplement à une question, d'accord ?

Je hochai la tête et elle prit une grande inspiration. Ce qui fit gonfler ses seins qui se collèrent à moi. Ma queue remarqua, oh ciel, qu'elle le remarqua. Je me forçai à me concentrer sur Harper au lieu de repenser à la sensation délicieuse que c'était de plonger en elle. Elle avait dit qu'elle avait une question. J'étais capable de tenir assez longtemps pour lui répondre.

— Est-ce que je t'ai manqué ?

Je me sentais bête, car je l'avais vue tous les jours, mais les journées qui séparaient nos rares nuits ensemble étaient comme un désert sans eau.

— Harper, le seul moment où tu ne me manques pas c'est quand tu es juste à côté de moi.

Mes mots sortirent de manière brute, presque

méchante. Mais le sentiment qui les habitait était si puissant et si vrai que je n'avais pas mieux.

Un sourire traversa son visage.

— Ça fait plaisir de savoir que je ne suis pas la seule, murmura-t-elle.

Puis elle s'approcha de moi et passa une main baladeuse sur ma queue, alors que la serviette de douche qui se tenait entre sa paume et ma peau semblait soudainement très fine.

— On peut peut-être en reparler plus tard, d'accord ? demanda-t-elle d'une voix soufflée.

Je ne répondis pas. J'écrasai mes lèvres sur les siennes et j'oubliai tout le reste. Dans des baisers brouillons et emmêlés, je réussis à retirer ses vêtements, grognant quand elle se trouva enfin nue contre moi, sa peau encore fraiche de l'extérieur. Je passai une main entre ses cuisses et la trouvai chaude et mouillée. Elle arracha ma serviette alors que je la levais contre moi. Ses jambes s'enroulèrent par réflexe autour de ma taille alors que je me redressais et me mettais à marcher en la tenant contre moi.

Avec ses lèvres qui se baladaient dans mon cou, ses morsures et ses baisers me donnant vie, elle murmura :

— Où tu vas ?

— Au lit, crachai-je quand elle bougea pour que sa chatte se frotte à ma queue à chaque nouveau pas.

Elle leva la tête, ses yeux s'écrasant dans les miens.

— Pour quoi faire ? demanda-t-elle, sortant la langue pour se lécher les lèvres.

Elle ne cherchait sans doute pas à me rendre fou, mais ça ne changeait rien. La seule chose qui m'empêchait de la baiser comme un fou debout dans le couloir était le fait que je ne voulais pas aller trop vite.

— Parce que je n'ai pas l'intention d'arrêter avant qu'on soit tous les deux morts.

On se jeta sur le lit. Elle desserra les jambes d'autour de ma taille. Avec un petit ajustement de mes hanches, je plongeai en elle, là où j'étais le plus chez moi. Car c'était ce qu'elle était pour moi maintenant, un chez-moi.

Chapitre Vingt-Quatre

HARPER

Alex plongea en moi, doucement et brutalement à la fois, rapidement et lentement, chaque coup de reins me rapprochant de mon climax. Le plaisir me traversa en vagues, l'accumulation qui explosa me fit grimper aux rideaux et me laissa sans voix. Son corps se tendit avant qu'il ne crie de plaisir et ne s'effondre sur moi. Avec sa tête blottie contre mon cou, je sentais son souffle caresser ma peau. Son poids sur moi était agréable, car ça me permettait de sentir que nous étions ensemble, avec chaque parcelle de ma peau.

Il commença à se reculer, et j'accrochai mon pied à sa jambe pour le maintenir contre moi.

— Non. Ne te lève pas, marmonnai-je contre sa peau.

Un rire grave fit vibrer son corps, et par extension le mien.

— Je n'étais pas en train de partir. Je ne veux juste pas t'écraser.

Il leva la tête, son regard marron chaleureux trouvant le mien. L'émotion s'empara de moi et ma poitrine se serra. Je dus me forcer à garder les yeux ouverts et à ne pas détourner le regard. Je n'avais pas vraiment pensé à ce que j'avais l'intention de dire quand j'avais quitté le parc vers son appartement. Je savais simplement que j'avais besoin de le voir et qu'il fallait que j'arrange les choses. Ça ne changeait rien au fait que je me sentais vulnérable comme tout. Avant que je me renferme derrière mes murs et mes portes, je ne pouvais pas dire que j'avais eu l'occasion de vivre le genre de choses que j'avais vécues avec Alex. J'avais eu quelques vies de couple confortables, des relations simples avec un petit peu de courant qui passait. Avec Alex, l'alchimie était si puissante que c'était comme marcher à travers les flammes, et rien n'était simple, car tout comptait beaucoup trop.

Je le regardai et sentis un sourire étirer les coins de ma bouche. Je tendis la main et passai mes doigts dans ses cheveux froissés. Il glissa à côté de moi, me regardant, un coin de sa bouche s'étirant dans un sourire. Après un instant, son sourire disparut.

— Tu sais que tu n'as pas à t'inquiéter, n'est-ce pas ?

Je ne savais pas exactement ce qu'il voulait dire, mais je lui faisais entièrement confiance, donc j'acquiesçai.

Il écarta mes cheveux emmêlés de mon front d'une main, se redressant sur un coude.

— Tu t'inquiètes beaucoup. Du moins, c'est l'impression que j'ai. Et je comprends pourquoi, bien sûr. Je ne veux pas te dire de ne pas t'inquiéter parce que ce serait un peu autoritaire de ma part, mais j'essaie juste de dire qu'avec moi tu n'as pas à t'inquiéter.

Il s'arrêta, son regard noircissant d'intensité.

— Je ne suis pas vraiment du genre à parler énormément, mais Liam et Ethan m'ont fait un peu la leçon à propos de te parler à toi, donc voilà. Je n'avais pas réalisé que c'était si important que ça de te dire ce qu'il s'était passé au tribunal. Je me suis dit que c'était ce que c'était et que j'allais simplement suivre le cours des choses. Tu étais un peu froide, donc je ne voulais pas insister ou prendre trop de place.

Il déglutit et mon cœur se serra. Je voyais que le fait de parler ne le mettait pas particulièrement à l'aise.

— J'aurais dû dire quelque chose quand même, mais je commençais à m'inquiéter. Tu es la femme pour moi, et je ne savais pas vraiment ce que tu ressentais pour moi. Je n'aime pas l'admettre, mais voilà. Si tu n'étais pas venue ici aujourd'hui, je serais venu te voir, d'une façon ou d'une autre, mais je suis vraiment heureux que tu sois là.

Il se recula pour scruter mon visage.

— J'imagine que je devrais te dire que je t'aime, hein ?

À ce stade, des larmes chaudes me montaient aux yeux, et j'eus l'impression que mon cœur allait exploser dans ma poitrine. Je semblais incapable de parler, donc je plongeai mon visage dans son cou, respirant son odeur jusqu'à ce que la vague d'émotions qui m'envahissait passe.

— Je t'aime aussi, marmonnai-je contre sa peau.

Je sentis la vibration de son rire à nouveau.

— Eh bah tant mieux alors. Je ne pensais pas...

Je levai la tête d'un coup.

— Je sais que tu ne t'attendais pas à ce que je le dise, mais ça ne change rien au fait que c'est ce que je ressens.

Son regard chocolat soutint le mien. Pendant un instant, j'eus l'impression que le monde entier disparaissait et qu'il ne restait que nous dans l'intimité vibrante que nous partagions. Il passa ses doigts dans mes cheveux et jusqu'à ma joue.

— Très bien alors, dit-il d'un ton bourru.

Stanley choisit ce moment pour entrer dans la chambre et se mettre à chouiner. Alex le regarda en haussant un sourcil.

— Oh, il doit avoir soif, dis-je en glissant du lit.

Il roula sur le lit alors que je me levais. Je le regardai et une étincelle retentit dans mon centre. Bon sang. Que cet homme était dangereux. Il était allongé là, sa peau humide, ses cheveux ébouriffés et chaque centimètre de son corps musclé était exposé. Je n'aurais aucun problème à lui grimper dessus à nouveau et à passer le reste de la journée au lit avec lui.

Stanley pleura à nouveau, me ramenant à la réalité. Je regardai autour de moi, réalisant que j'étais complètement nue et n'avais aucune envie d'enfiler mes habits de course, humides de sueur. Comme s'il pouvait lire dans mes pensées, Alex se leva et attrapa un t-shirt dans son armoire, me le jetant alors qu'il enfilait un jogging. Son t-shirt m'arrivait à mi-cuisse, mais ça faisait l'affaire. J'adorais être enveloppée par son odeur. Je me dirigeai vers la cuisine et vis qu'il avait déjà rempli un énorme bol en plastique d'eau pour Stanley qui buvait joyeusement.

Il sourit quand je le regardai.

— Stanley a bu l'eau de Callie aussi. Je doute qu'elle ait apprécié.

Il passa devant moi pour attraper la petite gamelle d'eau de Callie sous son perchoir pour la remplir. Une chaleur s'empara de moi à nouveau. Bon sang. Il devrait lui être interdit de se balader torse nu. Son jogging pendait bas sur ses hanches, révélant chacun de ses abdos. Même son dos était sexy, ses muscles se contractant alors qu'il retournait poser le bol de Callie. Je m'installai sur l'une des chaises de la cuisine pendant qu'il faisait du café.

Le matin se déroula dans un flou paresseux et chaleureux, tandis qu'on buvait notre café ensemble et qu'Alex me surprenait avec ses compétences culinaires. Il nous prépara deux omelettes. J'oubliai complètement que je travaillais aujourd'hui jusqu'à ce que mon téléphone ne vibre, au sol, sous la pile de mes vêtements.

ÉPILOGUE

Alex

Le bruit lointain de la foule ne dérangea qu'à peine ma concentration alors que je sautais et attrapais la balle noir et blanc puissante qui se dirigeait vers le coin du filet. Mon arrêt lança la balle vers les pieds de Nathan qui se tenait au milieu de l'équipe adverse. Ses réflexes rapides lui permirent de s'échapper de la défense d'un autre joueur et de faire la passe à Liam qui déclencha une série de passes résultant en un but dans le but adverse. Notre attaque était très efficace quand il s'agissait de réagir vite après une tentative contre mon but. Liam aimait tirer le plus possible d'un changement rapide de direction. Le sifflet de l'arbitre se fit entendre quelques minutes plus tard. Un autre match, une autre victoire.

J'attrapai la serviette qu'on me jetait alors que je m'approchais du banc et je m'essuyai le visage avant de descendre une bouteille d'eau. La cacophonie de la foule se fit plus forte, même si je savais qu'elle n'avait en réalité pas changé. Peu de choses arrivaient jusqu'à moi quand nous étions en plein match. C'était précisément la raison pour laquelle j'étais tombé amoureux de ce sport tant d'années plus tôt. J'étais terriblement chanceux d'être assez doué pour jouer au niveau pro, mais l'attraction initiale avait été l'échappatoire que le jeu représentait dans ma vie.

La différence aujourd'hui était qu'à la seconde où j'avais terminé de jouer, mon esprit se tournait vers Harper. Harper était mon chez-moi, mon cœur, mon corps et mon âme. Il y eut quelques minutes de célébrations entre nous, comme toujours, avant que Liam ne soit pris de côté par le coach pour une interview improvisée. De temps en temps, je devais faire de même, mais les journaux locaux semblaient avoir compris que j'étais bien moins amusant que Liam et certains autres joueurs.

L'attention que je m'étais attirée avec toute cette histoire de Joe s'était calmée. Depuis hier, mon année de probation ordonnée par le tribunal était écoulée. J'avais terminé mes heures de travaux d'intérêt général dans plusieurs lieux différents et, sous les encouragements pressants de Zoe, j'avais même passé une partie de ce temps dans un programme pour les jeunes qui avaient eu des ennuis avec la loi. J'avais appris plus tard en me posant la question à voix haute que Liam était celui qui en avait parlé au coach. Peu surprenant de la part de ma commère de meilleur ami. J'avais vraiment aimé passer du temps avec ces jeunes et j'avais continué à me porter volontaire quelques heures par mois.

Et c'était vraiment génial de savoir que je n'avais plus à m'inquiéter de respecter les règles à la lettre. Je n'avais jamais pensé à éviter les ennuis avant cette histoire, car je n'avais jamais d'ennuis, mais, jusqu'à il y a quelques mois, j'avais plutôt peur de croiser Joe. Ce n'était jamais arrivé et puis Olivia m'avait appris qu'il avait déménagé. Apparemment, elle avait décidé de le surveiller. D'après elle, il restait très discret en ligne, mais elle avait découvert qu'il avait changé d'État. C'était génial pour Harper, donc je me fichais bien qu'il l'ait fait pour se protéger lui-même. L'attention médiatique qu'il s'était attirée n'avait vraiment pas aidé sa vie. Il avait perdu son boulot après quelques articles de plus sur les agressions sexuelles sur les campus universitaires. Il n'avait peut-être pas de casier judiciaire digne du crime qu'il avait commis, mais au moins il avait vu certaines conséquences.

Et Harper… elle allait très bien. Je ne comprenais toujours pas vraiment ce qu'il s'était passé la dernière fois qu'elle avait vu Joe dans le parc, mais cette brève rencontre l'avait aidée à se libérer des dernières bribes de ce qu'elle trainait depuis des années. J'aimais tellement cette femme, je devenais à moitié fou quand je m'inquiétais pour elle, donc c'était réellement un soulagement de savoir qu'elle allait si bien. Oh, nous n'étions pas parfaits. Loin de là. Les premiers mois après qu'elle avait décidé de ne plus me traiter comme une aventure sans lendemain avaient connu leur lot de difficultés.

J'étais assez têtu et j'avais découvert qu'elle l'était tout autant. Stanley et Callie s'étaient reniflés pendant des mois avant d'en avoir marre qu'on fasse des allers-retours entre nos deux appartements. Callie avait fini par prendre l'habitude de dormir en boule sur Stanley et elle le cherchait partout quand il n'était pas là. J'avais convaincu Harper d'emménager chez moi, ne serait-ce que parce que Callie avait une porte à chat ici. Mais nous avions décidé de trouver un appartement plus grand. Harper voulait que Stanley ait un jardin où courir. Depuis que Liam et Olivia avaient déménagé dans une maison dans l'un des plus jolis quartiers de Seattle, avec des fleurs et des fougères partout, Harper me trainait à plein de visites de maisons. Honnêtement, la seule chose qui m'importait était d'être avec elle, donc je me fichais un peu d'où nous vivions.

Je me dirigeai vers les vestiaires et croisai Harper et Olivia qui sortaient du bureau du coach avec Bentley. Bentley était le petit chien marron d'Olivia et Liam. Il avait le droit unique d'attendre dans le bureau du coach. Stanley avait été jugé trop gros, même si j'étais certain qu'il se fichait bien de venir à nos matchs.

Harper me regarda, ses yeux bleus se plantant dans les miens. J'y étais habitué, mais bon sang. Il lui suffisait de me regarder pour qu'un éclair me frappe en plein cœur. J'ignorai tout ce qu'il se passait autour de moi et me mis à trottiner, la prenant dans mes bras. Elle plongea son visage dans mon cou et y laissa quelques baisers avant de lever la tête.

Ses yeux brillaient et elle avait un grand sourire.

— Tu as gagné !

Je ris et la serrai contre moi.

— Eh oui.

Elle se tortilla contre moi, mais je la tins fort.

— Tu partais ? murmurai-je.

Bon sang que c'était bon de la tenir dans mes bras. Elle était forte et douce à la fois. Bien sûr, mon corps, comme toujours, oublia que j'étais épuisé après un match difficile, chaque fibre de mes muscles n'écoutant qu'elle. Ses joues rougirent.

— Euh, non. Mais il y a des gens partout et...

Je n'avais aucun doute sur le fait qu'elle pouvait sentir mon membre durcir. J'aurais peut-être dû m'en inquiéter, mais non.

Je haussai les épaules et pris ses lèvres dans un baiser. La voix d'Ethan débarqua dans le couloir.

— Bon sang, Alex. T'as oublié qu'il y a des caméras ?

Avais-je mentionné le fait que j'oublie tout quand j'étais avec Harper ? Réellement. Les seuls articles populaires à mon sujet étaient ceux qui parlaient de ma relation avec Harper. Au début, c'était à cause de mon altercation avec Joe. Puis c'était le fait que quelqu'un s'était enfin emparé de mon cœur. Dans l'unique interview que j'avais accepté de donner à propos d'Harper, je leur avais dit qu'elle ne s'était emparée de rien. C'était moi qui avais dû gagner son cœur.

Je la serrai fort contre moi et passai une main dans ses cheveux de soie. Je m'autorisai un seul baiser puis je la reposai, la gardant à mes côtés alors qu'on marchait dans le couloir.

―――

HARPER

Les pieds s'écrasaient au sol en une cadence rapide et régulière. Mon souffle était régulier, et je me délectais de l'euphorie subtile qui coulait dans mes veines. J'adorais courir dehors dans les premières minutes du jour, et j'avais retrouvé ce cadeau depuis un peu plus d'un an maintenant. Alex courait à mes côtés. On parlait rarement en courant. Nous étions passés de mois de courses faciles à des joggings matinaux pour nous entrainer. En tant que joueur de foot professionnel, il restait au top de sa forme, donc ces moments avec moi ne faisaient qu'alimenter ça. Mais pour moi, je m'entrainais pour mon premier marathon depuis la fac et je mourais d'impatience.

Stanley courait de l'autre côté de moi, gardant le rythme sans difficulté. Alors qu'on tournait sur le chemin vers une ouverture dans la forêt qui donnait sur le Puget Sound, on ralentit pour commencer à marcher. J'attrapai la main d'Alex et m'arrêtai. L'air était lourd de brouillard et humide alors que les rayons du soleil ne perçaient qu'à peine les nuages. Alex me regarda, ses traits puissants dans la lumière du matin. Il haussa un sourcil.

Je l'attirai plus près de moi et levai la main, caressant sa mâchoire.

— Quoi ? demanda-t-il, un petit sourire s'emparant de sa bouche.

Ses sourires étaient des cadeaux, rares et toujours parfaits.

— Rien. Juste... ça.

J'enroulai ma main à la base de son cou et le tirai vers moi, juste assez bas pour l'embrasser. Il se pencha facilement vers moi. Au moment où mes lèvres caressèrent les siennes, il prit le contrôle. J'avais prévu un petit baiser, mais cela se transforma en une passion chaude et lourde en un éclair quand sa langue s'enroula sur la mienne. Au moment où il releva la tête, j'étais en feu. À bout de souffle, je levai le regard et trouvai son sourire amusé.

Je lui donnai une petite tape sur le torse.

Il faut toujours que tu gagnes. Premier arrivé à la maison ?

Je ne lui laissai pas le temps de répondre et je partis en courant. Je n'étais pas loin quand j'entendis le son de ses pas me rattraper. En un éclair, il m'attrapa par derrière et me balança dans ses bras. Je ne pus m'empêcher de rire.

. . .

Inscrivez à ma newsletter ! Ça fait quelques années qu'Olivia et Liam se sont retrouvés dans Le Match. Profitez de cette tranche de vie, tirée de leur avenir.

Inscrivez à ma newsletter : Le Match - Scène Bonus

Ou inscrivez-vous à ma newsletter directement ici : https://jh-croix.ck.page/45405038d4

Pour plus de romance chaude, retrouvez l'histoire d'Ethan et Zoé : Hors Jeu. Ethan est un gros dragueur, et Zoé le pousse dans ses retranchements.

"Le jeu entre eux deux est tellement piquant, sexy et drôle, ils ont une alchimie folle, et la tendresse et la vulnérabilité qu'ils s'offrent est vraiment touchante." Ne ratez pas l'histoire d'Ethan !

1-click. **Hors Jeu**

À PROPOS DE L'AUTEUR

J.H. Croix est une auteur sur la liste des meilleures ventes USA Today, elle vit dans le Maine avec son mari et leurs deux chiens gâtés. Croix écrit des romances contemporaines à couper le souffle avec des femmes fortes et des hommes alphas qui n'ont pas peur de montrer leurs émotions. Son amour des petites villes et des personnages qui y vivent habite sa prose. Baladez-vous dans les folles romances de ses bestsellers!

jhcroixauthor.com
jhcroix@jhcroix.com

www.ingramcontent.com/pod-product-compliance
Lightning Source LLC
Chambersburg PA
CBHW061227210726
48293CB00003B/694